深蓝

——

著

在人间

The Story
of
Shen Lan
IV

深蓝的故事

4

新星出版社　NEW STAR PRESS

图书在版编目（CIP）数据

深蓝的故事 . 4, 在人间 / 深蓝著 . -- 北京：新星出版社，2024.2
ISBN 978-7-5133-5365-6

Ⅰ . ①深… Ⅱ . ①深… Ⅲ . ①故事 – 作品集 – 中国 – 当代 Ⅳ . ① I247.81

中国国家版本馆 CIP 数据核字 (2023) 第 209550 号

深蓝的故事 4：在人间
深蓝 著

责任编辑	白华召	出版统筹	姜 淮
特约编辑	李界芳	责任校对	刘 义
责任印制	李珊珊	装帧设计	冷暖儿

出 版 人　马汝军
出版发行　新星出版社
　　　　　（北京市西城区车公庄大街丙 3 号楼 8001　100044）
网　　址　www.newstarpress.com
法律顾问　北京市岳成律师事务所
印　　刷　北京美图印务有限公司
开　　本　910mm×1230mm　1/32
印　　张　9.25
字　　数　182 千字
版　　次　2024 年 2 月第 1 版　2024 年 2 月第 1 次印刷
书　　号　ISBN 978-7-5133-5365-6
定　　价　48.00 元

版权专有，侵权必究。如有印装错误，请与出版社联系。
总机：010-88310888　　传真：010-65270449　　销售中心：010-88310811

序言

请相信，深蓝就在您的身边

文 / 深蓝

细数起来，从 2016 年 12 月在"网易人间"栏目发表第一篇非虚构故事至今，已过了整七年。感谢这些年"网易人间"编辑部和新星出版社的各位老师，以及众多读者朋友，是你们的鼓励和支持，帮助我完成了"深蓝的故事"书系中五十七个事件的记录。

七年的写作历程，也是对自己的内心世界和现实生活反思的过程。从激动到平静，从焦虑到稳定，从愤懑到和解，我在记录往事的同时，也挖掘着脑海深处对于过往人与事的记忆。

非虚构写作是一件辛苦的事，这份辛苦不仅来自写作本身，更多的是，当我一次次重构当年的场景，追寻在场时刻的真实经历与感受时，很多随着时间流逝已经逐渐消解的情绪再度涌上心头。

但非虚构写作又是一件开心的事，开心在与自我的对话，在那些源于现实却又远离当下的人物和事件中,我终于得以抛开现下的身份、职业、性格、家庭、教育背景等枷锁,自由地表达我的思考与困惑。

感谢过往的经历,也感谢大家一直以来的相伴。

不过,虽时光荏苒,却并未物是人非。

2021年7月,我在湖南湘西土家族苗族自治州为博士论文进行田野调查时,偶遇前同事林波,他正带队侦办一起刑事案件,追踪犯罪嫌疑人至此,临时"征用"了我的私家车。他的任务完成后,我们一同驾车返回湖北。路上,我注意到了林波的警衔。

"你都'一毛三'了?!"我不由得发出感慨。

"其实这肩章是你的,当年我没帮你上交,本想留个纪念,没想到现在自己用上了。"他笑着说。

"一毛三"是每一位警察从警生涯的重要分水岭——它代表着"骨干"和"顶梁柱",也意味着既失去了作为"新人"的优待,又尚未拥有作为"老人"的坦然。

"时间过得真快,认识你时,我还是暑期来公安局实习的警校生呢,这一晃——"林波对我说。

"那边的变化大吗?"这些年,我习惯了用"那边"指代原单位。

"民警基本换了一茬,但案子还是那些案子。之前那个拼了命要嫁给你的女精神病人,在你走后又看上了刘建军,现在又拼了命要嫁给他，吓得军哥一年了不敢走正门下班……"

我笑。

"陈叔退休前又把'老棍'送进去了，判三年。陈叔说他当警察送进去的第一个人是'老棍'，最后一个人还是'老棍'，这警察当得'有时有晌'，一辈子就'干老棍'了……"

我接着笑。

"哦，对了，马亮去年出来了，一出来就四处打听你……"

这次我没笑，马亮当年是我"送进去"的，吸贩毒。最后一次提审时他曾扬言出狱后要杀我全家，这事儿同事们都知道。

"不用担心，'狗改不了吃屎'，他不到半年又被我'送回去'了，还是吸贩毒，这次他改口要杀我全家……"

太阳底下无新事，但愿故事无新篇。

2023年9月的某个夜里，我梦见了程兵。

我没有见过现实中的程兵，这位"程队长"给我留下的直接印象仅有前辈老张手机里那张陈年旧照，和最后通话时的那句"做个好警察，办好案子，也保护好自己"。

但我却在梦里见到了他。

我已忘记梦里是何种场景，只是笃定那就是他。彼时电影《三大队》已经定档，我便把这个消息告诉他。程队长没有说话，但看上去很开心。我还想说些什么，他却略带欣慰地说："我早就说过吧，你不是做刑警的料，特别适合去办公室写宣传材料。"

那一刻，我的意识突然混乱起来，眼前的程队长又幻化成了周警长的样子。

"你让我跟那些个杂碎讲道理、讲权利、讲挽救？那我去跟警察讲什么？讲奉献、讲付出、讲职责？放你娘的狗屁，你的职责是让老婆孩子抱着花圈去给你上坟吗？"我又一次看到了周警长咆哮时的样子。

一位领导当年说过："警察这行当，有人当个饭碗，有人当份职业，还有人当成事业。你把它当作什么，你就会成为什么。"

程队长、周警长，还有许许多多我叫不出名字的同行、前辈，他们是同路之人，他们曾栉风沐雨，尔后隐入尘烟，唯将一抹深蓝留在人间。

"都过去了，没什么事的话，以后别联系了。"周警长又变回了程队长，我目送他消失在夜色中，背影瘦削但挺拔。

伴随着电影《三大队》的上映，"深蓝的故事"也终于迎来了新一部的出版。现实中的警察故事仍在继续，只是限于我的工作经历及个人精力，此后作品或将以其他形式出现，还请各位读者朋友海涵。

但仍是那句承诺，深蓝依然在您身边。在静谧安详的小镇街头，在忙碌熙攘的城市道口，在每一个午夜时分悬挂着深蓝色灯箱的派出所值班室。

我曾是深蓝，200万人民警察中无比普通的一个。

目　录

序言 / 1

没赶上转制末班车的辅警师傅 / 1

一名小偷父亲唯一的体面 / 18

半枚血指纹 / 42

雪夜的秘密，藏进半路姐弟的余生 / 82

一心要逼死妹夫的女主任 / 119

一个妻子的离婚抉择 / 145

骤变的丈夫 / 166

戴青之死 / 186

愤怒的丈夫 / 244

一场缺乏关键证据的聚众斗殴 / 267

声明 / 288

没赶上转制末班车的辅警师傅

1

我清晰地记得，自己参加工作的第一天，教导员从公安局政治部把我领回派出所。

换好警服，同事们已经聚集在值班大厅里，教导员为我依次介绍："这是杨所，咱们所所长；这是马所，治安副所长；这是范所，刑侦副所长……"介绍完主官，教导员又指着值班台后一位身着作训服的男子说："这是杨大队。"我跟他打招呼，他冲我笑笑，眼角的皱纹挤成一团。

所里一共有十位民警，后来我又和大家客套了一番，但一圈下来，依然记不住大多数人的名字，唯独记住了"杨大队"——因为其他人都是"警官"，只有他是"大队"。

散会后，杨大队把我叫到跟前，用手揪了揪我的警服衬衣领子，笑着说："小伙子，以前没穿过制服吧？"

我有些不好意思，点点头，说校服穿过不少，制服还是第一次穿。杨大队说那难怪了，衣服穿错了，"冬常服配警服衬衣、领带和V领毛衣，脚上穿皮鞋。你里面穿的是春秋长袖执勤服，高领毛衣，脚上穿运动鞋，前几年村里的警察才这么穿，赶紧换了去。"他笑嘻嘻地说。

没想到穿个衣服还有这么多讲究，我赶紧回备勤室换。等我再下来，杨大队就一边帮我绷直衣角，一边由衷地感叹："真好啊，现在这警服越来越漂亮了。"

那年，杨大队45岁，在派出所工作十五年了。他圆脸，留着极短的平头，不笑的时候一脸凶相，笑起来一团和气、憨厚。

起初我和他不在一个班，但经常跟他一起去看守所和强戒所送人。我只知道杨大队不是正式民警，因为他在所里带过"联防队"，后来又是辅警队的头儿，大家就都喊他"杨大队"。能看得出，杨大队在所里颇受尊重，每次例会，他都是唯一参加的辅警。

后来交流多了，才知道他是本地人，当过兵，早年与妻子离异，现在一个人带儿子生活。那时我只是有些疑惑，印象中市局其他派出所的辅警大多是二十出头的年轻人，把这当成一份过渡的工作，做一两年便走，不知杨大队这把年纪了，为何依旧在派出所当辅警。

"年纪大了没处找工作呗,不然早走了,这三千来块的工资哪够养家糊口的……"一次,杨大队在巡逻车上跟我说。随后他又问我工资多少,我说还不到三千,他听罢"哼"了一声,我没明白是啥意思。

2

2012年年初,局里按惯例要给新人安排老民警当"师父",人选暂时没定下来,领导让我先跟着杨大队学。显然,杨大队早就得到消息了,但他似乎不太高兴,嘴上抱怨:"这么多老民警闲着,为啥总逮着我不放?我又不是民警。"

我有些尴尬,只好恭维说:"甭管民警辅警,您是老前辈,啥都值得我跟着学。"他又哼了一声,但脸色好看了许多。

杨大队先带我熟悉管区情况,我以为就是跑跑辖区内的主要单位,但杨大队说那些地方让所领导白天带我去,要我晚上下班之后再找他。那天下班后,他一身便装,让我也换掉警服,上了他的私家车。临开车前,杨大队说:"官面上的地方我带不合适,去了会让人笑话。摆不上台面的地方我带你去,你也做好心理准备,这些地方才是今后需要你费脑筋的。"

那晚,我跟他去了一些"特殊"的地方:在乌烟瘴气的棋牌室里,杨大队指着隐蔽位置的一张门帘说,帘子后面有两个箱子,搬开箱子里面还有一间屋,平时是店老板的杂物间,但以前在里面摆过"打鱼机"开赌；在喧闹混乱的迪厅里，杨大队悄悄指着两个路过的年轻人说，记住他俩的模样，这是两个吸毒人员，且有贩毒前科；在深夜营业的美发店外，杨大队指着隔壁一间早已打烊的杂货铺说，两个店面之间新开了暗门，他怀疑美发店老板是为了"捞偏门"躲检查……

路过一间公共厕所，杨大队把车停下来，招呼我也下车，我不明就里，下车跟着他走了进去。公厕惯常的臭味里，竟然夹杂着一股香气，杨大队使劲吸吸鼻子，让我记住这个味道。我有些恶心，问他这是什么味道？杨大队说不久前有人在这里吸过麻果，让我以后看住这间公共厕所。

之后，他又带我转了几个居民小区——

"这栋楼301，户主曹××，盗窃前科，目前在拘留所，三天后回来，盯住他。"

"这栋楼地下室有一个麻将馆，之前有过聚赌，最近几天一直没开门，留意一下。"

"这栋楼2单元的101被租了出去，上面怀疑是失足妇女承租后用来卖淫，抽空进去看看。"

……

凌晨时分，我们路过一个街口，几个年轻人在那里徘徊。杨大队开车路过，"嚯"地停了下来，降下玻璃，大声喝道："你们搞么事！"

一个看似领头的年轻人走过来，见是杨大队，弯腰，脸上挂着谄媚的笑容:"杨叔啊,没事儿,兄弟伙的喝醉了,醒酒呢!"

"放屁,别以为我不知道你们想干啥,滚回家睡觉去!"杨大队声音不大,领头的青年却犹豫了一下,招呼自己的兄弟伙离开了。

杨大队一直开车跟着他们,几个人走几步便回头看一眼我们的车,杨大队用远光灯闪他们。就这样走了半个多小时,直到人群各自散去,领头的年轻人也进了小区,我们才停止跟踪。

杨大队告诉我,他们是一帮混子,大多没有正当职业,平时在街上惹是生非,没少跟派出所打交道。今天晚上聚在一起,应该不是为了啥好事儿,"以后常注意他们,见他们聚在一起就想办法驱散"。

返程路上,杨大队如数家珍一般,告诉我管区内有多少"重点人口",有哪些"前科人员",有哪些"隐患地带",甚至连有多少家五金行、修理厂、寄卖行、鞭炮铺,各自处于什么位置他都一清二楚。

我拿出本子准备记下来,他说不要记在本子上,要记在心里。我说那怎么记得住?他笑了笑说:"等你干久了,自然也就记住了。"

就这样,杨大队给我当了三个月"不挂名"的师父。

每次我喊他"师父",他嘴上说着"不要在公开场合这么喊",神情却很是受用。巡逻时,他经常跟我讲以前的故事,说早年公安局还未改制时，民警和辅警没啥区分，某位领导还给他做过徒弟，"但那家伙不像你，他笨得要死，俩月学不会做治安笔录，抓狗被狗咬，找猫被猫挠，啥也不是……"但之后，杨大队却又自嘲一般地笑，继续说，"可是人家运气好啊，赶上了转制的末班车，先转成公务员，又当上领导。不像我，干了半辈子，倒是啥都会，但至今也没能当上'正规军'……"

每当杨大队说到这个问题，我便不知该不该接他的话。

的确，公安局民警的身份转制工作早已于十年前就落下帷幕了，能转的都转了，转不了的都走了，而杨大队却是个特例——他的身份既有别于局里的正式民警，又不同于绝大多数合同制辅警——他算是公安局的"工勤"，即机关单位职工。

那时，很多人都觉得"工勤"这个身份已经相当不错了。相比于企业职工，机关单位"工勤人员"工作更加稳定，可以享受机关公务员的福利待遇，却又不必接受相关公务员条例的限制。只是杨大队觉得不好，因为在他看来，自己始终算不上是一名真正的警察。

"就是没赶上好时候啊，《公务员法》晚出来一年，我就妥妥地是个正式警察了。谁知道呢，忙活了半天，空欢喜一场，警服和警衔都发给我了，结果最后就卡在那关键的一年上了……"杨大队经常把这句话挂在嘴边。

我再细问，他却推说是很多年前的事情了，不想再提，不提也罢。

3

尽管如此，所里的同事们似乎从来没把杨大队当辅警看待，而他似乎也同样不认同自己的辅警身份。杨大队平时不穿辅警制服，爱穿一件作训外套，肩膀上扛着"两毛一"（两杠一星）的警督肩章——其实这是违反着装规定的做法。但他是派出所的老人，当年的纪律管理也不是太严格，所以领导们也都听之任之，只在一些必要的场合，才会提醒他注意着装。

按照公安局的相关管理规定，辅警只负责开车、打印材料、看守嫌疑人、维持现场秩序等工作，并不直接参与警方的抓捕和办案。绝大多数辅警也严格遵行着这一制度，只有杨大队例外——他参与所里的一切工作，只要工作上需要，他都不会拒绝。有时即便嘴上拒绝，后续的行动中也少不了他的身影。

这些年，他几乎没有缺席过任何相对危险的抓捕现场，而每次回到所里之后，教导员都会生气，说杨大队没有参与这种行动的义务，年龄又在那儿摆着，你们怎么好意思喊他。同事们只能说，杨大队经验丰富，有他在才安心。

虽然领导屡次要求民警在工作中"分清民警和辅警的工作范围"，不要动不动就拉着杨大队干民警的活，但遇到需要领导本人带班出警的任务，也少不了要把杨大队叫上。

杨大队有时也会发牢骚，说自己拿着辅警的工资干着民警的活，下次这种事不要再喊自己，喊也不去了。但这些也就只停留在牢骚的层面上，遇到大案要案，他的身影还是穿梭在一线。

"他做这行确实是把好手，这么多年了，如果是正式民警的话，现在起码能做到支大队的副主官位置……"一次吃饭时，教导员感慨道。

"1999年'6·20'杀人案，关键线索是他摸出来的；2001年'7·14'强奸案，他在茶市场一眼认出了强奸犯；2007年'10·17'抢劫案，他在驳船上按住了嫌疑人。这几年扫毒，十个强戒指标里八个是他完成的。就凭这些，给个刑警大队长干也不过分吧，可惜了啊……"

那时，我对杨大队的境遇也很好奇，但他自己却不肯说，便趁机问教导员。没想到教导员一下打开了话匣子，跟我足足聊了一个晚上——

杨大队的"工勤"身份，一直都是公安局的"历史遗留问题"。按照教导员的说法，杨大队曾经有三次正儿八经穿上警服的机会。

第一次是1991年，杨大队从新疆某部转业，进公安局工作完全没问题，但安置结果出来，却是某国企的机关小车队。那个年代，国企机关小车队是很多人梦寐以求的好单位，杨大队的父亲与那家企业领导有些私交，便把自己儿子"安排"了进去。老爷子"帮了倒忙"，断送了杨大队第一次入警的机会。

第二次是1996年,全国"严打",公安局缺司机,杨大队申请借调,"严打"结束后主动留了下来。往后,他先在公安局机关工作,后来索性去了派出所,当了六年"杨警官"。

到2002年,公安体制改革,同事大多转为公务员,可杨大队却遇到了麻烦——当年,为了保障民警素质,上级文件要求"35岁以下转制民警必须具备高中(中专)以上学历",杨大队那年刚好35岁,但他入伍前只有初中学历,在部队参加的培训未能被认定为"中专",没有达到转正条件。

摆在杨大队面前的路有两条,一是在公安局继续等待改制,二是回原单位工作。他选择了前者,因为那时他已是派出所的治安骨干,领导找他谈话,说改制阶段各项制度都有变数,杨大队觉得有道理,便继续等政策。

然而随着转制逐步完成,公安局也没有再下发新政策。原单位派人来找杨大队,劝他调回去。杨大队没走,他说因学历受限没转正的大有人在,公安局编制有限,不好说给谁不给谁,等走的人多了,留下的自然就转正了。

功夫不负有心人,两年后,公安局终于决定再解决一批编制问题。杨大队位列人员名单之中。他已拿到中专文凭,也满足了转正的硬性条件,但那次他依旧失败了——因为同批转正的同事中有一位烈士胞弟,上级部门要求公安局先解决烈士胞弟的编制问题。无奈,杨大队主动让出了名额。当时,杨大队的警衔和警号都发了,只能原样交回。领导不忍心,把"两毛一"的肩章留给他做纪念。

那年杨大队已经38岁了，依旧在派出所干治安，身份不明。杨大队自己也有些气馁，说可能这辈子与警察无缘，但领导舍不得让他走，于是打下包票，说两年内无论如何都会给他解决正式编制问题。

不料2006年，《公务员法》实施，公安机关招录新人民警察必须通过公务员考试，而杨大队的年龄早已超过了省考上限。自此，杨大队彻底失去了转为正式警察的机会。

"老领导当时愧疚得不行，问杨大队想去什么单位，他来协调。但杨大队说自己在派出所干了十年，哪儿也不想去了，最后领导没辙，给他转了'工勤'，还是留在了派出所。"教导员说。

记忆中，局机关车队的小车司机老唐同样是"工勤人员"，我问教导员他俩的情况是不是一样，教导员却笑了笑，说身份是一样，但别在杨大队跟前提老唐。我问为啥，他说老唐和杨大队彼此不对付，见面也从不打招呼。

杨大队说，老唐留在公安局是为了"占便宜"，但老唐却笑话杨大队，说他明明不是警察还装蒜，自己骗自己。

4

我从没有跟杨大队提过小车队的老唐，但杨大队自己却主动提过一次。

2013年8月,吸毒人员许某拉起一个团伙,专在辖区盗窃电动车和电瓶。一个月内,几个人在辖区偷了十多台电动车和二十多个电瓶,一时搅得鸡犬不宁。所里成立了专门警组抓捕许某一伙,我和杨大队都名列其中。

经过一段时间的布控抓捕,三名犯罪嫌疑人先后落网,但主犯许某却始终不知去向。吸毒人员本就行踪诡秘,同伙落网后许某更成了惊弓之鸟。四下寻不到他的踪迹,大伙只好各自想办法。

9月初的一天傍晚,我正在所里值班,突然接到杨大队电话,让我赶紧开车去城东国道附近,许某出现了。我和另一位同事立刻开车赶了过去,到现场后却发现只有杨大队一人坐在马路边。我问他许某在哪里,他却气呼呼地说已经骑电动车跑了,我们开车沿许某逃跑的方向追了一程,没有结果,杨大队只能摆摆手说估计跑远了,先回派出所吧。

一路上,杨大队都是气呼呼的样子,我以为他还在气许某逃脱,劝他回去调监控看看。不料杨大队却说他气的是机关车队的老唐,回去非把情况反映给领导不可。

一回派出所,杨大队便直奔值班领导办公室,我和同事去监控室查视频。很久之后,才看到教导员和杨大队一同从办公室出来,教导员边走边安抚杨大队。

原来,杨大队的儿子读初三,学校加了晚自习,杨大队不值班时便去给儿子送晚饭,结果那天在学校门口,杨大队遇到了刚好骑车经过的许某。两人一照面便认出了彼此，许某立刻猛拧电门逃跑，杨大队则在后面跑着追。

眼看两人距离越拉越远，杨大队突然在路边看到了同样来给孩子送饭的老唐。老唐是开车来的，人刚从车里出来。放在往常两人见面是不打招呼的，但这次情况不一样，杨大队一把拉住老唐，让他帮忙开车带他追许某的电动车。

杨大队满以为老唐会帮忙，不料却被拒绝了。老唐扯了个理由，说车钥匙被老婆拿走了，但杨大队分明看到老唐是从驾驶位下来的。他有点急，说："老唐你还算不算个警察？"

老唐却笑了笑，回了他一句："我不算，你应该也不算吧。这么拼干吗？还想着你那'两毛一'呢？"

我能想象出老唐说这话时戏谑的样子，也理解了杨大队为何会在路上生那么大的气。杨大队要求教导员把当天老唐的情况向上级汇报，他说即便普通群众遇到这种情况也有配合工作的义务，更何况是老唐这样在公安机关工作的人员。但教导员考虑再三，却觉得这件事也不好这么做。

"老唐这家伙真是操蛋，狗嘴里吐不出象牙来……"最后，教导员说。

后来，老唐的事情被教导员捅给了局领导，老唐挨了一顿臭骂。之后教导员又找杨大队谈过几次话，杨大队似乎并没把这件事放在心上，一如既往地参与对许某的抓捕，没多久许某便落了网。

2014年2月，市局布控抓捕毒贩陈立军，我在案件专班又见到了杨大队。他和陈立军打了十几年交道，对陈立军比对自己的儿子还熟，因此又被局领导破例加进了专班，主要负责一些情报分析工作。

陈立军是本地的一个老毒虫，没有正当收入来源，这一次是借高利贷进了一些冰毒打算转手卖掉。对陈立军的抓捕行动很顺利，原本只负责情报分析工作的杨大队在抓捕时也去了现场，按倒陈立军的三个人里，就有杨大队。在押送陈立军进入办案区时，政治部宣传科的同事还给他拍了照片。

不久，省媒就在官网上发布了我市有关这次行动的新闻报道，几张新闻配图中就有两张杨大队的照片。一张是他按倒陈立军时民警的执法仪截图，另一张就是他押送陈立军进入办案区时宣传科同事拍的照片。

那天下午，杨大队喜不自禁，坐在值班台后面抱着手机，一直看自己的照片，还把新闻链接不停地发给亲朋好友。有同事跟他开玩笑："看照片，老杨的气势起码得是个刑警队长啊。"

杨大队的脸笑成一朵花，说："那还用说。"

只可惜，杨大队的开心只持续了几个小时，傍晚刚过，他就发现那篇新闻的链接打不开了。刷新了好几次之后，却发现新闻还在，但照片被换成了其他人。

很快，他便被教导员打电话叫去了办公室，再出来时，一脸颓丧。他又一次气哼哼地把手机直接扔在值班台上，坐在一旁抽起了闷烟。

我问他怎么了。他瞥了我一眼，说还能怎么，教导员让他以后不要再戴那副"两毛一"的肩章了。

原来，市局领导也看到了新闻照片，乍一看没什么问题，但随即就有人"提醒"领导，说杨大队是辅警，照片上却戴着民警警衔，明显违反相关规定。而且照片是发在省级媒体上的，一旦上级公安机关较真，领导可能要担责任。

局领导认得杨大队，也确实觉得照片不妥，于是电话打到政治部宣传科，让他们马上联系媒体撤稿换照片，又给我们教导员打了电话，让他规范所里的辅警着装。

虽然上级的决定没有任何问题，但看到杨大队失落的样子，我还是在一旁感慨了一句："是谁这么无聊，去跟局领导说这事？"

大家都没说话，杨大队却突然笑了起来，说："管他呢，一张照片而已，多大点事儿？"

当天晚上夜巡，杨大队开车带着我，却没像往常那样健谈。他一路沉默，警车开到半程时像突然想起了什么，一脚重刹把车停在路边，我正诧异，却见他猛地从肩膀上扯下那副"两毛一"，扔在了扶手箱里。

5

教导员曾对我说过一句话:"有人把当警察看作一份职业,有人把当警察看作一份事业,有人把当警察看作一个饭碗,而你杨大队把当警察看作一个梦想。"

的确,既然是梦想,就意味着十分美好,且不易实现。杨大队不认同教导员的观点,他也经常把一句话挂在嘴边——"屁梦想,就是份工作嘛,屁'两毛一',多少年前的事儿了。"

但事实上,我能感觉出,他其实依旧心存"梦想"。

2014年年底,我偶然从网上看到一条有关"优秀辅警可以转为正式人民警察"的新闻,随口给杨大队说了,他当时没有说话,但当天晚上很晚了,却又打电话给我,让我把那条新闻发给他,他说自己回家后上网找了很久没有找到。

那条新闻令杨大队激动了很久。的确,按照工作业绩,他早已满足了"优秀"的标准。他武警出身,在派出所工作了很多年,业务精熟,很多民警当年入警时都给他当过徒弟,至今有些重要案件局领导仍会批示让杨大队参与,他需要的只是一纸转正命令而已。

第二天,教导员也找我要了那条新闻,上报给了局领导。

那天中午,杨大队没有像往常一样跟我们一起在二楼吃饭,而是一中午都抱着手机窝在值班室里。我去看他,发现他还在网上搜索着有关那篇新闻的后续报道。

然而，等到下午上班时教导员却把我拉到一旁，埋怨我不该给杨大队发这些有的没的，让他空欢喜一场。我被说得云里雾里，教导员跟我说他把消息报给局领导后，领导翻来覆去研究了很久却总觉得不太对劲，咨询过上级后，才发现那条新闻只是无良自媒体歪解政策之后的谣传。

"你又不是不知道，你杨大队对这事儿非常敏感。你可能只是随口告诉他这么个消息，但在他看来可能又是一根救命的稻草，结果大家一起激动一场，最后发现是假的。你倒没什么，但对他来说，残忍不？"教导员一脸怨气，我赶紧低头认错。

之后，杨大队好几天不愿理我，事后我向他道歉，他还气呼呼地说以后不要再给他看这些乱七八糟的东西了。但不久他又在网上看到了类似新闻，却依旧会找到我，让我帮忙看看这次的新闻是真是假。

2017年4月，听说我要离开派出所，杨大队请我吃饭。他问我以后怎么打算，我说没想那么远，先读书吧。杨大队叹了口气，说这事儿挺有趣，自己一辈子为个警察的身份求而不得，"你倒好，说走就走"。我也笑笑，说读书深造又不是不回来。我劝他悠着点，"人过五十了，别再把自己当年轻人来用，注意身体"。杨大队点头让我放心。

我知道，编制还是他心里的一个坎，想劝他，但又不知该如何开口。不想杨大队似乎猜到我要说啥，主动挑起了话题，说自己不再纠结身份不身份的事情了。一过50岁就奔着退休去了，有些事得看开，毕竟自己还有个"工勤人员"身份不是？

"当不了警察，那就当警察他爹吧！"杨大队喝了口酒，点了支烟。他这话说得挺粗，搞得我不知道怎么接。可能看我有些尴尬，杨大队又笑了，说不是骂人，是他儿子杨霄去年考上警校了，侦查专业。

我恍然大悟，举杯向他祝贺。"打算让儿子当你最后一任徒弟？"

杨大队举起酒杯和我碰了一下，没说话，脸上挂满了笑意。

7月，我收拾行李离开派出所，发现给我送行的同事中多了一个新鲜的面孔。我向杨大队求证，他点头说是，今年暑假，儿子来派出所做暑期实习。

崭新的学警制服穿在小伙子身上，尤其精神。同事们在派出所值班大厅里列队，整理警容为我送行，杨大队整理完自己的衣服，转身帮儿子整理。他捋了捋儿子的衣领，正了正儿子的警帽，小声说："常服裤和执勤裤看似一样，其实是有差别的，你穿错了，下次注意！"

一瞬间，我仿佛又回到了六年前刚到派出所报到时杨大队帮我整理新警服的样子。

2020年9月，杨大队的儿子通过招警考试，正式入职。

一名小偷父亲唯一的体面

1

2012年春节,我被朱永新摆了一道。

那时我刚上班,担任社区民警。春节放假前一天晚上,朱永新来警务室找我,没着没落地聊了几句,说自己代表社区居民,感谢我协调物业公司搭建电动车棚,解决了居民存车难的问题。

我把朱永新当成辖区的热心群众,客套地应了两句。朱永新临走时给我留下一份"年礼"——一块腊肉、一条腊鱼。我知道腊鱼腊肉是当地居民的常备年货,送礼多是心意,值不了多少钱,更不会涉及"廉政"问题,推辞不过便收下了。

春节收假,我大年初五回到岗位,不承想一到单位便被领导叫去了办公室。"你走之前收朱永新的礼了?"教导员非常愤怒。我很诧异,赶忙实话实说。

"你跟他很熟吗?"教导员又问。我摇摇头,说之前并不认识。

"那还敢把东西留下,你脑子坏了吗?!"教导员劈头盖脸就是一顿骂。我急忙问原因,教导员瞪了我一眼,说腊鱼腊肉都是赃物,年后人被抓了,"说赃物都送给了你"。

我目瞪口呆,半天才反应过来,忙问教导员咋办。教导员问我收了多少东西,又问东西在哪儿,我说过年都带回老家了。教导员叹了口气,说没办法了,"毕竟收了他的东西,这处分背定了,下次注意吧"。

之后我才知道,朱永新是个惯偷,节前偷了辖区居民和饭馆几十斤腊鱼腊肉。一半吃了,一半卖了。之所以送我一条腊鱼、一块腊肉,据他交代,是觉得只要警察收了"礼",就跟他站在了同一条船上。即便东窗事发,只要公安局不处理"收礼"民警,也就不会把他怎样——朱永新知道我是新来的片警,不熟悉情况也没什么经验,因此拉我给他垫背。

就这样,我成了所在公安局有史以来第一个实习期内便背了处分的民警,朱永新也成了我入职后第一个重点关注对象。

朱永新时年不到50岁,身高一米六,很瘦,秃头,满脸褶子,看长相像是60多岁了,住在辖区边缘四季小区一间很小的棚屋里。棚屋就在小区垃圾站附近,是朱永新用拾荒时捡来的废木头和烂铁皮搭建的,上面盖着同样是捡来的破被褥和旧衣服,远远看去犹如一个大号垃圾堆。加上常年散发着难以形容的刺鼻气味，周围居民皆避之不及。

而朱永新的"狱龄"已经快和我的年龄一样了。朱永新不是本地人，当年因招工来到本市，不久便入狱，出狱后没了工作，但也没回老家。他一直到处打零工，之后反复入狱多次。

2008年，朱永新最后一次入狱。那天晚上他溜门进入一户人家，在客厅桌上偷了100多元钱，但转身离开时遇到了从厨房端菜出来的房主。朱永新顺手掏出一支圆珠笔大声威胁呵斥那名房主，被闻声而来的邻居按倒在屋里，之后被扭送派出所，最终因入室抢劫领了两年刑期。

2010年刑满出狱后，朱永新开始以拾荒为生，但依旧没有改掉偷东西的习性。

2

这两年，每次有居民来丢垃圾，朱永新都会让人先把垃圾放在他的棚屋门口，"检查"一遍有没有自己需要的。平时则拎着一条麻袋走街串巷，在路边垃圾桶里翻找各种纸壳和瓶瓶罐罐。

陌生人大多会觉得这个拾荒者憨厚、木讷、老实，甚至有点可怜，但熟悉他的人却都嗤之以鼻。尤其在四季小区里，他简直就是一个人人喊打的角色——与多数"兔子不吃窝边草"的小偷不同，朱永新顺手牵羊的习惯，受害最深的反而都是邻居们。

四季小区是个老旧社区，大家习惯把一些家里暂时无处放置的物品堆在楼道里。朱永新会"拿"走任何他认为值钱的东西，且"默认"这些物品都是被居民丢弃的。方便出手的东西很快会被卖掉，而一些暂时卖不出去的就全被他藏在棚屋里。

时常有人站在棚屋门外一通叫骂，然后进屋搬回自己的东西。每当这时，朱永新或是像一只受惊的鹌鹑般缩在一旁不敢吱声，或是一脸"愧疚"地站在门口解释说："以为是你家不要的垃圾。"

最初接手社区的一年里，我几乎每周都能接到有关朱永新的警情，大多与偷窃有关——被盗物品包括居民晒在窗外的床单、衣物，停在楼门口的自行车，搁在窗外暂时没来得及处理的废纸壳、旧家具，甚至还有物业安放在路边的橡胶停车锥筒，等等。朱永新就像只觅食的老鼠般叼走一切他看得到的东西，然后换成块儿八毛的票子。

"我接盆水出去擦车，中途回屋找块干抹布，再回来就发现水被倒掉，盆不见了。我去朱永新的窝里一看，好家伙，他正用这盆洗脚呢，跟我说盆是他'捡的'，要还给我。他××那恶心样，谁知道有没有传染病？这盆我还能要？恨不得一脚踹死他……"

由于被盗物品的涉案价值不高，多数居民也只是抱着出口恶气的心态来派出所抱怨一番，在报案大厅怒斥一通朱永新后便回去了，连我提出做份笔录的要求也会被拒绝。

"太恶心人了！你看吧，他大事儿不犯小事儿不断，搞得整个小区的人整天提心吊胆，你们有没有什么办法把他彻底送进监狱去？"每次开社区治安联席会议时，居委会和街道办工作人员都会提出这个要求。可是现实中的朱永新的确就像他们所形容的，"大事儿不犯小事儿不断"，派出所也没办法把他"彻底送进监狱"。

"那你们能不能出面把他赶走呢？"一招不成，居委会干事又提出另一个办法。我想了想，问他能不能协调城管部门过来把他私搭乱建的棚屋拆掉，居委会干事面露难色，说已经组织城管拆过几次了，但过不了多久，朱永新还会回来。

"朱永新的老婆在他搭棚屋的地方原本有一间小平房，后来塌了，朱永新没钱盖房子就搭了那个棚屋。"辗转半天，居委会干事才告诉我原因。之后他没多解释，但我也明白了他们的难处——如果拆了朱永新的棚屋，居委会得出面给他安置住处，但朱永新早已臭名远扬，根本没地方会同意接收他。

3

朱永新结过婚，但那时我没见过他老婆。他还有一个叫玲玲的女儿，当时在辖区东城小学读四年级。我偶尔会在朱永新的棚屋旁见到玲玲，小姑娘个子不高，很瘦。与每天脏兮兮、说话呜呜咽咽的朱永新不同，玲玲穿得很干净，讲标准的普通话，只是胆子很小,每次见到我时都会怯生生地躲在朱永新身后。

我问过朱永新有关他老婆和女儿的情况。朱永新说他36岁那年结过婚,婚后有了女儿。女儿刚出生时,他和老婆一起在夜市摆摊,的确过了两年消停日子。但后来再次入狱,老婆便借口去南方打工没再回来,联系不上了。老婆在本地有家亲戚,临走前把玲玲交给了亲戚。

此后朱永新频繁进出监狱,顾不上女儿,玲玲便一直在老婆亲戚家住着。2010年朱永新出狱,亲戚让朱永新把女儿接回去。但他自己连个住处都没有,几经恳求,亲戚终于同意让玲玲继续住着,但朱永新每月要给一定数额的抚养费。

"我也是没得办法撒,再苦不能苦孩子撒……"朱永新经常用这句话敷衍我,我感觉他的逻辑很好笑,就问:"不能找份正儿八经的工作吗?不怕旁人戳你闺女的脊梁骨吗?"朱永新却不再回话了。有时被问急了,顶多回我一句:"她过她的我活我的,用不着你管。"

2012年10月,所里接到报案,又是关于朱永新的。

四季小区13号楼的独居老人王老太去菜场买东西回来,可能感觉东西多,身体弱,没法一次性拎上楼,就把一部分物品放在楼下小推车里,分两次搬运。不料正好被朱永新看到,他趁王老太上楼之际,拿走了留在小推车里的东西。

王老太下楼之后发现小推车里空空如也,拄着拐杖去了居委会。居委会打听了一番，很快有人反映说看到朱永新刚刚拎着几兜菜匆匆跑了。居委会干事找到朱永新的棚屋让他还菜，朱永新把自己反锁在屋里矢口否认，干事无奈报了警。

我和同事赶到后，朱永新依旧不肯开门，声称"个人住宅神圣不可侵犯"。我还想跟他讲讲道理，同事却没跟朱永新客气，一脚踹开了棚屋的破房门，大家很快在乱七八糟的杂物里发现了老人被偷的菜和肉，但朱永新坚持说是自己买的。

双方各执一词，菜上也没写买家名字。我忽然想起13号楼斜对着的路上有个监控探头，大概能拍到王老太所在的单元门，于是去小区保安室调监控。监控确实拍到了朱永新偷菜的场面，可惜因为角度和画质问题，只有背影，没有正脸。虽然我认出了朱永新，但朱永新仗着没有正面图像，死活不承认画面里那个男人是自己。

"你他妈的要点脸吧，80多岁的老太太买点菜你都惦记着……"我忍不住骂朱永新，但朱永新一副死猪不怕开水烫的样子，任凭我怎么说都不承认。

倒是老人先开了口，说算了，这几兜菜就当是喂了狗，大不了自己再跑趟菜市场，说罢便往外走。同事却伸手拦住她，然后跟我说："你去东城小学把他姑娘找来做辨认，看看这个偷菜的贼到底是不是她爹。"

这本是同事一句唬人的话，没想到一下就对朱永新起了作用，我转身刚要走，刚才还嘴硬的朱永新却突然认了怂——

"不用不用，又不关孩子的事，你们找她干吗？菜是我拿的、菜是我拿的！"

4

所里同事都说，朱永新属于那种很难缠的主。一来偷盗多年经验丰富——主要是对付警察的经验丰富——同时开玩笑说，朱永新对《治安管理处罚法》和《刑法》上有关盗窃的法条比我们都熟，哪些东西能偷，哪些东西不能偷，他把握得很准；二是脸皮厚得如同城墙拐角，偷东西被抓了现行，往地上一躺认打认罚，但只要不是抓现行，就开始胡搅蛮缠。他甚至专门研究过辖区的监控，能分辨出哪些探头开着，哪些探头关着，不同型号的探头能拍到什么角度。

"去年，朱永新在振兴社区9号楼一个住户窗台外偷了两瓶酒，价值300元左右，但窗台里的桌子上就搁着住户的钱包，里面有手机和500多元现金。如果朱永新想拿，伸伸胳膊就能够到，但他就是没拿。事后我给他做笔录，问他为什么不拿里面的钱包，你猜他跟我说啥？他说钱包在窗台内侧，他拿了钱包就是'入室盗窃'，算刑事案件要蹲监狱。但他拿了外侧的酒，顶多算偷窃，治安拘留……我当时就震惊了。"同事说。

我听了也是哭笑不得，问同事朱永新咋知道这个，同事说据他自己交代，是以前蹲监狱时在里面学的。

"别个偷东西,要么因为吸毒,要么因为赌博,临时起意的那些都好打(击),但朱永新这家伙把这个当工作,半辈子了,不好打啊——"同事顿了顿,"对了,他不是有个姑娘嘛,可能是现在唯一能拿捏住他的,以后再跟你'翻撬',你可以拿他姑娘说事儿,让她过来'配合工作',就像偷菜那次一样,管用。"

我点点头。

同事的"经验"我后来试过几次,的确,那似乎是唯一能"拿住"朱永新的办法。只要提出让女儿玲玲过来"配合工作",油盐不进的朱永新便会立刻认厌。

打交道久了,我也逐渐发现一些事情。

例如,朱永新在女儿面前很忌讳提自己偷东西的事情,甚至连"拾荒"一事都很敏感。朱永新一直跟玲玲说自己在四季小区物业办上班,平时负责小区的"物资回收"。

因为身材矮小,朱永新从来不跟人动手,即便挨打也是趴在地上缩成一团,但2013年年初他破天荒跟人打了一架。那天四季小区有住户丢了刚洗的床单去朱永新的棚屋讨要,那人踢开棚屋房门时,正赶上玲玲在屋里找朱永新拿生活费,一向唯唯诺诺的朱永新听到"贼王八"三个字立刻跳起来跟那人打成一团。

事后,朱永新和那位住户被同事带到派出所,同事当然也在朱永新屋里发现了住户的床单。不过,偷床单的事住户没有追究,但要求朱永新赔偿他"医药费"。朱永新痛快地拿出500元钱,一点不像他往常抠抠搜搜的作风。

签调解协议书时，我问朱永新为什么。朱永新见玲玲不在身旁，小声对我说，那人不该当着孩子的面说话那么难听。

我说你以后别干这事儿不就行了？朱永新再次看看我，没再接话。

5

朱永新从不在女儿玲玲就读的东城小学附近"开工"，虽然那里跟四季小区只隔一条街。他在四季小区偷得鸡飞狗跳，但自打女儿上学后就从未骚扰过东城小学附近的居民，甚至平时拾荒都不去那边。我原以为是东城小学离社区警务室近，朱永新有所顾忌，但同事却说，之前玲玲在桥北上幼儿园时，朱永新也从不去那附近作案。

朱永新的确很疼女儿，尽管玲玲偶尔来朱永新的棚屋，也多是过来拿学杂费和交给亲戚家的生活费，并不和他在一起生活。他平时穿得破破烂烂，衣服多是偷的捡的，偶尔在夜市上花十几块钱买一件新衣服，也很快因为整日拾荒搞得狼狈不堪，而玲玲却干净漂亮，外人谁看到玲玲都不会想到这是朱永新的女儿。

我在东城小学门口执勤时遇到过朱永新来给玲玲开家长会。那天朱永新破天荒穿了一件崭新的休闲夹克，还把一头乱发理顺了，我乍一看都没能认出来。没想到朱永新竟然主动上前跟我打招呼，说："警官辛苦了。"

我俯在他耳边轻声问："你这身衣服又是搞哪家的？"朱永新义正词严地说衣服是他正儿八经买的，花了200块呢，"我姑娘今年期末考了全班前十，还当了三好学生，学校请我来给女儿戴红花的！"

那天东城小学的"戴红花"仪式在学校操场举行，被授予小红花的学生和家长一起上台，家长从老师手中接过红花给孩子戴上。我在一旁执勤，全程观摩了这场仪式，但奇怪的是，当玲玲上台时，站在她身边的却是一位中年妇女。我环顾围观人群，在一个不起眼的地方发现了朱永新。我走到朱永新旁边，问他为啥不上台？朱永新看看我却欲言又止。

"那个……机械厂保卫科那个张科长也在……他认得我……这事儿传出去，对孩子不好……"好一会儿，朱永新才犹犹豫豫地告诉我。

我笑了笑。听同事说，2011年朱永新在机械厂偷废钢料被张科长带人抓住。那次，朱永新同样以监控没拍到脸为借口拒不承认盗窃行为，张科长真的派人到学校找玲玲去派出所做"辨认"。

事情虽然被玲玲当时的班主任阻止了，但父亲朱永新是"小偷"的消息却不知怎的在玲玲学校里流传起来，八九岁的孩子已经有了自尊意识，说话却也最无遮拦。朱永新后来跟我说过，那件事后女儿在学校跟同学打了好几架，有大概半年的时间没搭理过他。

6

再往后，朱永新主动找过我几次，求我以后不要总拿他女儿说事儿。

他说自己是"生活所迫"，被警察抓也无话可说。但玲玲只是个小孩子，不懂外面的事情，我的做法就是让他女儿"认父作贼"，会给他女儿带来伤害的。

我说朱永新你放狗屁，敢情你偷东西不会给你女儿带来"伤害"，我抓你就"伤害"到她了？你好胳膊好腿不找份工作，天天在街面上晃悠，辖区日子过得比你苦的人有的是，也没见他们因"生活所迫"去当小偷。

朱永新又说俗话讲"祸不及妻女"，他反正已经这样了，但没必要把孩子也牵扯进来，这又不干她的事。我气不打一处来："朱永新你知道自己在说什么吗？你现在的身份已经够孩子喝一壶了，还怕'祸及妻女'？你就偷吧，迟早有一天再把你送去'回炉'，到时候你就知道什么才是真正的'祸及妻女'。"

"我有啥身份？我被你抓不代表我女儿也不行，你不要总搞我女儿，她现在考全班前十，以后要考大学，要去大城市上班，搞不好以后还要当干部呢！"朱永新冲我嚷嚷。

我看着朱永新，告诉他有种东西叫作"政治审查"。朱永新大概不知道啥叫"政治审查"，可能是出于对未知事物的原始恐惧，尤其是这事儿可能关系到女儿前程，他没再油腔滑调地跟我顶嘴，一下沉默了。

"真要是为女儿考虑，你就老老实实找份工作吧。"平静下来之后，我告诫朱永新。

之后，朱永新的确消停了一段时间，有一次还麻烦我帮他留意一下工作机会。后来社区物业公司招临时工，我想起朱永新，但物业经理一听就摇头："不行不行，谁来都行，就他不行。我哪怕找个残疾人还能收下停车费，找他来干啥？检验小区安保质量吗？"

后来听说垃圾回收站招装卸工，我又把朱永新推荐过去，对方倒是没说什么，同意让朱永新去上班。但听说每月工资只有1700块钱后，朱永新嫌工资低，给拒绝了。我挺生气，觉得他不识好歹，有地方肯要他就不错了，他还挑三拣四。但朱永新跟我说，他每月光是给老婆亲戚家支付女儿的"生活费"就要2500块，学杂费另算，装卸工的这点工资根本活不下去。

我有些诧异，觉得一个10岁小姑娘，在我们这边生活费不该这么高。朱永新说亲戚有言在先，这笔钱确实不少，但他爱给不给，不给就把玲玲接回去，他们没有任何意见。

那天，我第一次在朱永新脸上看到真实的焦虑，的确，照他现在的状况，最好还是别跟女儿住在一起。但转念一想，我又跟朱永新说，800块钱就能在附近租个两居室，你俩住，剩下的钱省着点花，差不多也够了。但朱永新还是摇了摇头，说算了算了,他不想让闺女跟着他受罪。

再后来,我也没能给他联系到工作,朱永新依旧在街面上拾荒,背地里偷盗。我依旧抓他,他也依旧跟我耍赖皮。双方都明白彼此的路数,我也开始像同事们一样,接到盗窃警情后琢磨一下案值,然后直接去朱永新的棚屋里翻找。

朱永新早已见怪不怪,赃物该归还归还,自己该拘留拘留,他还是怕我跟他牵扯女儿,经常跟我重复那些"一人做事一人当"之类的车轱辘话。其实我心里有数,话虽那样说,但每次只是吓唬他,并不会真的去学校找他女儿。

7

但有些事情一旦种下了因,就必然会收到果。朱永新最怕自己的事情牵扯女儿,但人世间的事情往往怕什么,偏偏就会来什么。

2013年3月的一天中午,派出所里接到辖区一家小卖店女老板的报警,称朱永新借买烟之名"顺"走了她的手机。我和同事赶到现场了解情况,店主说当时自己的手机放在玻璃柜台上,朱永新进来买烟,她转身找钱的工夫,人就不见了。开始她还有点纳闷,但转头就发现自己的手机不见了,找了半天没找到,打电话过去,手机已经关机。

我问女店主确定手机是被朱永新拿走了吗?

女店主说这附近除他之外还有谁干这种事儿？我想了想，问了手机型号和样式，就和同事去找朱永新了。

找到朱永新时他正在一个小饭馆里带女儿吃午饭。同事进门便掏出了手铐，我看玲玲在场，轻轻拍了同事的手，示意他把手铐先收起来。

"老朱，有点事找你聊聊。"我顺势坐在朱永新身旁。朱永新愣了一下，眼神有些惶恐。正在吃饭的玲玲也抬头看我，我冲她笑笑，没有说话。

我和同事一直等父女二人把饭吃完，三人目送玲玲离开饭馆后，我才拍了拍朱永新的肩膀，说："为啥找你你肯定知道，刚才我们当着你闺女面啥也没说，这会儿你也给我们个面子，把手机交出来吧。"

"啥子手机？要我的手机吗？"说着朱永新掏出了自己的手机。我瞪了他一眼，"别他娘的装蒜，中午从小卖店拿走的那台"。

朱永新摇摇头，说自己并不知道手机的事情。我简单查了一下朱永新的衣服和随身物品，确实没有另一部手机。

我也有些无奈，因为女店主的怀疑并无凭据，我问了朱永新离开便利店之后的行踪，同事去调监控，我则带朱永新先回派出所。

大概由于在女儿面前给了他面子，一路上朱永新还算配合。

我劝他主动把手机交出来,别给自己惹麻烦。但朱永新坚持说自己中午就是去买烟,并没有偷过女店主的手机。

带朱永新回到派出所时,女店主早已等在值班大厅里。一见面她便径直扑向朱永新,一把抓住他的胳膊讨要手机,声音近乎歇斯底里。我急忙先把二人分开,然后分别带进办案区和办公室。

办案区里,朱永新不断重复自己没有偷手机;办公室里,女店主却掏出2000元钱给我,说愿意花钱把被朱永新偷走的手机"买回来",如果不够的话她还可以回家取钱。

我有些诧异,女店主却突然哭了,她说那部手机对她很重要,因为里面存了一些儿子的照片。去年儿子病逝,手机是她唯一的念想。只要朱永新归还手机,她既可以不追究朱永新的责任,也愿意付出任何价码。

我叹了口气,只好再去找朱永新。但不论我怎么劝,他始终坚持之前的说法。过了一会儿,调监控的同事也回来了,他说监控视频显示,朱永新从便利店出来先回了四季小区,之后出门去了女儿的学校,再之后便带女儿去了饭馆,监控里没有看到他去销赃的影像。

同事怀疑朱永新把手机藏在了棚屋里,朱永新否认,说可以带我们去看。我想了想,还是一起去了。

我和同事的确没在棚屋里找到女店主的手机,朱永新也嘀咕自己认得"苹果手机",很贵,被抓了会坐牢,所以不会偷。这句话倒是符合他的调性,我劝女店主再仔细回忆一下丢手机的细节,但她依然一口咬定就是朱永新干的。

  便利店里没有监控,朱永新住处没有赃物,一直僵持到下午5点,领导打电话让我先放人,我也确实找不到继续传唤朱永新的理由,只好放他回家。临走前,我拍了拍朱永新肩膀,说你也是有闺女的人,站在为人父母的角度上想想。朱永新没说话,径自走了。

  女店主那边,也只能走完报案程序后让她回家等消息。女店主走时一直在哭,眼里满是仇恨。

8

  手机的案子随后就移交给了班上的刑警,我把女店主亡子照片的事情也交代给了他们,之后便没再过问。没想到,两周后的一个晚上,朱永新主动跑来派出所报警,说他的女儿"不见了"。

  我问朱永新具体情况,他说下午放学后女儿没回亲戚家,亲戚以为玲玲去了朱永新那儿,但晚上9点还不见孩子回来,便联系了朱永新。朱永新接到亲戚电话后也傻了眼,因为女儿下午和晚上压根儿没来找过他。

  玲玲失联是涉校案件,我赶紧和她的班主任了解情况,老师听说玲玲放学没回家也很着急,撂下电话就来了派出所。见面后，我问她玲玲这几天在学校有没有异常状况，她犹豫了一会儿，告诉我当天下午玲玲在班里和同学打了一架。至于原因，是跟朱永新有关。

原来，虽然朱永新坚称自己没有偷女店主的手机，但女店主始终认为这事肯定是朱永新干的。离开派出所后，她找过朱永新几次，无奈朱永新一直"无动于衷"。万般无措下，女店主想到了朱永新的女儿。

"那个人有段时间常在学校外面转悠，一次下午放学时拦住了玲玲。"老师说，当时女店主在校门口突然拦住玲玲，玲玲有些怕，试图挣脱她。两人的行为惊动了学校保安和其他接孩子的家长，他们以为女店主是"拐子"，合力把她控制住了。

他们原打算把女店主扭送派出所，但女店主或许为了解释自己不是"人贩子"，又或许是想博得众人同情，很快就向众人声泪俱下地讲述了手机被玲玲的父亲朱永新偷走的事情。围观的家长越来越多，保安只好叫来了玲玲的班主任。

老师做了一些工作，她先劝走了女店主，又安抚了玲玲。但这事儿很快就在家长和学生间传开了。

玲玲失联那天下午，和班上一名同学先是发生了一点口角，后来说着说着，那名同学便把朱永新拿出来说事，说玲玲和她爸一样都是"贼"。身旁同学跟着起哄，玲玲气不过便跟同学打了起来。

等班主任赶到班里时，玲玲正被几个同学围在座位上吐口水。老师赶紧斥责了闹事的同学,正盘算着下一步该如何处理这件事,没想到玲玲先出事了。

"这小姑娘自尊心很强,以前就因同学说她爸是'捡垃圾的'而跟同学吵过架。"老师说。

在班主任的帮助下,我见到了玲玲的同桌,这才知道玲玲很有可能是离家出走了,而目的地大概率就是广州。

同桌女孩说,当天下午玲玲和同学吵架后,一直念叨自己不想要一个做"贼"的爸爸,要去广州找妈妈,还问她借钱。她身上有几十块,都给了玲玲。玲玲还说,自己以前去过一次广州,坐汽车去的。我跟朱永新核实,朱永新说多年前他确实带女儿去广州找过妻子,先坐长途客车去武汉,再从武汉转火车。

我让朱永新给妻子打电话,朱永新却说早已没有妻子的联系方式了。我在公安内网上找到玲玲的妈妈,打过去询问,对方很着急,但说女儿并没有联系过她,更不知道女儿要来找自己的事情。

看来玲玲真是离家出走,我和同事赶紧带上朱永新去长途客运站。经过多方打听,终于有工作人员说,傍晚确实见过一个单独坐车的小女孩,但没去武汉,而是上了一趟发往邻市的车子。经监控核实的确是玲玲。

同事质问工作人员,为何放这么小的孩子单独坐车。工作人员无奈地说,本市有很多在邻市打工的人,周末会让留守的孩子独自坐车前往邻市团聚,家长在那边的客运站接站。他们以为玲玲也是这样的孩子,就让她上了车。

我联系了搭载玲玲的客运车司机,但司机说同车有四五个孩子,都在邻市下了车,对于哪个是玲玲他没有印象。事已至此,我向领导汇报后,只能和同事一起带上朱永新连夜前往邻市客运站。

9

一路上,朱永新急得像热锅上的蚂蚁。他一会儿祈求女儿千万不要有事,一会儿咒骂那个店主,甚至一度号叫着说如果女儿出了事他也不活了,但死之前一定要拉上那个女人垫背。我和同事劝了几句不管用,也就只能由着他在后座叨叨。

赶到邻市客运站已是凌晨时分,客运站的规模不小,单是调看监控便花了四个多小时。天快亮时,我们终于在一个监控视频中找到了玲玲的踪迹。大概是因为身上带的钱不够,她没有再买新的车票,而是徘徊一番后步行离开了车站。

我把情况通报给当地公安机关,并在辖区派出所的帮助下调看了社会面和道路面的视频监控,几经追寻,发现玲玲最后出现在邻市外环的一个交叉口。但此后路段再无监控,我和同事无法继续依靠视频追踪,只能带上朱永新赶到交叉口。

邻市兄弟单位也派了两位熟悉当地状况的民警支援,一行五人开始了车寻。

道路在城郊,连接318国道通向另外一座城市。路上往来的大货车速度很快,不时卷起阵阵尘土,一行人都为玲玲捏了把汗。我们把车速降到很低,看到有岔口便进去转一圈,看到年纪或身形与玲玲差不多的路人也追上去看看。

大概开了几公里后,朱永新可能感觉车寻会落下些什么,坚持下车走路,我们商量一番后依了他。我和同事下车陪他走路找,兄弟单位民警则继续开车沿公路找。

下车后,朱永新开始在路边寻找装有监控的商铺,试图从他们的监控中查找女儿的影像。他注意力完全放在路边店铺的门梁上,可惜城郊道路边的商户本就稀少,个别装有监控的店铺,摄像头大多对着自家门口。就这样边走边找了两三个小时,依旧没有任何玲玲的蛛丝马迹。

初春的天气依旧寒气逼人,朱永新只穿一身秋衣,外面套一件薄外套,这是他昨晚匆匆来报案时穿的衣服,但依旧满头大汗。

傍晚时分,兄弟单位车寻的民警折返回来找到我们,无奈地说,他们已经沿318国道跑到了另外一座城市,依旧没有玲玲的影子;我们这边也没有任何收获,从经验看,孩子很可能在路途中转入了某个岔路口。

朱永新乱了方寸,不知是因为天冷还是情绪激动,他开始瑟瑟发抖。同事把一件警用外套披在他身上,他又开始失心疯般不停地喃喃自语,先是细数女儿的好——学习成绩好、孝顺长辈、勤俭节约;然后又说自己对不起女儿,不但没能给她好生活,反而让她在同学跟前丢脸;最后开始"自我忏悔",说自己命硬,先"克"走了老婆,又"克"丢了女儿。

同事只能给朱永新做思想工作,尽力安抚他,两位当地民警把我拉到一旁,劝我和同事带朱永新先回去,这样找下去不是办法。他们已经拿到了出走女孩的资料,剩下的事情他们来做,有了消息马上通知我们。

我看了眼天色,明白再这样找下去也很难有结果,于是回头跟朱永新商量,还是回家等消息吧。听我说了这一句,朱永新失魂般坐在地上,任凭我和同事怎么拉也拉不起来。

"手机真不是我拿的,她为什么追着我不放……"回去的路上,朱永新冷不丁蹦出这句话。现在不是讨论这件事的时候,我和同事对视一眼,一时都没说什么。但至于原因,其实我俩都明白。朱永新"名声在外",即便偷手机的事情真的不是他所为,别人也会顺理成章地怀疑到他的头上。

"警官,你信不信我?"朱永新又问我,我没说话。其实我很想告诉他"不信",但想了想,又觉得有些不合时宜,于是只能继续沉默。

"不管是不是你偷的,这次女儿找回来后,老老实实找份工作吧,别干那些事儿了。为女儿的将来负责,同样也是为你负责。"良久,同事开口说了一句。

"还能找回来吗?"朱永新问。

"我们尽全力……"同事说。

尾声

我们是在返回当夜得到邻市兄弟单位通知的。

对方说当晚11点多,他们城南警务站的两位民警出警归来时,看到一个小姑娘正独自一人蹲在某个胡同口哭。两位民警收到过我们发出的协查通报,怀疑是失联的玲玲,于是上前核实身份,确定是玲玲后,把她带回了警务站。

所里立刻派人去接回玲玲,我和同事连轴转了两天一宿,回到值班室倒头便睡,睡醒后询问其他同事,他们说事情已经解决。

后经负责女店主手机被盗案的同事核实,偷手机的人的确不是朱永新——他们在另外一起盗窃案中抓获了一名流窜作案人员,在他住处起获了数台被盗手机,通过核实IMEI码,确定其中一台为店主丢失的手机。

虽然手机已经被嫌疑人刷机后自用,但在同事的帮助下,店主亡子的照片从云端恢复。她也知道了自己去学校找朱永新的女儿后发生的一切,向朱永新表达了歉意。

朱永新拆掉了四季小区的棚屋,在另一个小区租了一间小屋居住,玲玲也被他接回身边。之后的日子,我们真的没有再接到有关朱永新偷窃的报警。

2014年,朱永新在社区找到了一份保洁员的工作,每日穿着橘红色的马甲在街上清扫卫生,有时还会去批发市场进些针头线脑之类的东西,晚上去夜市叫卖。虽然收入不高,但也够父女二人的日常开销。

2015年春节我回家前,朱永新又找到了警务室,给我留下了两条腊鱼和一块腊肉。我看着腊鱼腊肉,说:"咋的老朱,又重操旧业了?又想来坑我?"

朱永新不好意思地憨笑,忙说不是不是,今年他老婆从广州回来过年了,"这是今年自家做的,不是偷来的"。

半枚血指纹

2014年7月17日，我和马警长值班，临近中午时，我俩处理了一起警情。

警情并不复杂，是安定小区9号楼上下层的两名邻居发生冲突——楼上203住户空调外机排水管中的冷凝水，夜里总滴在楼下103住户卧室窗口的遮阳板上，搅扰人休息。两家人之前就曾因此事产生过矛盾，当天上午矛盾升级，先是争吵，到了中午，203住户又用石头砸碎了103住户的阳台玻璃。之后，两家女主人就在单元门外相互扯着头发，打成一团。

我和马警长赶到现场时，两人已被围观的邻居分开，我们准备把她们带回派出所，但203那家的女主人高某坚持称自己受了伤，头痛得厉害，走不了路，要求我们立刻送她去医院"验伤"。马警长无奈，只好让辅警先开车带她去医院，我俩暂时留在现场，了解情况。

安定小区是本地一家企业的家属区，住户以退休职工为主。好几个围观的老人眼见着高某被警车"带走"，纷纷开始声讨起来：

"明明是她家的问题，她还砸别人家窗户……"

"刚才她把人家楼下的头发扯下来一大把，现在却装得像伤更重一样，真不要脸。"

"她可不是个东西了，家里的垃圾经常直接从阳台往外扔。"

"老不讲理了，周围人都惹不起她家，仗着她叔当厂长，经常欺负人。"

现场很快就变成一场针对203住户的小型批斗会，高某也被贴上了"凶悍、泼辣、懒惰、不讲道理、仗势欺人"等一系列标签。

我和马警长记录了一些跟打架相关的内容，便带上103的女主人准备离开，但就在此时，一位围观老人说了句话，引起了马警长的注意。

"嗨，恶有恶报，高×这种人以后肯定遭报应，还记得水泥厂的刘厂长吗？当年多大官威？逼疯了别人，后来不是报应到他闺女身上了。"

马警长忽然停住脚步，转头便问："哪个刘厂长？"

"刘……刘什么来着？就是以前水泥厂的厂长。"

老人说他记不得了，但身边很快有人提醒："刘季嘛。"

"刘季逼疯了谁？"马警长急切追问。

老人一脸错愕，可能没想到自己一句无心之言会引发警察的强烈反应，急忙摆摆手，说很多年前的事情了，自己早记不清了。但马警长却不依不饶起来。老人有些不知所措，僵持半晌，才犹犹豫豫地说，这事是他早年听亲家说的，疯了的好像是刘厂长女儿的同学，但事情的具体经过，他真的不知道。

"带我去找你亲家。"马警长立刻说。

"我真不是故意的，这事儿跟我亲家也没关系……"

看老人有些慌了，马警长赶忙解释："和你们都没关系，是我们早年一起案子需要你们配合工作，别担心。"

我在旁边一头雾水，搞不懂马警长这番操作意欲何为。之后，我独自带着103的女主人步行回派出所，马警长则让老人带路去找人，整个下午都不见人影，只留下我一个人焦头烂额地处理两家住户的冲突。

直到傍晚，马警长才回来："有个老案子有了新线索，我给上级打了重启报告，上级同意了。但我暂时也说不好这线索有没有用，不想搞得太兴师动众，你愿不愿意给我搭把手？"

"是中午的那件事？"我问。

马警长点点头，然后把一本卷宗丢到我面前。我一边疑惑地看着卷宗，一边听他讲起来。

1

事情发生在十年前，2004年1月4日。

早上7点，陈文娟去单位给女儿刘丽送早餐。刘丽独自住在水泥厂单身宿舍308室，陈文娟在屋外敲了半天门都无人应答，打了电话，手机铃声却在屋内响了。陈文娟以为女儿出门忘了带手机，便在房间外等，但等了个把小时仍不见人。无奈之下，陈文娟找到单身宿舍管理员，用备用钥匙打开了女儿宿舍的房门。

屋内一片凌乱，衣柜门大开着，衣服全都被丢在外面，书桌的抽屉被抽出，物品散落在地板上。刘丽以一个十分别扭的姿态一动不动躺在床上，被褥上全是血，床边的墙上，一道弧形的血迹呈喷溅状印在上面。

陈文娟当即吓晕过去，宿舍管理员赶忙报警，我市公安局2004年"1·04"杀人案的侦办由此拉开帷幕。

刘丽，殁年29岁，未婚，是水泥厂的出纳。经法医检验，系颈动脉被利刃割开，失血过多而死，死亡时间大致是1月4日凌晨3时。她生前未遭受性侵，身上除那处致命刀伤外也没有其他伤痕。

这起杀人案迅速引起轰动，尤其是在水泥厂内部。一方面是案情重大，另一方面是因为刘丽的身份——她的父亲刘季刚刚卸任水泥厂一把手，而她的母亲陈文娟则是水泥厂的工会主席。

"当时水泥厂正在搞第二轮企业改革,厂区也在搬迁,本就人心惶惶的。这案子一出,更是流言四起,有的说是对改革结果不满的人蓄意报复——因为刘季当时是'改革领导小组'的组长;有的说刘丽行为不检点,快30岁了不结婚,净带'野男人'回宿舍睡觉,这事儿肯定是哪个野男人干的。反正说啥的都有,社会影响很大,因此市局成立了专班,要求限期破案。"马警长说,当年全局四分之一的警察或多或少都参与过这起案子,其中也包括他和当时带他的师父——城关派出所的沈所长。

警方对308宿舍进行了仔细勘察,未发现有关凶手的任何线索,甚至连一枚完整的足迹都没找到,更别说指纹、毛发、皮肤碎屑等带有DNA的直接证据了。连当时负责现场勘查的民警都说,此前从未遇到过这么"干净"的现场。

好在,外围民警在距离案发现场一百多米远的一根电线杆上发现了半枚血指纹。经化验,确定是刘丽的血迹,但输入指纹库后比对,库中没有相应的信息记录——也就是说,杀害刘丽的人并非前科人员。

当年市里监控设备尚未普及,只有几处重点单位和道路有监控摄像头。案发现场虽位于水泥厂厂区内,但由于正处于搬迁期,宿舍区已经整体搬往市里。整个单身宿舍虽有七八户待迁人员,但都距308宿舍很远。加上案发时值凌晨,管理员已经熟睡,提供不了任何信息。

唯一有用的线索是,一楼一家住户起夜时,隐约听到了摩托车发动的声音，他回忆说时间在凌晨3点左右，但具体车型、牌号、驾驶者等信息，他一概不知。

2

"当年给'1·04'杀人案定性也是一波三折。"马警长说。

最初，警方从案发现场被翻乱的状况推测，应该是入室盗窃转化的抢劫杀人。水泥厂本就地处远郊，以前布置的一系列安保措施随着厂区的整体迁移，也被相继撤销移往新区。那段时间，几起入室盗窃案相继发生，就在刘丽遇害的十天前，隔壁的307房间便被人撬开门，住户尚未来得及搬走的财物被洗劫一空。

鉴于此，警方有理由怀疑，那天凌晨，歹徒是误把308宿舍当作空房，进入后却发现刘丽在此居住，故双方发生打斗后歹徒杀人越货。事后，刘季、陈文娟夫妇核查女儿的随身物品，也的确发现女儿钱包里的几百元现金不知去向。据刘季讲，那是刘丽刚发的工资，前一天见面时他还在女儿的钱包里看到过。

警方立刻对先前发生的几起盗窃案进行了串并案，试图从另外几起案件中寻找嫌疑人留下的蛛丝马迹。再结合一楼住户提供的线索，侦缉重点落在"曾有盗窃前科，并拥有摩托车"的嫌疑人身上。警方先后抓获了六名犯罪嫌疑人，其中两人作案时都驾驶了摩托车，但经过反复核查，最终都排除了嫌疑。

在随后的研判中，"1·04"杀人案系盗窃转化抢劫杀人的这一结论也被推翻了。

一是案发现场与之前多起盗窃案的现场明显不同。据那几个嫌疑人交代,他们在之前的案件中多是撬锁进入,而308室的门锁没有任何被破坏的痕迹,凶手应该是受害人刘丽主动开门放入的,不排除熟人作案嫌疑。

二是案发现场有人为伪造的可能——虽然屋内被翻得十分凌乱,刘丽钱包中的现金也不翼而飞,但警方进行勘察后发现,刘丽挂在门后衣架上的外套中还有几百元现金,而且她刚刚购买的、价值超过6000元的新手机就放在床头,同样也没被拿走。

"现场没有任何有用的线索,刘丽身上没发现除颈部刀伤之外的任何伤痕,手指甲里也没有任何搏斗时留下的嫌疑人体屑,这就很不正常了。"马警长说。

按照一般入室盗窃转化抢劫杀人的案件经验来看,嫌疑人不会将自己的作案现场处理得如此干净,多少会留下一些线索,哪怕是微观物证。盗窃的惯犯们基本都是"求财不害命",即使在与受害人纠缠过程中起了杀心,也不会经验老到到能将人一刀毙命。

此案怪就怪在这里,给人的感觉就是有人奔着杀死刘丽而来,干净利落地行凶后又翻乱现场,试图混淆警方视线。

随后,警方开始调整侦破思路。经过调查走访,很快就发现了新问题。

刘丽22岁大学毕业后进入水泥厂上班，一直在财务部门担任出纳。据其同事讲，她脾气古怪，为人蛮横，在单位的口碑很差，但身为"长公主"，大家对她的所作所为都敢怒不敢言。在刘季任内，刘丽甚至还挪用过公款给自己购买首饰、外出旅游，但最后都在父亲的袒护下不了了之。

案发前三天，水泥厂有一笔款项入账，其中有16万元被同科室的会计王某转入一个私人账户，而那个私人账户不久又将这笔钱转走，几经腾挪，钱已不知去向。警方随即调查了刘丽的私人账户，发现案发前一天，的确有16万元分几次转入她的股票账户里。

警方立刻逮捕了会计王某。据王某交代，这都是在刘丽的授意下操作的。刘丽说自己手里的一只股票最近涨势喜人，想重仓却缺少本金，王某听信了她的说法，转走了单位公款。

同样的事情之前刘丽也做过几次，两年前甚至一度被单位举报至公安机关，但因为刘丽事后归还了全部本金，加上父亲刘季的暗中协调，就顺利"过关"了。

警方怀疑是这笔公款导致了刘丽被杀，便问王某，刘丽挪用公款炒股的事情除他之外还有谁知道。王某说他也不清楚，但很快又补充说，像刘丽这样的身份背景，挪用公款根本不需要再找其他人"合伙"。

随后，警方又摸排调查了刘丽的外部社会关系及自身经济情况。事实证明，刘丽当时的经济状况不错，在外没有欠款，也没有借给他人财物，不存在债务问题引发仇杀的可能。

　　银行方面也证实，之前刘丽和王某用于挪用公款的几个过渡账户，户主都是王某和刘丽的亲戚，所有人也都有案发当夜的不在场证据，警方核实之后，只能排除了他们的作案嫌疑，做另案处理。

3

　　经济问题引发的纠纷，或挪用公款后分赃不均引起内讧的方向走不通，警方只好再次转变侦查思路。

　　新的方向是报复寻仇——在前期调查中，警方获知，刘丽性格乖张，易发脾气，得罪过很多人，看她不顺眼的人也非常多。宿舍的管理员也说，自打刘丽搬进"单身楼"后，经常跟邻居发生冲突，常因为一点小事就站在别家门口叫骂，"那素质根本不像一个受过高等教育的人"。管理员本人也因为催促她尽快搬离、腾空宿舍被骂过，有一次，刘丽甚至一怒之下砸了管理室的写字台玻璃。

　　警方几乎走访调查了所有与刘丽有过龃龉，或有可能报复她的人，采集了数千份指纹样本，但无一跟那半枚血指纹比对成功。因为水泥厂出现过"刘季在企业改革过程中徇私导致女儿被杀"的传言，警方又针对刘季的社会关系和工作对象进行了调查，再次采集了数千份指纹样本，也没有发现任何有嫌疑的人员。

虽有传言称刘丽"经常带野男人回宿舍睡觉",但警方经过反复摸排后确定,此事纯属子虚乌有。刘丽没有男朋友,也没有带过"野男人"回宿舍,遭遇感情纠纷导致情杀的可能也被排除了。

"她长得不丑,爹妈又都是单位领导,按说找她的男人应该不少,为啥快30岁了没结婚?脾气大呗,就她那脾气性格,哪有野男人敢近身?退一万步说,即便有野男人,也不能带到单位宿舍来吧?周围人都看着呢,她爹妈的脸往哪儿搁?"宿舍管理员这样说过刘丽的感情问题。

刘季和陈文娟夫妇坦言,他们从小对女儿过于溺爱,导致女儿长大后性格不好,得罪了很多人。刘丽后来也不愿与人多接触,这才搬进单身宿舍。他们对女儿的婚事很着急,追问过很多次,但女儿一直坚持称自己没有恋爱,他们也暗中观察过,确实没发现女儿有男朋友。

总之,案发后的两个月里,警方没有查到任何有用线索,侦查工作彻底陷入僵局。民警们总共采集了上万份指纹信息,摸排走访的人数多到无法统计,市局甚至从省厅请来了刑侦专家帮忙侦办。

但"1·04"杀人案一直未能成功侦破,最终进入了警方的"在侦卷宗"。

"那个年代的刑事案件，尤其是杀人案，想破案，有三个关键时间点：一是'案发四十八小时内'，这段时间里所有证据证物都保存完好，嫌疑人心态也最不稳定，'破现案'的可能性最大；二是'案发一周内'，警方可以用各种技术手段，只要技术、法医和刑侦几方人员配合得好，警方也能侦破案件；三是'案发一个月内'，因为很多资料的保存期上限只有一个月，过了一个月就很麻烦了——证据证物很多都灭失了，该用的技术手段也都用过了，摸排走访也结束了，再破不了案，差不多就只能等嫌疑人犯了其他事情，'带破'（连带侦破）手里的案子了。"马警长说，当年"1·04"杀人案查了两个月都没有侦破，警方自己都泄了气。

"现在又过了十年了，恐怕连'带破'的希望都渺茫了吧。"我跟马警长开玩笑道。

他却没笑，只是默默点了支烟。

"案发那年我跟沈所进了专班，也参与了几乎所有对刘丽和刘季社会关系的调查，但今天这事儿我是第一次听说……"看我把卷宗翻得差不多了，马警长把话题转回到当天中午的事情上。

中午他随老人去找了老人的亲家，对方说自己当年在水泥厂住平房时跟刘季一家做过邻居，只记得当年有一家人来刘季家闹过事，闹得很厉害，不但砸了刘季家的玻璃，还用碎玻璃划伤了陈文娟的脸。他去拉架时，听说是刘家做了个什么事，逼疯了那家人的女儿。至于具体情况，时间太过久远，他记不清了，加上那件事刘季一家一直挺忌讳,后来也再没人提起过。

"大概是什么时候的事情?"我问马警长。

马警长说这个问题他问过,老人的亲家记不清了,说应该是上世纪90年代初的事情,疯掉的那个姑娘据说是刘丽的同学,不是初中就是高中。马警长大致推算了一下,按照刘丽死亡时的年龄,那个姑娘应该是在1988年到1994年之间"疯掉"的。

"当年你们侦办'1·04'案的时候,没有关注过这个信息吗?"我问。

马警长摇摇头,他说当年办案时确实没听过。一来这件事发生在"1·04"杀人案之前很多年,不会有人觉得两者之间有关,也就不会刻意提供这条消息;二来案发时刘季一家早已搬离了水泥厂的平房,老人的亲家当时也搬去了城北,之后很多年跟刘季一家没有任何来往,警方也不可能找到他。

"刘季和陈文娟当年也没有提到过吗?"

马警长再度摇头,说这个他也不清楚,"但既然卷宗里没记,就当是新线索吧"。

"你觉得这两件事之间有关系?"我继续问马警长。

马警长沉思良久,说自己暂时也说不好,但既然知道了,那就查一下,毕竟一条人命已经挂了十年多,有枣没枣打一竿试试吧。

马警长说,他想找到当年那位被刘季"逼疯"的姑娘。

4

刘丽已经死了十年，而那位姑娘是在刘丽案前十几年疯掉的，姓甚名谁更是不得而知，找人何尝是个容易事情。我和马警长商量一番后，决定去找刘季和陈文娟夫妇。

在公安内网上没有找到刘季的信息，我便去了水泥厂，通过他以前的一位下属才得知，他已经去世多年。据说刘季的晚年很苦，刘丽出事时他刚退居二线，之后就一直郁郁寡欢，不久便查出癌症，没过半年就去世了。

陈文娟的地址倒是找到了，电话却联系不上，我去了她家，也没见到人。几经打听才知道，她几年前因为中风生活不能自理，被送去了姐姐家，现在由外甥女照顾。

在去陈文娟姐姐家的路上，我不禁感慨地说："这家人好生命苦，女儿被害，父亲患癌去世，母亲又中风生活不能自理，上辈子造了什么孽。"马警长没有搭话，只是担心中风后的陈文娟能否与我们正常交流。

陈文娟的情况确实让我们很失望，彼时尚不到 70 岁的她因为中风已经在轮椅上坐了三年，我们把自己的来意讲给她，但她除了发出两声含混不清的"哼哼"外，什么也说不出来。

外甥女说，刘丽和刘季的相继离世给陈文娟的刺激太大，中风前她的精神状态就已经不太正常了，时不时怀疑有人要害自己，中风之后就更没法与人交流。

我问她知不知道当年姨夫刘季"逼疯"刘丽同学的事情,她摇头说不知道。

马警长又问她知不知道当初刘丽遇害的事情,外甥女说知道,但自己那时候还在上学,了解不多。而且以前她家与小姨家的关系也不是太好,小姨夫在水泥厂当了很多年领导,"眼光比较高",挺看不上身边的穷亲戚,也没给亲戚们帮过什么忙。后来小姨家里出了事,去给他们帮忙的亲戚也没几个。她现在照顾陈文娟,单纯是因为自己没工作而陈文娟也没人管而已。

陈文娟的外甥女倒是挺关心当年刘丽遇害的案子,但细问之下我才明白,那是因为找出杀害刘丽的凶手后可以起诉对方一笔赔偿款。有了这笔钱,她便可以聘个全职护工了。

此行无功而返,返程路上我半开玩笑地跟马警长说,受害人家属一位去世一位中风,案子还有必要继续查下去吗?

马警长笑了笑,说当然得查:"杀人案,公诉案件,不是受害人家属不追究我们就不查了。"

"你抽个时间跑一趟刘丽中学时代的学校吧,既然当年出事的是她同学,学校方面应该有人记得,你看能不能找到什么线索。"最后,马警长说。

根据卷宗档案的记载,1987年起,刘丽在致远中学上初中,1991年开始在水泥厂中学读高中。致远中学早已不复存在,好在水泥厂中学虽几经改制、合校和搬迁,成了第八中学,还能找到。

八中的校长接待了我,听我说出诉求时,一脸错愕。校长说,自己是三年前才从外校调任八中的,对学校过往的事情不了解,但可以帮我问一下。他找来几位一直在八中工作的老教师询问,但老师们都说过去太久,早没印象了。

好在有位老师说,可以查下学校档案室的学生名单,看能否找到刘丽当时的班主任,或许他对这事还有印象。校长随即给档案室老师打了电话。

来到档案室后,管理员老师说我还算走运,学校还留着当年水泥厂中学历届学生的入读记录。说完,她抱出整整三箱资料,说我要的档案全在这里,可以慢慢找。我刚想问她可否帮忙一起找,她抢先一步说,学校上午有会,让我看完资料放回原处即可。

三个多小时后,我终于在1991年高一(七)班的花名册里找到了刘丽的名字,当时的班主任姓任,多年前就退休了。我又去八中的退休办拿到了任老师的联系方式,跟他约了见面时间。

退休后,任老师搬到了邻市,他还记得刘丽的名字,但并不知道刘丽已经遇害。得知我的来意后,任老师一脸惊诧,随后却讲了一个同样令我震惊的事。

"叫刘丽这个名字的人太多了,但你说是水泥厂刘厂长的姑娘,我肯定记得。为啥呢?八中以前叫'水泥厂中学',她上学时她爸刘季是水泥厂的二把手,听说后来又当了一把手,是我们的大领导,比校长官还大,我怎么会不记得?"

刘季"逼疯"刘丽同学的事情，发生在1994年，被"逼疯"的女生名叫韩婷。"那件事其实没经过学校，是他们两家在外面发生的，只不过因为涉及我的学生，当时我关注了一下而已……"

在任老师断断续续的回忆中，我大致勾勒出当年那件事情的基本轮廓。

5

高中时，韩婷和刘丽两人关系很不错，不仅上学放学同来同往，集体活动也都一同参加。韩婷的学习成绩好，总在班级前几名，刘丽的成绩一般，中等靠后。1994年7月，两人本该一同毕业，但那年年初发生的一件事，改变了两人的命运。

1993年年底，省城某师范大学给了水泥厂中学一个保送生指标，几经考察，成绩优异的韩婷顺利入选。刘丽也在父亲的运作下，拿到了省城另外一所重点大学的保送名额。

但在1994年年初，事情却突然发生了变故。

"我记得好像给刘丽办保送的人出了事，刘丽的保送指标被取消了，刘季想再帮女儿运作，时间上肯定来不及了。所以刘丽要想读大学，就得正常参加高考。但照她当时的成绩，别说省城那所重点大学，就是××市的普通本科估计都没戏。"任老师回忆说。

估计刘季思来想去，只剩一个办法——换掉水泥厂中学原本给韩婷的保送指标。

当时，作为水泥厂中学的直管领导，刘季给校方提出了要求。学校方面赶紧行动，只可惜时间确实晚了，韩婷的保送信息已经提交给师大了，师大不同意换人。刘季只好又是一番协调运作，最后师大方面终于松口——换人可以，但前提是必须要韩婷本人主动提出放弃保送资格。

水泥厂中学只好反过头来做韩婷的工作，这事儿自然落在了班主任任老师身上。开展"工作"前，刘季还专门请学校领导和任老师吃了顿饭，让他们帮忙"想想办法"。

"虽然我也觉得这事儿对韩婷挺不公平，但领导给了压力，不干又不行。我找韩婷谈过几次，委婉地提出让她给那所大学交个申请，把名额让出来……"说到这里，任老师的表情变得很复杂。

任老师让韩婷出让名额，一是因为他着实不敢得罪刘季这位在水泥厂这一亩三分地里说一不二的大领导，二是因为韩婷的成绩本就不错，高考只要正常发挥，足以考上一所不错的大学，甚至比那所师大还要好。

不过韩婷始终拒绝。

"她也是个倔姑娘，无论我怎么说，她都一言不发，一提到主动放弃保送她就哭。十七八岁的学生，在我眼里就是个孩子，我也实在不想把社会上那套'规则'啥的讲给她，更不可能告诉她是她闺蜜刘丽想要这个指标……我跟她谈了几次，都是这样，后来学校又换其他老师找她谈，结果也是不行。"

学校又派人去做韩婷父母的工作，同样不行。

"最后我和学校一位领导去找刘季，把情况跟他讲了。他当时很客气，还跟我们说要'指标'这事儿是他爱人的意思，说他爱人一直想让女儿当老师，至于韩婷这边不愿让指标就算了，这事儿就这么过去了，然后便打发我们走了。"

任老师说，当时他以为这事儿真就这么过去了，毕竟当初刘季请他们吃饭时，说的也只是"帮忙想想办法"，想不出办法来，还能怎么办？

之后，任老师便没有再过问保送的事情，韩婷似乎也一直不知道想要她保送名额的人是好友刘丽。两人关系依旧很好，仍像以前一样形影不离。

但那一年刚出腊月，便传来了韩婷因为涉嫌盗窃被派出所带走的消息。

被盗物品是一件价值不菲的红色外套，报案者是刘丽的母亲陈文娟。她告诉警察，这件外套是亲戚从国外给女儿带回的，价值5000多元。刘丽早上把外套晾在自家平房前的晒衣架上，转眼便被人偷走。当天下午，警方便在市里的一家商场抓到了"偷"外套的人——韩婷。

"当时，5000块钱差不多是水泥厂职工将近一年的工资和奖金，鬼知道刘丽怎么穿了一件那么贵的衣服，况且之前也没听说韩婷有偷东西的习惯……"任老师感叹道。他印象里,韩婷是个挺不错的女孩,这件事情着实有些不可思议。但韩婷被抓时,那件外套确实穿在她身上,这让她有口难辩。

"我问过刘丽,她说她也不相信偷衣服的人是好友韩婷,但报案人是她妈妈,妈妈知道外套丢了很生气,所以才报了警。刘丽说回去跟妈妈商量一下,看能不能撤回报案。"任老师觉得刘丽的话有道理,便没再多想。

但在韩婷父母那边,任老师却得到了另外一种说法——外套是刘丽"借给"韩婷的,韩婷父亲说,女儿很喜欢刘丽那件红色外套,刘丽就大方地答应周末把外套给女儿穿一天。因为刘丽怕被母亲陈文娟发现,于是两人说好,她早上把外套挂在晒衣架上,韩婷过来取,晚上再把外套挂回去。但没想到,韩婷前脚刚把外套穿走,陈文娟后脚就报了警。

任老师反过头再问刘丽,刘丽矢口否认,说自己从来没跟韩婷有过类似的约定,而她妈妈也要求这事"公事公办",不让她掺和。水泥厂中学本着大事化小的态度试着去找了陈文娟,陈文娟给学校说只要把外套还回来,她可以撤案。

陈文娟去派出所拿回了女儿的外套,韩婷父母又额外赔偿了陈文娟500元钱,但案子却没有撤。

"陈文娟的说法是,公安局立了刑事案件,无法撤案。派出所那边也是差不多的说法,但看韩婷是未成年人,又归还了赃物,所以从轻处罚,不用坐牢。"任老师说,韩婷的父母想了很多办法，但最终韩婷的档案里还是留下了一笔污点。虽然不需坐牢，但学校的保送名额怎么都不能给她了。

"唉，其实到最后明眼人都看得出，刘家就是打着谱折腾韩婷。像这种事，纵使真是韩婷偷了刘丽的外套，刘家想放过她的话，跟派出所说句'误会了，俩孩子闹着玩儿的'，这事儿也就过去了，哪有什么'从轻处罚'一说？但直到最后，刘丽的妈妈也没松这个口。"说到此，任老师顿了顿，"不就是为了那个师大的保送名额嘛！韩婷出了这种事，哪还有可能被学校保送？名额一退出来，刘丽不就有希望了……"

"如果真是这样，刘季一家这样坑一个十七八岁的小姑娘，也忒阴狠些了吧？"我有些唏嘘。任老师叹了口气，没再说什么。

"后来呢？韩婷因为这事儿疯了？"我接着问。

任老师点点头，但又摇摇头，他说那时韩婷也不能叫"疯了"，"只是精神上出了点问题吧，用现在的话说，应该是抑郁症"。

偷外套的事处理完，韩婷又回学校上了一个多月的学，但后来不知是受不了同学们的议论还是自己状态不好，1994年5月，韩婷向学校递交了退学申请。

由于几个月后刘丽这届学生就毕业了，因此这件事也没在水泥厂中学继续发酵。后来知情的老师们聊起这件事，都觉得是刘家给韩婷下的套，但顾忌刘季是大领导，怕隔墙有耳，也都不敢在学校里乱嚼舌头。

"听说韩婷后来到南方打工去了,之后就再没她的消息了。"任老师说,后来那个保送名额的确是给了刘丽。

从任老师家里出来,我马上向马警长做了汇报。听完我的叙述,马警长在内网上查了韩婷的信息。

"真的是在册精神病人啊,只是不知道跟那件事有没有关系……"马警长说着,把韩婷的人口信息发给了我。从平台上的照片看,韩婷长相清秀,只是在备注一栏里标注着"肇事肇祸精神病人"几个字。

"你等等我,咱一起去韩婷家看看。"马警长说。

6

韩婷的父母都是市铸造厂的退休职工,住在市里某小区的一栋旧楼里。虽然已经过去二十多年,可说起女儿与刘丽的事情,两位老人依旧愤愤不平。

韩婷父亲说,女儿当年就是被刘家下套坑了,不然不会沦落到现在这种不人不鬼的地步。韩婷母亲则说,当年女儿就不该掺和什么保送的事情,即便不保送,靠自个儿的成绩也能上个不错的大学,不会像现在这样,动辄靠吃药度日。

韩婷当年确实因为精神问题退了学,但当时"抑郁症"还鲜有人知,因此老韩夫妇只觉得女儿是因为受了刺激,暂时想不开而已。在家休养了大半年后,他们想让韩婷继续上高中,但没办成,于是只能选择让她参加工作。

韩婷的情况进不了本地国企,跟着私人老板打工还不如去外地。于是,韩婷南下广东,之后多年一直在那边工作。

韩婷父亲说,这二十年,女儿一直过得不好。打工没赚到钱,生活也不顺,后来因为感情的事情又受了打击,让本就不太稳定的精神状况随之崩溃,之后一直住在家里。

马警长问韩婷现在在哪儿,韩婷父亲说,女儿已经结婚,嫁给了远郊农村的一位残疾人,两人白天在城里一家维修家电的铺子工作,晚上才回来。

我提出想见一下韩婷,韩婷父亲问原因,我本想告诉他刘丽被杀的事情,但马警长用眼神制止了我,我也意识到有些不妥,赶紧另外编了个理由。或许是因为女儿患精神疾病的缘故,过去几年韩婷父亲没少跟派出所警察打交道,他没有过多怀疑,便带我们去了女婿的修理铺。

见到韩婷时,我几乎没有认出她来。人口信息里显示她出生于1975年,时年38岁,但从她的外貌来看,倒像是年近50岁的样子,脸上皱纹很深,头发也白了不少。我和马警长亮明身份,正在铺子里看电视的她也只是抬头看了我俩一眼,随口问了句:"前几天你们不是刚做过家访?这回又要干啥?"

马警长顺着她的话往下说,称局里需要更新一些居民信息,她得跟我们回趟派出所。我明白马警长的意思,他大概是想带韩婷回去采集指纹信息，看能否比对上当年电线杆上的那半枚血指纹。

韩婷没有反对，但她丈夫却有些不满，说上次妻子被带去派出所是好多年前的事了，这些年人好好的，再也没有犯病惹事，警察无缘无故又来干什么。我本想跟他解释我们只是找韩婷采集一些信息，不会送她去医院，但话到嘴边，又改了主意。

我说，如果方便的话你可以跟我们一起过去，路上能照应一下妻子。韩婷丈夫简单收拾了一下，便跟我们一起去了派出所。

指纹采集的过程很顺利，韩婷全程配合，但并未比对成功。马警长又以"进入办案区必须采集个人信息"为由采集了韩婷丈夫的指纹和DNA，同样没有比对成功。

我们只能先让二人回家。韩婷丈夫腿脚不利索，马警长让我开车把两口子送回去。路上，我一边开车一边试着提起刘丽的名字，想试探一下夫妻二人。韩婷丈夫毫无反应，韩婷也只是淡淡地回了句，说刘丽是自己二十多年前上高中时的同学。

我犹豫了一会儿，还是说出了2004年刘丽被杀的事情，然后通过倒车镜继续看夫妻二人的反应。韩婷丈夫一脸迷茫，大概是搞不懂我说这事是不是在没话找话，而韩婷则一直低头看着自己的手机，偶尔应付我一两句，似乎没什么兴趣。

她的反应既不合理却又合情——不合理的是，毕竟是自己认识的人，一般人听到类似事情后大多会表现出很强烈的兴趣，追着询问案子的具体情况；合情的是，韩婷当年在刘丽那里吃过大亏，精神还因此出过问题，不再关心刘丽的事情也是一种自我保护。

回到派出所时，马警长正站在门口抽烟，脸上写满了失落。的确，此前我们认为韩婷或许是刘丽被杀一案的重要突破口，但现在看来，她们之间似乎并没有必然联系。

"应该不干她老公的事……"冷不丁地，马警长冒出一句，"我看了她老公的腿，应该是小儿麻痹症后遗症，先天的，走路都不利索，不太可能犯杀人案。"

我说你再想这个就没意思了，指纹比对结果都出来了。

马警长没再说话，狠狠吸了两口烟，然后把烟屁股甩向远处，看样子还是不甘心。

"咱都想开点，毕竟你也说了是有枣没枣打一竿子，要不我们再从其他方面着手看看？"

马警长摇头，说当年侦办"1·04"杀人案时能想的全想到了，那时想不到的，现在也没想了，"毕竟又是十年过去了，啥人证物证，该遗忘的遗忘，该灭失的灭失，哪还有什么新线索？"

韩婷这边的线索暂时断了，我和马警长又从其他方面调查了一番，但也都没有结果。又过去半个月，我们两人都有些疲了。

2014年8月中旬，马警长忙着抓一批外地来的偷车贼，我忙着迎接局里季度社区警务工作考核，"1·04"杀人案的事情暂时被放了下来。

7

事情的转机就发生在2014年9月初。

虽然家属说韩婷这几年一直没有再闯祸，但管控民警依旧要定期关注她的状况。负责管控韩婷的兄弟单位民警姓余，一天，老余去局里开会，回来路过我们所，进门便嚷嚷着要跟马警长和我"聊聊"。我俩一头雾水，但看他那气势汹汹的样子，便把他迎进了马警长办公室。

"你们上次跟韩婷说了什么？"一见面，老余便是一副兴师问罪的架势。

我急忙递烟，马警长则把上次找韩婷夫妇采集信息的经过给老余解释了一通。

听完马警长的解释，老余脸色才算是好了一些。他告诉我们，自打上次我们带韩婷来过派出所之后，她连续犯了几次病，次次在街上打人砸车，昨天最出格，无缘无故把一位在她家附近卖水果的老太打进了医院，可能构成了轻伤。

虽然网上还挂着韩婷是"肇事肇祸精神病人"的信息，但由于她及时吃药，一直都没再犯过病，已经很多年没有出现过类似状况。我有些纳闷，急忙回忆那天和韩婷见面的经过，难道是我提及刘丽的事情刺激到她了？但转念一想又觉得不太可能，毕竟那天她在车上都没有表现出什么异样,怎么可能回家后发病?韩婷父母说过,她精神病的主要诱因是失败的感情经历,跟刘丽也没什么关系。我寻思半天没有结果,只好坐在那里继续听老余说。

马警长问老余我们能帮忙做些什么,老余摆摆手说不用。他说韩婷的精神病鉴定报告是很多年前做的,这次打算重新给她做次鉴定。

老余走后,我开玩笑说,敢情这老先生此行就是为了来找我们出气。马警长却若有所思,他在网上查了半天资料,然后让我去周边几家精神病医院问问韩婷这些年的购药记录。

"你怀疑她的病?"我看向马警长,他一边抽烟一边盯着电脑屏幕,没说话。

之后几天,我跑了周围五家精神病医院,分别以韩婷和她父母的名字查询了购药记录,综合所有查询结果后,我有些惊讶——医院的记录显示,韩婷最后一次购药是在2009年11月。

我把结果反馈给马警长,他似乎并不惊讶。他告诉我,老余那边有关韩婷精神病的相关鉴定已经出了结果,她现在的病情很轻微,几乎已经到了不用药物便可控制的地步,因此之前那起伤害案,她需要负法律责任。

"那她又突然肇事肇祸是怎么回事?"我十分不解。

马警长说,问题就出在这里。

我们第二次去韩婷父母家时，老余也去了。他是去给韩婷的父母和丈夫送交鉴定报告，而我和马警长则是为了弄清韩婷最近频繁发病的真正原因。

与上次见面时的情况不同，收到报告后，韩婷父母表现出的情感十分复杂。我能理解，他们或许为女儿的病情已经好转到与正常人无异的地步感到欣喜，但又忧虑女儿此次恐怕要面临牢狱之灾，也许还有疑惑——按照鉴定结果，女儿不该再有近期的不正常行为才对。他们甚至对鉴定报告有所质疑，问我们结果"准不准确"。

老余说，鉴定报告肯定准确无误，现在他们要考虑的是如何赔偿伤者、争取和解，这样对之后韩婷的官司有好处。马警长等老余说完，却反问韩婷父母，她这几年都没去精神病医院拿过药，"病情什么样你们心里没数吗？"

"她结婚之后，女婿就成了她的'法定监护人'，平时照顾、看护她的事情都是女婿在做，我们从没听他提过这件事啊。"韩婷母亲说，"他可能是担心韩婷病好了，不和他在一起了吧……"

我想想，觉得也很有可能。上次见到韩婷丈夫，他的两条腿都有问题，面部和胳膊上有大片烫伤痕迹，平日里突然见到都会被吓一跳，更何况天天生活在一起。

马警长却突然问了另外一个问题："他俩什么时候结的婚？"

韩婷母亲想了想，说是2005年3月份。

"我想知道，韩婷的精神病到底是怎么得的？上次听您说是因为感情问题，我也没多问，但今天能具体讲讲她是因为什么样的感情问题得的病吗？"马警长问韩婷母亲。

韩婷母亲说，女儿在广东打工时认识了一个男人，两人在一起谈了四五年，但后来这男人不仅不跟韩婷结婚，还骗走了家里的钱，此后女儿就精神崩溃了。

"那个男的是湖南人，比婷婷小几岁，听婷婷说他俩在同一家酒楼工作，婷婷做服务员，那个男的做厨师。2004年春节他们一起回来湖北，那时他常来家里，还在家住过一段时间。婷婷怀过他的孩子，原本以为两人要结婚的，结果2004年年底两人却分手了，婷婷的孩子是大月份引产，恢复了半年多，后来结婚再想要孩子，医生说精神病遗传，怕再给家里添麻烦，所以就一直没怀。那个男的真不是个东西，他父母双亡，无牵无挂，婷婷又怀了他的孩子，结婚是多么顺理成章的事情啊！那时我们还打算他俩结婚后帮着在市里开个小饭馆，钱都准备好了，结果呢，他不但抛弃了婷婷，临走还把家里准备给他们开饭馆的3万多块钱骗走了，搞得婷婷一下就崩溃了……"韩婷母亲絮叨着女儿与那个"负心汉"的往事，脸上写满了怨恨和无助。

"婷婷这孩子命苦啊……不知道我们两口子上辈子做了什么孽！"最后，韩婷母亲哀叹一声，抹起了眼泪。

"那个男的叫什么？"马警长问韩婷母亲。她刚刚似乎不愿提及女儿前男友的名字，全程用的都是"那个男的"。

"姓张，叫张……张什么来着？"韩婷母亲使劲回忆。

"张佳岭。"韩婷父亲似乎想了起来,"'张佳岭骑嘉陵,家在岳阳奇家岭',你忘了,这是他自己编的顺口溜。"

"对对。"韩婷母亲不住点头。

"骑嘉陵?他有摩托车?"我突然意识到了什么,和马警长对视一眼。转头问韩婷父母,两人点头,说那时张佳岭有一辆红色嘉陵牌摩托车。

8

张佳岭的职业是厨师,一个善于"玩刀"的人,又骑着一辆嘉陵摩托车,两项特征符合我们先前对"1·04"杀人案凶手的推测与刻画。返程路上,马警长让我把韩婷父母口中的这个"张佳岭"找出来,他可能有作案嫌疑。

2014年,警方找人已经十分简单。经过核查,我很快找到了张佳岭,他当时在石家庄工作,时年37岁,普通中年人的身高长相。张佳岭到案后,我给他采集了指纹信息,等待比对结果的过程中跟他闲聊,得知他在一家酒店做厨师,已经结婚。

聊起当年与韩婷的感情,张佳岭似乎已经没什么印象了。他只说两人在广东相识,至于其他相处时的细节,张佳岭说年头太久,"忘了"。

很快,技术部门把张佳岭的指纹比对结果传给了我和马警长——比中了。

看着面前的比对结果，张佳岭的情绪没有太大起伏，似乎早已意料到自己会有这天。之后的几个小时里，他跟我要了一包烟，然后坦白了2004年在水泥厂单身宿舍杀害刘丽的全部经过。

2004年1月4日凌晨两点，张佳岭骑着摩托车带女友韩婷来到水泥厂宿舍308房间。韩婷敲开刘丽房门后，张佳岭立即将刘丽扑倒在宿舍床上，掏出随身携带的餐刀，一刀切在刘丽颈部。

由于瞬间被切断了颈部大动脉，刘丽只挣扎了极短时间便因失血过多昏迷，而后死亡。看刘丽没了气息，张佳岭与韩婷二人将308宿舍内的衣柜和书桌抽屉打开，将其中的物品全部丢在地上，伪造了入室盗窃杀人的假象。

为了进一步混淆警方视线，张佳岭拿走了刘丽书桌上的钱包里的现金，他本想把刘丽放在床头充电的手机也拿走，但担心警方会通过手机定位找到他们，便放弃了。

张佳岭和韩婷杀害刘丽并伪造现场的过程只用了短短几分钟，之后两人迅速骑着摩托车离开。至于那半枚血指纹是如何留在电线杆上的，张佳岭自己都想不起来了。他说，按照当时的计划，自己根本不可能留下指纹，因为作案时手上戴着手套，头上顶着摩托车头盔，刘丽的血确实溅了自己一身，但作案后他就把所有的衣服包括那副手套和头盔都烧了。他绞尽脑汁，也想不出自己为何还会在电线杆上留下指纹。

或许是因为当时张佳岭太过紧张，忘记了一些细节，但无论如何，还是验证了那句俗话——天网恢恢，疏而不漏。

听着张佳岭的供述，我依旧感觉有些不可思议。杀人对普通人来说是一件很难的事情，尤其是在下刀的那一刻，杀死对方的同时，也意味着彻底切断了自己一切有关未来的念想。而张佳岭和韩婷二人杀害刘丽的过程，却像电影中的职业杀手那样冷静而专业。

我问张佳岭："这件事你们计划了多久？"

张佳岭叹了口气，说从准备工具到踩点，一共三个月。两人也曾计划过很多种别的方式，比如制造车祸、投毒、绑架后沉尸汉江，韩婷甚至打算先把刘丽绑回来，慢慢折磨她一段时间后再杀死，但后来因为种种不可抗因素都放弃了。

最后在韩婷的一再催促下，他选择了一种最直接，也是最快的杀人方式。

"那韩婷呢？"我追问，"她谋划了多久？"

"很久吧。"张佳岭说。

9

"张佳岭是个好男人，我记他一辈子，是我害了他。这辈子我报答不了他，下辈子一定当牛做马还他。"

韩婷到案后，得知张佳岭已经落案，同样未作抵抗，直接承认了当年与张佳岭合谋杀害刘丽的犯罪经过。

"她害了我一生，我必须要杀了她。"

"因为1994年的那件事吗？"我问韩婷。

"是，就是因为高三时的那件事，那是刘丽一家给我设下的陷阱……"韩婷说。之后她开始供述整个事件经过，时间自1994年3月起，到2014年9月结束。

"当时我根本没想到，刘丽会那样对我。"

刘丽说自己与韩婷初中时便是同学，中考后两人又一同进入水泥厂中学。

水泥厂中学是重点高中，韩婷是考进去的，而刘丽是通过刘季的关系进去的。入学之后，刘丽明显跟不上学校的教学节奏，陈文娟便通过学校老师联系了韩婷，托她帮忙在学习上"带一下"刘丽，两人是从那时熟络起来的。

之后的两年半里，韩婷一直充当着刘丽的"课外辅导老师"。刘丽一家逢年过节会拿些烟酒糖茶，让韩婷带回家去交给爸妈。两家和谐的关系一直保持到1994年3月大学保送指标事件发生。

韩婷说，那件红色外套其实是刘丽家亲戚一年前从国外带回来的，因为太贵，陈文娟担心在外面惹眼，不让刘丽穿去学校，一直在家里放着。她此前去刘丽家时，刘丽曾趁母亲不在，从衣柜里拿出来给她试穿过。两人身高体型差不多，韩婷穿上也很漂亮。

韩婷的确非常喜欢那件外套，但想着连刘丽都不能穿着出去,更何况借给自己。可刘丽似乎看破了韩婷的心思,主动跟她说,等过段时间母亲不怎么注意这件衣服,她便能穿出去了,到时也能借给韩婷穿。

1994年春节后,刘丽突然穿上了那件红色外套,韩婷很羡慕,刘丽也兑现了当初的诺言——借给韩婷让她"过把瘾"。不过刘丽又说,为了防止被母亲发现,韩婷不能来家里光明正大地拿,等周末阳光好、家里晾晒衣服被褥时,她会把这件外套挂在屋外的晒衣架上,韩婷拿走之后,等晚上太阳落山前挂回来就行。

那天早上,韩婷按照先前的约定来到刘家,看到那件红色外套的确和另外一些衣服被褥一起,挂在刘丽家房前一处不起眼的晒衣架上。韩婷取下了外套,当时刘丽就在窗边,两人还打了招呼。

穿上外套后韩婷兴奋不已,立刻去了市里一家商场的二楼——因为那里有当时全市最好的照相馆。既然只能借一天,韩婷决定不妨拍组照片留个纪念。然而,让韩婷始料未及的是,自己刚在商场二楼照相馆拍完照,警察便找上了门,而那组照片也成了她"盗窃私人财物"的铁证。

"警察找到我时,我快被吓死了,听他们说是因为偷外套的事情,我急忙告诉他们外套是刘丽借给我的,晚上就还她。当时警察也觉得可能是场误会,当场给刘丽家打去了电话,接电话的是刘丽她妈,但她一口咬定是我偷的。我哭着说要跟刘丽通电话,警察也让她妈把电话交给她,结果刘丽拿过电话来,说的是跟她妈一样的话……"

那时,韩婷还没意识到自己上了当,只觉得大概刘丽当着她妈的面不敢讲实话,所以心里并没有责怪刘丽。

之后,韩婷便被带回了派出所,因为她当时尚未年满18周岁,警察又通知了她的父母。她父母到派出所后也是一头雾水,韩婷赶忙解释,韩婷父亲得知真相后没太当回事,随即跟警察说,两个孩子借衣服穿的事,他带女儿跟刘季夫妇道个歉就行。

但警察告诉韩父,失主的母亲报了警,韩婷的行为已经构成盗窃罪,不是道个歉就能解决的。如果真是误会,那赶紧联系刘季夫妇来派出所,把话说清楚。

听警察这么说,韩父慌了,赶紧联系陈文娟和刘季,不料两人一听是他,立刻挂断了电话。韩父无奈,通过熟人又联系陈文娟和刘季,刘季说这事他不管,妻子说了算,陈文娟却说,偷东西就是偷东西,没有什么"误会"一说,"小时偷针大时偷金",韩婷现在已经在"偷金","得靠警察教育"。

之后的事情与我从任老师那里得到的情况基本一致。韩婷说,她父亲其实已经明白了刘丽父母的真实目的,为了能让陈文娟撤案,他甚至跑去刘丽家里向刘季和陈文娟承诺,自己一定会让女儿主动放弃保送资格,只求不要"赶尽杀绝"毁了韩婷一生。刘季一直不正面回应,只说"自己不管"。陈文娟则把韩父赶出了家门,临走前还说了句:"这样的话我们更不能答应了,不然人家得说我们是为了那个保送名额给你家姑娘下套!"

等到学校发出正式通知取消了自己的保送名额、父母大骂刘丽一家时,韩婷依旧不愿相信这是真的。她觉得刘丽做不出这样的事情,当时所有的恨都指向了刘丽的妈妈——韩婷始终认为,这事是陈文娟一手策划的,因为之前她就听刘丽说过,她妈妈是个狠角色,平时在家说一不二,刘丽和她爸爸都要对刘丽妈妈绝对服从。

1994年4月份,处理完偷外套的事,韩婷重回学校,虽然没了保送指标,但她依旧有信心通过高考读到心仪的大学。

韩婷原以为这事发生在校外,除了自己和刘丽外无人知晓,可当她回到学校后才发现,不知为何,身边同学已经全都知道了。有人说风凉话,还有人有意或无意地在韩婷面前提起自己之前在班上丢过什么东西。韩婷听出了其中的敌意,努力告诉自己不要理会,"身正不怕影子斜"。

很快,班上有同学在课间操后发现自己书包里的钱不见了。钱当然不是韩婷拿的,但她在同学们眼中已经有"前科劣迹",那位同学便来找韩婷兴师问罪,一番争吵之后,韩婷哭了,同学依旧不依不饶,并且提到了之前她在校外"盗窃"刘丽外套被警察抓走的事情。

韩婷当时哭着向刘丽求助,想让她证明自己的清白。原以为这次母亲不在现场,刘丽完全可以实话实说,但不想刘丽看了韩婷一眼,只撂下一句:"不是你偷的难道是我给你的不成?我拿你当闺蜜,你却偷我东西……"

这句话让当时的韩婷百口莫辩,也击垮了她心里最后一道防线。后来她通过其他相熟的同学才得知,自己"偷外套"的事之所以在学校尽人皆知,也全是因为刘丽四处宣传。

"那时才知道,我在学校的名声已经臭不可闻了。刘丽在同学中四处诬陷我有偷东西的'前科',大家都知道刘丽之前是我最好的朋友,她'现身说法',说的话由不得别人不信。结果之前有些丢东西的同学便不停地来班里找我,让我把'偷'的东西'吐'出来,我根本无力招架。想去找老师求助,但派出所的调查结论在那儿摆着,刘丽她爹又是比校长还厉害的角色,老师也不敢把她怎么样,思来想去,我确实没办法了。"

1994年5月,绝望中的韩婷只能向学校提交了退学申请,离开了那所让她受尽委屈和耻辱的学校。

10

"杀害刘丽这事儿呢?你从什么时候开始谋划的,具体又是如何实施的?"我继续问。

"1999年春节吧,我回家后听以前的一位同学说,刘丽大学毕业后进了市里效益最好的水泥厂上班,当时只是心里有些膈应。但过了几天我去超市买酱油时远远看到她,那天她穿得很光鲜，买了很多很贵的东西，多到她的购物车都装不下……"韩婷回忆道。

1994年至1998年间，刘丽在省城读大学，韩婷在广东打工。韩婷不知道刘丽在象牙塔里的生活如何，但却明显感觉自己的打工生活举步维艰。

"我高中退学，相当于只有初中学历，去过电子厂、鞋厂，帮人卖过衣服，当过餐厅服务员，还在街上摆过摊，但什么都干不长，经常被拖欠工资或者找理由扣钱，干了四年，一分钱没存下，其间还被两个无良老板强奸过……"韩婷说起自己的心酸往事，忍不住流下眼泪。

刘丽的"幸福生活"刺激了韩婷，痛苦一下涌上心头。她想到，如果当初刘丽和其父母没有给自己下套，那她肯定能顺利进入大学深造，现在的人生就是另外一副样子。一瞬间，韩婷把几年来人生的不幸和生活的不顺全部归过于刘丽，大概是在那一刻起，她决定报复刘丽。

年轻时的韩婷很漂亮，打工时身边也不乏追求者，她也曾与其中几位男孩试着交往过。但下定决心报复刘丽后，韩婷选择伴侣的要求便只有一条——能帮她完成报复计划。大多数男孩听到韩婷的计划后选择了拒绝，只有张佳岭在思考一番后，同意了。

"我是在酒店做服务员时认识的张佳岭，他小我一岁，在酒店干厨师。他从小是个苦孩子，父母很早去世，14岁便出来打工，没上过什么学，但很聪明，自学成才做了厨师……"韩婷说，与张佳岭确定关系的那一夜，张佳岭一直抱着她，在她耳边说，自己无父无母，韩婷是他唯一的牵挂，他愿意为韩婷复仇，愿意为她做任何事。

此后，两人便开始谋划报复刘丽的行动。

韩婷说，早在2000年与张佳岭确定关系时，她便要求张佳岭动手，张佳岭当时答应了。两人在韩婷父母不知情的情况下回来观察过刘丽，但几经思量后，张佳岭觉得时机不够成熟——当时水泥厂安保严密，刘丽与父母住在一起，绝大多数时间在厂区内活动，极少出门，两人找不到动手机会。住了一个多月后，韩婷与张佳岭回了广东，继续打工，等待时机。

此后的几年，韩婷与张佳岭几次回来寻找报复刘丽的机会，但始终未能得逞。直到2004年水泥厂整体搬迁，韩婷得知刘丽依旧未婚且单独住在单身宿舍后，决定动手，以恋人的名义把张佳岭带回了家。

韩婷所供述的杀害刘丽的作案过程与先前张佳岭的供词基本一致。

"没想到过去十年了，还是被你们查出来了……"移交检察机关前的最后一次提审时，韩婷对我说。

"做这件事，你后悔吗？"我问韩婷。

韩婷看着我，点点头，又摇摇头。我不明白她的意思，韩婷却笑了，说自己并不后悔杀死刘丽，是她先毁了自己的人生："但要硬说后悔，也只有一件事儿。"

我问是什么事,她说不该把张佳岭牵扯进来。她最初答应和张佳岭在一起,原本只是为了借他的手报复刘丽,那时也没想杀人,只是打算给刘丽一个教训,为自己十年的青春出口恶气。但韩婷没想到,张佳岭那么爱她,竟然爱到可以为了她去杀人。现在想来,是自己亲手把张佳岭推进了火坑。

"回头想想,如果没有刘丽这件事,我们在一起会很幸福,他肯定会是个好丈夫,好父亲。"韩婷喃喃地说。但没一会儿,她又哀叹一声,说如果没有报复刘丽的事,或许她也不会接受张佳岭。

"既然张佳岭为你杀了人报了仇,为什么你俩最后还是分开了?"我问韩婷。

她沉默了许久,却没有回答我。她或许有很多答案,但这些答案应该都与案件本身无关。她不愿作答,我也不好再继续追问。

"我对不起他,也对不起他现在的妻子和孩子。"最后,韩婷哭了。

尾声

2014年11月,经过反复斟酌研判,"1·04"入室杀人案宣布告破,犯罪嫌疑人韩婷和张佳岭被移交检察机关处理。2015年4月,经法院判决,犯罪嫌疑人张佳岭犯故意杀人罪被依法判处死刑,剥夺政治权利终身。犯罪嫌疑人韩婷犯故意杀人罪,被判处死刑，缓期两年执行。

拿到判决通知的那天，我和马警长去了陈文娟的外甥女家，想把这个消息告诉她。但两个月前，陈文娟就被送去了市里一家养老院。

我和马警长又赶去养老院，终于见到了已经神志不清的陈文娟。马警长把张佳岭和韩婷的判决通知拿到陈文娟面前，她盯着通知书，眼神中却充斥着混沌与迷离。我问陪护她现在能否看到文书里的东西，陪护无奈地看了陈文娟一眼，说，或许吧，有人能看到，有人看不到，但无论看到看不到，也表达不出来，你们权当作个样子吧。

马警长叹了口气，把文书拿到手里，一字一句地在陈文娟耳边读了一遍。

"悲剧啊，全都是悲剧……"回去路上，我一边开车一边感叹。想起刘丽、韩婷和张佳岭三家的处境：陈文娟丧夫丧女，独守病房；韩婷判了死缓，不知有生之年还能否给年迈的父母养老送终；而张佳岭那边，本就父母双亡，现在他本人也被判了死刑，抛下妻子和孩子。而这一切，都源自二十年前一个大学的保送名额，源于一场权力与私欲的肮脏交易。

"恶的种子一旦种下，肯定会生根发芽，到了结出果实的时候，每个浇灌过它的人都逃不脱。多行善事，多积善德吧。"马警长说。

我说你咋还信佛了呢？马警长笑笑，没再说话。

雪夜的秘密,藏进半路姐弟的余生

1

2013年4月9日下午,我和林所在值班时接到辖区农场职工电话,说有一辆没牌子的昌河微面,已经在农场菜地里停了三天,一直没见车主露面。

我俩赶到现场,果然一辆泥污满身的白色微面横在一片油菜田中央。拉开车门,车厢里塞满了破旧的衣物、发霉的食物,还有一口盛满腐败食物、散发着恶臭的铁锅。虽然没有车牌,但林所核查了车辆识别码后,确定这是一辆来自安徽的盗抢车,已失窃一年有余。他捂着口鼻在车上搜罗了一番,手里拎着两双臭鞋下车对我说:"这车八成是那个小贼的。"

那年元旦后,我们所的辖区内接连出了十多起盗窃案,其中有一家人春节外出探亲,回来时发现家里几乎被搬空了。几个案发小区的监控都拍到了微面进出的画面，现场地面也留下了鞋印。我忍着恶臭接过鞋子，看了看鞋底纹路，的确和当时刑侦技术队采集到的鞋印图案相似。

林所先给拘留所打了几个电话，问那边近期有没有收到什么"可疑"的人，果然得到了一些线索。

听到林所说出"王招 dì"这个名字时，我第一反应是："女的？"林所说不是，男的，是"招弟"，不是"招娣"。

"前些天光化（派出）所掀了个'毒窝'，抓了帮'道友'，他是其中一个。"到了拘留所，管教干部老刘介绍说，"这家伙在光化所寻过死！"

"寻死？因为吸毒？至于吗？"我和林所都很吃惊。

老刘说，王招弟在光化所信息采集室里吞了三颗麻果和几包干燥剂，说是"不想活了"。

"只是吸毒一个罪名吗？"林所问。

"对，那天晚上光化所一股脑送进来十几个，都是一样的罪名。当时我就觉得这家伙身上八成还有别的事，结果今天你们就来了——你看，被我说准了吧？"老刘露出得意的表情，说自己这两天也一直在观察王招弟，"这小子是外地人，来咱这儿也不久，按道理是打不进本地毒友圈子的，他这么快就能买到毒品，这事儿很蹊跷。"

可如果加上"盗窃"，这事儿就能说通了，毕竟，很多本地"道友"靠盗窃为生，王招弟销赃时要是认识了一两个"同道中人",也不是不可能。

"你们没搞一下?挖隐案是加分项,年底3000块奖金哩!"林所跟老刘开玩笑。

老刘说试过了,这个王招弟太"难搞",进拘留所后就一言不发,问什么都不说,"跟个闷葫芦似的",估计一心等着拘留期满释放,"难搞的事情还是留给林大所长搞吧"。

王招弟,河北人,时年27岁,身高一米七二,长发,黑瘦。在拘留所讯问室里,我们第一次跟他进行了正面接触。

那天王招弟穿了一身本地"志高中学"的校服,看上去很不合身。老刘说,这是他儿子不穿的衣服,临时借给王招弟的,王招弟入监时穿的衣物,全都被老刘扔到了拘留所后院,"这家伙大概一冬天就没换过衣服,那味道,能把后院的警犬都熏吐了"。

或许因为我们手里有他盗窃的证据,王招弟倒没有像老刘形容的那么"闷葫芦"。我们先从他的名字开始聊,我问他怎么起了这么个名字。他说名字是继父后改的,他本来姓黄,4岁随母亲改嫁,当时继父已有两个女儿,分别叫"盼娣"和"来娣",为了赶紧抱上自己的亲生儿子,继父把他的名字改成了"招弟"。

我问他后来招来弟弟没。他说招来了,母亲改嫁后的第三年,生了个男孩,取名"全福"。可惜这个弟弟没什么福分,6岁那年跟王招弟和大姐王盼娣去镇上赶集时,被一辆倒车的半挂拖拉机卷入车底,死了。

"你就是那年（从家）跑出来的？"林所看着他的材料，接过话茬。

王招弟说"是"——那天傍晚放学他走到村口，收到了大姐王盼娣的消息，说母亲已经被继父绑在屋里了，还在院子里的树上砸了钉子、挂了麻绳，准备等他回去之后就"弄死"他，给全福"报仇"。于是，14岁的王招弟在离家不足百米的地方转身扒上了一辆路过的货车。此后十三年，再也没回过家。

2

之后，林所就把话题引到那辆微面上。王招弟并不否认车里放的大多是赃物，至于车的来路，他一口咬定是"800块在G市买的"。

"买的还是偷的？哪有800块的车子？"

"买的！"

"具体在G市哪里买的？卖给你车子的人姓甚名谁？长什么样子？"

王招弟用空洞的眼神看着我和林所中间的位置，没有回答。

我说："不想聊车子的事情，那就先聊聊车里的东西吧。既然你承认是赃物，那你什么时间、在哪儿、分别偷了哪些东西？"

他空洞的眼神转向我，似乎在看我，又似乎没有："衣服和鞋子是顺手拿的，忘了在哪儿了；炉子和锅是光华旅社院子后面捡的；在惠民超市拿了两瓶酒，喝了一瓶，不好喝，另一瓶烧火用了……"

王招弟断断续续地交代着"案情"，有些是我们已经掌握的，有些是尚未掌握的。但粗略算下来，案值总和也不过千元，显然是在避重就轻。

"正月十五夜里，你在××小区6号楼201室撬门入室，搬走了什么东西？"林所问。那起案子中，除全部家电外，失主称床头柜抽屉内有三件首饰被盗，票面价值超过10万。

"忘了，我不是本地的，不认得你说的那个小区。"

"3月8号，××路××烟酒店，你砸碎玻璃进屋，拿走了十五条烟，怎么处理的？"

"没有，我没干过。"

我从手机里找出监控视频截图递给王招弟——监控拍到了他的正脸。他看过照片后，继续沉默。

"没有证据不会来找你，实话实说，大家都轻松。"我说。

过了半晌，王招弟看了我一眼，说："自己抽了。"

"放你娘的屁，十五条烟，半个多月，你全抽了？"我骂了他一句。

没想到王招弟反口便回我一句："你娘才放屁！"

我一下站起身，林所和拘留所民警赶紧把我扯到一旁。管教民警让王招弟"嘴巴放干净点"，王招弟却说是我的嘴巴先不干净的："他凭什么骂我妈？"

我很少遇到正面硬刚的嫌疑人，但王招弟显然有些"与众不同"。为了避免冲突，我没有参与后面的讯问，去了隔壁监室。那里关着与王招弟同案被抓的其他"道友"，一个绰号叫"耳环"的吸毒人员承认，是他把王招弟带进了本地的毒品圈子。他俩是在国道边的物资回收站认识的，那里是他们惯常的销赃场所。

我传唤了物资回收站的店主，他承认收过王招弟六个电动车电瓶。为了"将功赎罪"，店主又继续举报称，王招弟曾问过他"收不收金子和玉器"。

店主当然清楚王招弟手里的东西来路不正，六个二手电瓶，总共给了他两百块钱。但对于王招弟说的"金子和玉器"，他没敢应承。一来他知道这两样东西的价值和旧电瓶比不是一个量级，一旦东窗事发，自己也得跟着坐牢；二来他看王招弟面生，担心自己被骗。

"他八成掰（忽悠）我呢，先骗点定金，说是回去拿东西，钱一到手就没了影儿，我信了他的邪！"店主说。

我说，你倒是蛮懂"行规"，看来这种事以前没少干。店主连忙说他"都是听来的"。我没空儿跟他纠缠，就先把他和电瓶的事另案处理了。

当时我们手里的确有两起涉及金器的案子，但没有玉器。林所对王招弟的讯问也没啥结果，只好先把他从"治安拘留"转成"刑事拘留"。

从拘留所出来，林所也说，王招弟这家伙果然"难搞"，偷来的贵重物品都被他销赃了，我们手头的证物判不了他多久，而且他是流窜作案，往往异地销赃，追赃难度很大。

"是个可怜人啊！"林所给我看了几张照片，是王招弟被抓时光化所民警拍的。照片里的王招弟一副流浪乞讨人员的样子，长发打绺，羽绒服脏到看不出颜色，牛仔裤几乎撕成了布条。

我说，年纪轻轻就以偷窃为生，还吸毒，为什么不找份工作？自己选的路，有什么可怜的？林所点头说也是，但又说，王招弟还有慢性肾炎，估计离尿毒症不远了。

3

回到派出所，林所在办公室忙活到晚上，临睡前递给我一张清单，上面有四起涉及玉器失窃的报案，都是周边县市这半年来发生的，他让我去核实一下，看有没有串并案的可能。我接过清单，他又塞给我一百块钱，让我帮他在网上买几套内衣裤和袜子，"要质量好些的，买来先放你那儿"。

我查了一周，清单里有一起Y市的案子让我感觉跟王招弟有关系。

那起案子的案发时间是半年前的2012年9月，地点是一家茶社。当时现场附近的监控探头拍下一组模糊的背影，很像王招弟。我专程去当地刑警队查阅了卷宗，觉得像是他干的，又不像是他——王招弟的作案特点是"贼不走空",但凡被他"光顾"过的现场,无论东西值不值钱,总要被他拿走点什么,有时甚至是桌上的茶杯、柜子里的碗筷。但这个案子里,茶社却只丢了那一件玉器。当地警方说是茶社的熟客作案,已经有了怀疑对象,正在侦办,又说,茶社里陈设的玉器不止一件,但除了被偷的那件价值十多万的是真货外,其余的百元赝品一个都没丢。

"大白天我都分不清哪个(玉器)是真的,黑灯瞎火的,他个小蟊贼能懂这个?懂这个还用得着做贼?"接待我的Y市刑警如是说。

我把情况汇报给林所,他一时也拿不准,随后赶来刑警大队,一番交涉后拿走了案卷。

我们看到,有一页写明,Y市刑警之前也查到过王招弟身上。那是一份证人笔录,做证人是一家寄卖行老板,他说2012年10月份有人拿了一个玉器摆件找到他,开价两万五。他看过后感觉东西没问题,但估计卖家有问题,因为来者既不愿提供身份证件,也拿不出玉器的购买凭证。寄卖行老板担心东西来路不正,没敢收。随后,前来走访调查的警察亮出了玉器摆件的照片,果然是寄卖行老板见到的那个。在笔录中,老板对那位卖家的形象进行了简单描述:"男的,北方口音,一米七左右,黑瘦,长发,20多岁,邋里邋遢,开一辆白色面包车。"——这些特征与王招弟基本一致。

合上卷宗,我问林所:"你觉得王招弟懂玉器吗?"

如果这起案子是王招弟做下的,那他的行为着实令人费解:要说他不懂玉,可他偏偏能从茶社的一堆赝品中唯独拿走那件真货;可他若真懂玉,十多万的东西却才开价两万五?

林所也想不出个所以然,他让我带上前些天买的内衣裤和袜子,下午跟他再去趟看守所提审王招弟。我恍然大悟,原来那些东西是他给王招弟准备的。

第二次见面时,王招弟的变化很大,头发剪短了,换上号服后人反而精神了些。接过崭新的内衣裤,他的眼眶瞬间红了,一直说"谢谢警官"。林所看王招弟胳膊上有块瘀青,问他怎么回事?王招弟犹豫半响,才说监室有个本地犯人一直欺负他。林所立刻找来管教民警,说明情况后当场帮王招弟换了监室。

王招弟大概被林所感动了,我们没怎么问,他便主动交代了四起在我们辖区内犯下的盗窃案,只是对于那件玉器,一直闭口不谈。

4

几天后的案情分析会上,有同事提出疑问:"现场查获的赃物跟受害人报失的财物差很多,东西去哪儿了?如果被王招弟销赃了,那他得来的钱呢?"

这个问题的确很关键——另一位同事翻出一份九年前王招弟在广东犯下的盗窃案,说在当年的犯案过程中,王招弟曾有过两个窝点以躲避警方的打击和追赃,他怀疑王招弟这次很有可能故技重施。

商讨过后,派出所一组人出去摸排线索,另一组人联系交警部门查看王招弟那辆赃车近期的活动轨迹,林所本人则打算再去趟看守所。我本想跟他一起去,他却说另有任务给我。散会后,林所把那份2004年广东警方的卷宗复印件给了我:"仔细研究下这本卷子,看还有什么我们需要,或者值得借鉴的东西。"

复印卷里是王招弟当年在广东犯下的七起入室盗窃案,我仔细翻阅了几遍,案情本身都没有太多可以深究的东西,但对一个不太起眼的细节,总感觉有些在意——在通知嫌疑人家属的文件下角,签着一个熟悉的名字:王盼娣。

按照王招弟此前的说法,他从2000年离家后便与家人彻底失联,那2004年他在广东被抓时,大姐王盼娣怎么会给他签字呢?

我又翻了遍卷宗,王招弟在当年交代说,自己变卖了部分赃物后,获得了8000块钱,分三次寄给了王盼娣,用来给母亲治病。卷宗中没有提到那笔钱最终有没有被追缴,但显然在2004年,他确实与大姐有过联系。

我把这个情况汇报给了从看守所回来的林所。虽然第三次提审里王招弟并没有再交代新案,对自己的"窝点"和其他赃物去向等问题也未作答,但林所还是有些意外收获——那个被王招弟举报在监所里打人的本地犯,在我们上次走后,同样举报了王招弟。他说王招弟为了讨好他，说自己在外面还有"存货"，愿意出去后拿来"报答"他。既然还有"存货"，就说明我们推测他还有"窝点"的判断是正确的。

交警那边也反馈了信息：那辆王招弟的无牌微面极少在城区内行驶，多数时候被他藏匿在一些很偏僻的地方，例如我们所辖区南部的大片农田，或者是一些单位的废品仓库。那些地方一般缺乏监控设备，而这车也因外观破旧肮脏，很容易被人当作"僵尸车"，不会引起过多注意，因此"以车找窝"的线索断了。

但由于这辆微面属于外地被盗抢车辆，交警也跟G市警方取得了联系。G市方面说，盗窃这辆车的犯罪嫌疑人名叫徐勇辉，已经于2012年因其他案件被捕，正在服刑。他们传来了徐勇辉的资料，希望我们早日将被盗车辆移交过去，他们也好尽快退赃。

很快，郊区派出所的"两实协管员"（负责统计辖区实有人口、实有房屋）又为我们提供了一条线索：年初，有人在他们那儿的一个旧小区租房，因为给不出身份证被房东拒了。但那人又提出，想用租房的价格单租地下室用，只存放东西，不住人。房东觉得有利可图，又"不违反政策"，便同意了。

林所和我带协管员一起找到房东，让他领着我们去了那间地下室，屋子里面跟我们发现的赃车里面如出一辙，混乱肮脏，浓烈的霉味中夹杂着下水道的臭味。地板上胡乱堆放着衣服、箱包、烟酒、吃了一半的食物、各种垃圾，相对值钱的小家电、手机和笔记本电脑则被集中在一起，墙角还丢着两台电视机。

我在地上的一个女包里找到张身份证，查询后确认是王招弟系列盗窃案中的受害人之一。那就基本确定了，这个地下室就是王招弟存放赃物的"窝点"。林所把王招弟的户籍照片给房东辨认，房东看了半天，说确定不了。林所又拿出光化所抓获王招弟时拍的"登记照"，这次房东一下就认出来了，说"就是他"，"邋里邋遢，又脏又臭"。

林所松了口气，让我看住现场。他去给刑侦支队技术队打了支援电话，又回所里喊人去看守所办了提王招弟做现场搜查的手续。等人员到齐后，我们开始对地下室进行搜查。

一伙人忙活了三个多小时，才把屋子里的赃物大致清理完。王招弟作案，确实遵循了"贼不走空"的原则，大到电视电脑，小到茶杯碗筷，赃物按类型足足堆了六大堆。而在清理过程中，我们也有了重要发现：有一张寄卖行的"抵押协议"，上面有王招弟的签名，抵押物正是Y市茶社被盗的那件玉器摆件。

再次提审王招弟时，我问他："你懂玉器吗？"

他说不懂。我说既然不懂，那茶社里的十几个摆件，你怎么确定这个是真的？王招弟说，他就是随手拿的，分不出真假。

我不相信他能有这么好的"运气"，但也找不出反驳他的理由，只能把他的原话记在讯问笔录里。我又问起"抵押"玉器摆件拿到的两万多块钱在哪里,他说"花掉了"。问他怎么花的,他却说"记不清了"。

我对他的回答倒也不太意外。落网后,王招弟一直不肯交代赃款的去向。他先说钱被骗了,却讲不出被骗经过;又说被人抢了,时间和地点却前后矛盾;最后说自己拿去赌博输光了,再细问,他却连基本的赌博"行话"都不知道。

但无论如何,整个系列盗窃案件算是告破了,一共核实出了跨两省三市共计二十多起盗窃案,涉案金额将近40万元。按照法律规定,王招弟的刑期会在十年以上。

最后一次见王招弟,我问他要家属的联系方式,他仍说跟家人早就没了联系。我说,2004年你在广东被抓时,你大姐不是给你签过家属告知书吗?王招弟的身体似乎抖了一下,然后看着我,不说话了。沉默了半晌,他对我说:"我是成年人,可以不通知家属。"

看来,以前有警察问过他同样的问题,他有应对经验了。

5

2013年7月,我向林所请探亲假,林所签字后问我,假期方不方便顺道去一趟王招弟的老家。我搞不懂他葫芦里卖的什么药,问:"王招弟的案子不是已经结了吗?"

林所说,案子是结了,但王招弟可能把一部分非法所得款打给了老家的亲戚，他给当地警方发了函，希望帮忙核实情况，但对方一直没有回复消息。我问有多少钱。林所说数额挺大，保守估计也有七八万。

我说："你咋发现的这事儿？"

林所说，警方当时搜查那个地下室时，在一条裤子的口袋里发现了张建行的汇款单，金额三万多。那条裤子同样是赃物，民警起初以为是受害人的，没太在意，但后来林所在追查赃款下落时，想到了那张汇款单，去银行查后确定是王招弟的。

那张汇款单上的收款人名叫陈新贵，跟王招弟是同乡。从汇款记录上看，王招弟曾多次给陈新贵汇钱，最近一年半前后，汇去了七八万。林所起初怀疑陈新贵可能是王招弟的同伙，再查下去，却发现陈新贵的妻子叫王盼娣，"弄不好，这家伙把赃款打给他姐夫藏了起来"。

我说，这种事情能查实的话，通知当地警方控制住陈新贵，我们这边先冻结他的银行账户，留待结案后划扣不就行了，为啥还要跑到当地去？

林所瞥了我一眼，说："你啥都明白，这个所长你来当好不好？"

原来，我说的办法林所已经试过了。王招弟拒不承认给大姐夫陈新贵汇款的事，林所就通过当地警方联系到了陈新贵本人。出乎意料的是，陈新贵并不否认王招弟给自己汇钱的事，听说是赃款，他也很吃惊，立刻提出退钱。

"陈新贵说他和王盼娣都是残疾人,他靠在家给人糊纸盒挣钱,收入微薄,王盼娣还有病,这些年家里全靠王招弟这个小舅子照应。他一直以为王招弟在外面干的是正经营生,没想到是做贼,不然说什么也不会要王招弟的钱。但现在他手里没钱,家里也没值钱的东西,不是不退,是退不出来……"林所说。

当地派出所民警也印证了陈新贵的话,说他家里穷得叮当响,是村里有名的破落户。他们私下劝林所别费这个劲去"追赃"了,一来这事最终是法院说了算,二来"陈新贵家要能追出钱来,那可真是闹了鬼了"。所以,虽然林所后来发了协查函,但那边也一直没有什么动静。

"本来我也没想专门派人过去,这不正赶上你休假,有空的话就跑一趟吧,反正离你家不远,过去看看到底什么情况,必要的话接触一下他家人,给他们讲讲政策。"林所说。

在回家的列车上,我重新梳理了一遍笔录中王招弟的经历:

2000年,14岁的王招弟扒上路过的卡车逃走,当天夜里就被司机发现撵下了车。随后他又扒了另一辆卡车,再下车时,已经到了河北邯郸与山东聊城的交界。他在当地做了几个月小工,后因是"童工"被人举报,丢了工作,因为担心被警察送回老家,他又一次逃跑了。

此后数年间,他的足迹遍布山东、河南、江苏、安徽、湖北、湖南、四川、广东,靠打零工度日。2003年,他在江苏一家养鸡场因讨薪被老板打了，一怒之下，当天夜里把老鼠药掺进鸡饲料后就逃离了养鸡场，从此以拾荒和盗窃为生。

王招弟已经记不清自己那些年被人打过多少次。最狠的一次是 2003 年年底，他从养鸡场逃走后晃悠了几天，身上的钱花完了，便跟着几个在街上刚认识的"朋友"去当地一家工厂宿舍偷东西，作案时被保安发现，"朋友"们各自跑了，他却被保安抓回厂里暴打到失去意识，醒过来时，发现自己趴在一条浅河里。

做笔录时，我注意到王招弟的左手小指和无名指始终以一种特殊的姿态蜷缩在手掌中，无法伸出，就问他是不是那次挨打落下的。王招弟说不是，是 2008 年在河南被两名拾荒者打断的，因为没钱医治，成了现在的样子。

然后，我又回忆了一遍第一次提审时，王招弟讲的他家的情况。

当时提起继父，他说已经记不清名字了，好像是叫"王什么春"。继父很凶，酗酒、赌钱，喝醉或赌输后便闹得村里鸡犬不宁。母亲、两个姐姐和他，都没少挨打，继父唯独不会动小儿子王全福一根手指。

王招弟说他和大姐王盼娣的关系最好。王盼娣比他大 4 岁，王全福出生后，继父便不让她上学了，只能在家帮母亲照顾小弟王全福。王盼娣很讨厌这个小弟弟——王全福从小吃得好穿得好，在家也像父亲一样霸道，他可以把不喜欢吃的东西泼到地上，赶集时看见自己喜欢的玩具抱起就跑，继父从不会骂他。这家伙还喜欢在家里的麦堆上撒尿,继父见了,反而会去打王盼娣一顿,怪她没照顾好弟弟。

母亲虽然什么都听继父的,但也免不了经常被继父打骂。母亲很怕继父,但对王招弟很好,每次继父打他时,母亲拉不住,便把他挡在身子下面。继父每次打人都是往死里打,如果不是母亲护着,他早被继父打死了。

自从小弟王全福意外身亡后,继父便整日用那双阴狠的眼睛瞪着王招弟。母亲不止一次在夜里叫醒王招弟,惊恐地让他"快走,去哪里都行"。可王招弟不知道自己该去哪里,又能去哪里。他幻想着能像事故现场的警察说的那样,拖拉机司机为全福的死负"全责"——如果这样,继父就不会怪罪自己和大姐了。

但那天大姐王盼娣的话击碎了他所有幻想。他从家逃走时,在镇上读初二,扒车离开那天还背着书包。后来书包不知啥时候丢了,上学时学的东西这些年也基本忘光了,很多字原本认识,现在都不会写了。因为忌恨,多数时候,他会把自己的名字写成"黄招",之前被警察抓住后签笔录,为此他还挨过揍。

6

到了王招弟老家后,我先去了王招弟户籍所在乡镇的派出所。对方值班领导可能没想到林所会真的派人来,有些意外,先解释说林所发函的那些事他们已经着手做了,只是暂时没结果,所以没回复，之后又喊来了驻村民警，让他跟我具体说一下陈新贵家的情况。

陈新贵40多岁，是个残疾人。而王盼娣早年因为头部外伤丧失了生活自理能力，完全靠他照顾。两人于2008年结婚，现在有一个4岁的儿子，在村里上幼儿园。陈新贵没什么亲戚，父母过世早，只给他留下了现在住的这套破房子。王盼娣有个妹妹叫王来娣，前些年外嫁后就再也没回来过。谈及王招弟，驻村民警说他没什么印象，如果不是我们的案子，他甚至不知道村里还有这么一号人。

我问起王盼娣的父母，驻村民警说，他是这几年才入职的，不太清楚早年的事，只知道她父亲叫王矮春，以前是村里的"刺头"，风评很差。"先是老婆跑了，后来他也出去找老婆了，一直没回来。其他的具体情况，还是得问陈新贵本人。"

陈新贵个子不高，很瘦，只有一条腿，拐杖底部绑着一团黑黢黢的汽车内胎，我们到他家时，他正坐在院门口等。进院后，我也见到了坐在院子里晒太阳的王盼娣，与干瘦的丈夫相反，她胖得不成样子，光头，见了我们，挣扎着起身，口中"呀呀"地说着什么，似乎是在跟我们打招呼。

"她这会儿是正常的，但发狂的时候就跑到街上打滚，见人打人、见车砸车，厉害得很。等会儿你有事尽量问陈新贵，少跟她对话，别刺激到她，不然不知啥时候她就会犯病。"驻村民警小声提醒我。

　　从外观看，陈新贵的房子跟村里其他人家的并无二致。驻村民警解释说，得亏这几年搞新农村建设，村里出钱帮他家修了房子，以前陈新贵的家，是"三间破瓦房，两间抬头看见天"。

　　进了屋，几乎没有见到家电，家具看上去也有些年头了，地柜缺了块玻璃，茶几腿上绑着铁丝，大衣柜只有半扇门，另半边用布帘盖着。屋里弥漫着一股子奇怪的味道，似乎是胶水味，我看到墙角堆着半成品纸盒，那应该就是陈新贵的"营生"。

　　陈新贵拄着拐要去给我们倒茶，驻村民警赶紧让他别忙活了，过来聊几句就行。我们先跟他扯了几句家常，然后才把话题引到了王招弟汇款的事情上。陈新贵说，他知道有个小舅子，在南方工作，这几年经常往家里汇钱，但从没回来过，所以他也没见过。

　　我问他王招弟从什么时候开始给家里汇钱，这些年总共汇过多少。陈新贵说，婚前不知道，但从他和王盼娣结婚后一直都有，钱数时多时少，有时三五百，有时五六千，两个月前那笔钱汇得最多，小三万块，已经还了去年"拉下的饥荒"。粗算下来，这些年小舅子总共给了家里十万多，除了还债，基本都拿去给妻子治病了。

　　刚才得知王盼娣的病情如此之重，我有些意外，既然陈新贵主动提及了，我便顺势往下问——她在2004年给王招弟签"家属告知书"时，应该还是个正常的人，后来为何伤成这样？

陈新贵说，王盼娣是"颅脑外伤精神病"，结婚前就是这副样子，不然肯定不会嫁给他。他和王盼娣能结婚，是小姨子王来娣说的媒，婚后不久，小姨子就去南方打工了，后来在那边成了家。王来娣在新婚时回来过一次，家里没地儿住，两口子就在镇上的宾馆对付了一宿，第二天就走了，临走时留了几千块钱，此后便再也没了消息。言语间，我能听出陈新贵对小姨子颇有微词，意思是这么多年了，连个电话都没往家里打过。

陈新贵说，王盼娣当年受伤的原因，王来娣说媒时提过，说是被她爸酒后打的，"不遗传"，"养几年就会好"。就是因为这句"不遗传"，陈新贵才决定娶王盼娣的。但几年过去了，妻子的精神病非但没好转，反而一年比一年差。以前只是偶尔在家里闹腾一下，现在犯病越来越频繁，一发起疯就往外跑，四处惹事，自己还得给别人赔钱。

陈新贵找出一大摞给王盼娣治病买药的收费单据摆在桌上，我简单地翻了翻，每月治病的花销的确不是小数，不是靠糊纸盒能支撑的。陈新贵在一边不停地念叨，说自己不知道小舅子的钱是偷来的，不然一分也不会花，当然，说了半天，他最关心的是："如果这钱还不上，会不会对孩子的未来有影响？"

话说到这份上，我心里也大概理解了陈新贵与王盼娣两人结合的原因了——王盼娣需要有人照顾起居，而陈新贵需要一个传宗接代的"工具"。

陈新贵说，当年王家的事情，小姨子没跟他细讲："不知道当年她爸为啥那么狠，听说脑浆子都打出来了，明显不想让她活嘛。这几年给她换'铁脑壳'，花了很多钱，每个月光吃药也得好多钱……要不是她弟支应，这日子早就没法过了……"

我觉得在钱的事上，陈新贵应该很诚实，因为他确实退不出这笔钱来。

我们和陈新贵告别，走出屋子，看见坐在院子里的王盼娣捧着手机。我想她既然能玩手机，应该也能跟人正常交流，于是就上前打了个招呼，想跟她聊聊弟弟和父亲的事情。

当驻村民警反应过来时，我已经蹲在了王盼娣身旁，问她："当年王矮春为什么把你打成这样？"

王盼娣瞧了我一眼，是那种迷茫中带着古怪的眼神，她张嘴"呀呀"说了几个字，我完全听不懂是什么意思。

"你弟王招弟这些年……"

我想问她知不知道自己弟弟这些年的情况，但没承想，"王招弟"三个字刚一出口，王盼娣的情况立刻不对了——她毫无征兆地把原本坐在屁股下面的板凳抓在手里，朝我头上抡过来。我躲闪不及，被她一板凳抡倒在地上。陈新贵和驻村民警赶紧上来抱住王盼娣，她一边挣扎一边"呀呀"怪叫着，继续朝我挥舞板凳。驻村民警让我快跑，我爬起来，狼狈地朝院外跑去。

一番折腾后，王盼娣终于重新安静下来。回派出所的路上，驻村民警埋怨我："来之前说好了有事儿问陈新贵，别去惹王盼娣，她说不定什么时候犯病，可你偏去惹她……"

我一再道歉，但心里却愈发纳闷。回到乡镇派出所，我管不住好奇心，又厚着脸皮问驻村民警："当年她受伤这事儿，你们知道吗？"

"那时我还没来，不太清楚。我给你找个了解的人吧。"

7

随后，在派出所的"老人"张警官那里，我大体了解了当年王家发生的事。

王矮春生于上个世纪 50 年代末，1990 年与王招弟的母亲陈雪梅结婚。那时王矮春在村头开面粉厂（或者只是个磨面粉的作坊），相比于其他村民，算是头脑比较活泛，生活条件相对较好的了。

陈雪梅和王矮春都是二婚，结婚时王盼娣 8 岁，王来娣 6 岁，王招弟 4 岁。1994 年小儿子王全福出生，因为违反了计划生育政策，王矮春被计生办罚了一大笔钱。打那之后，王家的生活水平一落千丈，王矮春开始酗酒闹事，不喝酒时也经常无事生非。

村里人都知道王矮春十分疼爱小儿子，但 2000 年，王全福却因车祸意外丧生。同年王招弟离家出走，此后再无消息。2001 年，连失两子的陈雪梅精神失常——但也有人说，是因为她在家中遭到了王矮春虐待，面粉厂后院夜里经常传出陈雪梅的哀号和惨叫。

2004年，失智三年的陈雪梅突然离家出走，王矮春关了面粉厂，外出寻找了大半年，没有结果。2005年，王盼娣被王矮春酒后打成重伤，当年她伤势很重，在县医院抢救了很久，后来又转送到省城医院才捡回一条命。

警方知道王盼娣被打伤的事时，已是2007年。当时一位村民因与王矮春有经济纠纷，找不到人，就去派出所报了警。民警去王家了解纠纷时才得知人伤得这么严重，"王盼娣受伤时王家人没报警，事后我们找过她妹妹王来娣问，王来娣说她爸就是这脾气，家里人经常挨打，她大姐出事时，她在镇上打工不在家，不然她也会挨打"。

那时王矮春已经离家很久，王来娣说父亲临走时留了字条，说是又去外地找继母陈雪梅去了。"我们后来也因为王盼娣的事情找过王矮春，但一直没找到。村里最后一个见过王矮春的人说，2007年年初的一天晚上，下着大雪，他在河坝上看见喝得烂醉的王矮春跟两个年轻男人在一起。但问他那两个年轻男人长啥样，他说离得远看不清……"

警方注意到，王矮春这次出走前，他的面粉厂还在正常运作，刚跟村民续签了新一年的合同，和他几年前第一次外出寻找陈雪梅的情况似乎有些不一样。可除了那位跟王矮春有经济纠纷的村民外，村里人对王矮春的出走没有表现出任何在意，反而觉得他走了村子就清净了。警察后来持续找过王矮春,可经过几次"清网"和"追逃"专项行动,也未能寻到他的下落。2008年王盼娣结婚时,警方判断王矮春很可能会回来,还到村里"蹲"过他,但也没"蹲"到。同年,面粉厂的旧机器都被找上门的债主们搬走了,王矮春也没回来。

张警官说,前些年派出所辖区合并,人员变动很大,"现在这个派出所,是以前两个乡派出所合并后又分开的,这一合一分,大部分民警都换了。我算是这个所里的'老人'了,中间也调走了几年,2008年才调回这个单位。知道王矮春的事情,还是我老丈人和他同村的缘故"。

王矮春的家人对他出走的事儿,也不怎么上心。2008年,附近的水库清淤,挖上来一些骸骨,派出所担心里面有"失踪"的王矮春或陈雪梅,通知王来娣过来采DNA。通知发出去很久都没人回应。派出所没辙,上门去找王盼娣,结果她采血前就犯了病,咬了两名警察,此事无疾而终。

"王矮春失踪这事儿,你们当初有没有怀疑过王招弟?"犹豫了很久,我还是问了这个问题。按说,这事与王招弟的盗窃案之间似乎不存在什么必然联系,只是我突然觉得时间上有些接近——王矮春最后被村里人见到是2007年年初,而王招弟之前在广东刑满释放是2006年年底。

"怀疑王招弟?他那个跑了的儿子?怀疑他啥?"

张警官的反应告诉我,他们应该从没关注过这个问题。我把当年王招弟逃跑以及后来作案的一系列时间节点告诉了他，他听完后沉思许久，问我是不是在办理王招弟盗窃案的过程中发现了什么线索。

我说没有，也只是猜测而已。

"不过照你这说法，倒也是该怀疑一下。"张警官说，按照两边的时间线——2004 年，王招弟在广东被抓，王盼娣给他签了"家属告知书"；同年陈雪梅离家出走，王矮春出去找了大半年没找到，回家后于 2005 年把王盼娣打伤；2006 年年底王招弟刑满释放，2007 年年初王矮春不知所终——这样打眼看去，似乎有所关联。

但事实与推测之间最大的区别就在于证据，这恰是我们两地警方都没有的。按道理，王招弟 2006 年刑期结束后需要回户籍所在地报到。张警官说，好多年前的事情，估计早就没了记录，那时对"两劳"（劳动改造人员和劳动教养人员）释放人员的管理不像现在这么严格，哪怕王招弟出狱后继续流浪，他们也没办法。

最后，张警官请我吃了顿饭，我们互换了联系方式。他说，保持联系，如果有什么新线索也及时交流，不过王招弟赃款的事情只能暂时就这样了，但也不是毫无办法——陈新贵所在的村子大概两三年内会动迁，我们武汉那边可以先把追缴赃款的前期程序走了，一旦这边动迁，陈新贵拿到补偿款，赃款也就有着落了。

我突然想起王矮春以前用来开面粉厂的房子,便问张警官那个房屋产权现在归谁所有,算不算是陈新贵和王盼娣的共同财产?

张警官明白我的意思,笑了笑,说,算又能怎样呢?农村宅基地不比城市商品房,只能转让给同村人,但村里人都知道王家的事情,嫌那房子晦气。陈新贵早就想卖掉给老婆治病,但卖了很多年都没人要。

想想也对——王家一家六口,小儿子王全福死于车祸,大儿子王招弟犯案被抓,大女儿王盼娣生活不能自理,王矮春本人和妻子陈雪梅则下落不明。这样的家庭留下的房子,在农村怎么可能有人接手。

8

一晃几年就过去了。

2018年1月,我意外接到了张警官的电话。他说他正在武汉转车,听"林主任(林所升职了)"说我也在武汉,就问我有没有时间见一面。

想起自己还欠着张警官一顿饭,我便订了酒楼。见面寒暄了几句后,我问他此行来汉的目的,张警官说:"还是因为王招弟。"

我浑身一激灵:"难道?……"

"对,五年前,你的推测可能没有错。"

这次张警官来找王招弟的起因,还得从小半年前说起。

2017年7月,他们县里旧村集中改造,陈新贵所在的村子准备拆迁。几个月后,村子成了工地,施工队挖地基时,居然挖出了一座坟,他们急忙联系警方。经检验,坟里埋的人,竟是陈雪梅。

"陈雪梅?"我吃了一惊,"她不是离家出走了吗?"

张警官说,后来对照村庄图纸,确定挖出陈雪梅的位置正是以前王矮春的面粉厂,也就是说,陈雪梅死后被埋在了家里,她自始至终没有离开过村子。

"她怎么死的?"

"被人打死的,颅骨两处致命伤,但奇怪的是,尸体装在棺材里,陈雪梅的身上也穿了寿衣。"

当地没有把逝者安葬在自家院子里的风俗,陈雪梅遗骸上的伤情也引起了警方怀疑。他们找到陈新贵,但他对此一无所知。鉴于王盼娣的病情已经发展到无法与人正常交流的地步,警方只好叫回了远在四川的王来娣。面对继母的遗骸,王来娣表现得十分惊诧。她说自己一直以为当年陈雪梅是"跑掉了",压根儿没想到她就被埋在了自家院子里。

警方让她详细讲述一下当年陈雪梅"失踪"前后的情况。王来娣说，自从王全福车祸身亡、王招弟离家出走后，王矮春的性情变得越发暴躁多疑，他固执地认为王全福是被王招弟害死的，王招弟离家出走就是"心虚"。虽然拿到了拖拉机司机全责的相应赔偿，但王矮春还是将怒火撒向了妻子和两个女儿。他觉得陈雪梅跟自己结婚只是图钱，是她默许王招弟害死了王全福，让自己"断了香火"；他怀疑两个女儿因为嫉妒小弟弟，跟陈雪梅沆瀣一气，王招弟的逃跑，就是因为她们在通风报信——总之，王矮春笃定小儿子的死是全家人背着他搞的一场"阴谋"，而他"反击"的方式，就是酗酒后更加凶狠、粗暴地对待妻子和两个女儿。陈雪梅本就因为两个儿子的事情抑郁痛苦，又不时遭到丈夫无来由的毒打，精神就渐渐出了问题。妻子疯了后，王矮春非但没有收敛，还多次在家中扬言，如果他查出当年是谁给王招弟报的信，一定会杀了那个人。

"咱很难想象，这能是一个男人在家跟老婆孩子说出的话吗？"张警官感叹说。

"陈雪梅的死能确定是王矮春干的吗？"我说，毕竟这只是王来娣的一面之词，还需要其他证据佐证。

张警官说，虽没有直接证据，但应该错不了，毕竟外人不可能杀了陈雪梅再埋进她自家院子里。

王来娣说，2004年继母失踪前，父亲最后一次虐打她的直接原因，是他偶然得知了大姐王盼娣一直跟"逃走"的王招弟保持着联系。那晚，王矮春气得几近癫狂，一手拎着酒瓶，一手拎着菜刀，怒骂妻子和两个女儿是"吃里扒外的叛徒"。

"是因为广东警方的那份'家属告知书'？"

张警官点头——王来娣说，大姐把王招弟入狱的情况私下告诉了念子心切的继母，结果精神有问题的陈雪梅，吃饭时说漏了嘴。面对已经失去理智的父亲，王盼娣和王来娣见势不妙，逃出了家，在王盼娣打工的地方躲了五天才敢回去。回家后，姐俩没见到继母，父亲说，那天陈雪梅受不住打，和她俩一样跑掉了，一直没回来。继母被父亲打跑的事情以前也发生过，所以姐妹两人也没敢多问。不久后，王矮春也走了，说是出去找人了。

警方推测，当年王矮春第一次停了生意外出寻找妻子，恐怕只是一个谎言。那大半年，他八成是因为杀人后的恐惧而潜逃了，也许后来看村里没什么动静，才又跑了回来。

"当年出了这么大的事，王来娣和王盼娣姐妹俩为什么不报警？"

这个问题张警官也问过王来娣，王来娣说继母经常因为受不了父亲的毒打往外跑，最长的一次有两个多月，最后是被山西一家收容站送回来的，所以那次她和大姐也以为继母只是又一次逃走了。

然而，王来娣的解释，却在后面出现了疑点——对于承装陈雪梅遗体的棺材和遗体上的寿衣，在最初的调查中，她推说自己不知道怎么来的，"估计是我爸在我和大姐躲在县城的那段时间里置办的吧"。这个说法听起来似乎有一定的合理性，但警方在后续调查中却发现了问题——镇上卖丧葬用品的铺子很多，也确实有一家打棺材的店铺，但棺材铺老板说，安葬陈雪梅的棺材款式是他2006年之后才开始制作的。由于当地早已推行强制火葬，买棺材安葬亲人的人家非常少，所以时隔多年，棺材铺老板对那口棺材还有些印象。他说，由于买棺材的客人少，店里基本不存货，从收到定金到做好棺材，最快也得十天。

死于2004年的陈雪梅，却安葬在2006年才做好的棺材里，这就不可思议了。法医在勘察过陈雪梅骸骨后，也发现寿衣表面并未出现被腐败的人体组织浸染过的痕迹，这说明尸体身上的寿衣，也是人死后几年才穿上的。

两条证据都指向了同一个结论：陈雪梅曾经历过"二次下葬"。

面对警方提出的疑问，王来娣被迫更改了口径——她承认，继母的遗骸是自己在2007年年初收殓的，那时父亲已经离家出走了。根据她这次改口后的说法，2004年陈雪梅"失踪"后，王矮春外出了大半年，直到2005年4月才回来，回家后只说没找到陈雪梅，别的一概不谈。

此后，王矮春依旧酗酒，但不怎么再提王全福和王招弟的事了。王来娣和大姐都在外面上班，只有周末才回家，跟父亲的接触很少，就以为那件事已随继母的失踪翻篇儿了。但2005年夏天的一个晚上，大姐王盼娣悄悄告诉她，说自己怀疑继母早就死了，被父亲埋在了面粉厂的谷仓下面。大姐说，这事是父亲酒后说漏了嘴她才知道的,她不敢自己去谷仓,想拉王来娣一起下去看。

王来娣也不敢去谷仓,又觉得父亲不太可能这么干,还劝过大姐别胡思乱想。但半个多月后,大姐就被父亲打伤了,此后她一直忙着照顾大姐,直到2007年年初王矮春第二次出走,已经苏醒过来的大姐才艰难地告诉她,面粉厂的谷仓下面确实"有问题"。

"然后王来娣下去就发现陈雪梅的尸体了?"我问张警官。

他说王来娣是这么说的,"然后她收殓了陈雪梅的遗体,埋在了家里"。

我说,王来娣这个说法漏洞太大了,一般人遇到这种事情不该第一时间报警吗?她怎么能如此"心平气和"地给死亡两年的继母处理后事呢?退一步讲,她处理了尸体,不担心王矮春回来后发现了,也像对待大姐王盼娣那样对待她吗?再退一步,即便她想把继母的事瞒下来,为什么还要买了棺材寿衣后把陈雪梅"安葬"在家里呢?即便上述这些疑问,都解释成王来娣不想父亲坐牢而帮他隐瞒,那2017年当地发出拆迁通知后,她为什么不早做准备,而是坐等继母的"坟墓"被警方发现呢?

张警官说,王来娣的话在逻辑上确实有很大问题,这也是他们一直不结案的原因之一。而另一方面,还是王矮春的去向问题。作为杀妻案中的重要嫌疑人,至2017年,王矮春已经销声匿迹了十一个年头了。

"那你这次来找王招弟，是因为……"我还是没弄明白王招弟与这一系列事情的关系。

"其实我们最初也没往王招弟身上联系。照王来娣的说法，王矮春打死陈雪梅某种程度上是因他而起，但毕竟陈雪梅出事的时候，王招弟已经蹲在广东的牢里了。"

张警官随后又说，可很多细节表现出，王矮春很可能也已不在人世了。陈雪梅遗体曝光后，当地警方重启了对王矮春的寻找。这些年，在警综平台和大数据系统的加持下，侦查技术较十几年前有了很大提升，但几个月下来，依旧查不到半点有关王矮春的线索。

一筹莫展之际，张警官突然想起了2015年见过的一个人。

9

"你还记得一个叫徐勇辉的家伙吗？"他问我。

这个名字我完全想不起来了。张警官却说，你应该认得，就是2012年在安徽G市卖给王招弟那台白色微面的人。

"徐勇辉和王招弟是在广东的监狱里认识的，犯的事儿差不多，出狱时间也是前后脚，后来两人在一起厮混过一段时间，也结伙作案，算是有些交情。"

张警官推测，当年应该是徐勇辉和王招弟一起偷了那台车，但徐勇辉被捕后并没有把同案的王招弟供出来，而是独自扛下了罪名，最终领了三年刑期。估计是两人先前有过约定，徐勇辉若不告发王招弟，王招弟就在外面处理完赃物，等他出狱再分钱给他。

只是出狱后的徐勇辉并不知道，王招弟于2013年被我们抓住，又关进了监狱。因此，2015年，寻人不得的徐勇辉，直接找去了王招弟的河北老家。他先去了人去屋空的王家，又辗转打听到王招弟的姐夫陈新贵家，但不明就里的陈新贵把他当作先前那起系列盗窃案里追赃的受害者，二话不说就喊来了警察——张警官就是这个时候见到的徐勇辉。

大概是牢已经坐完了，也没什么顾虑，徐勇辉一五一十地交代了自己来找王招弟的原因。张警官却觉得某些地方不太对劲，于是问了徐勇辉一个问题："你是怎么知道王招弟家详细地址的？"

按照警方的经验，结伙作案的人是绝少向同伙透露自己真实家庭住址的，一来没有必要，二来他们并不绝对信任，要防止对方被抓住后为了"立功"供出自己，被警察"按图索骥"。徐勇辉对王招弟家的地址知道得如此清楚，可见"交情"非常不一般。

徐勇辉说，他以前跟王招弟回过老家。

"哪年？他跟王招弟回老家做了什么？！"我的脑海中突然闪过五年前张警官告诉过我的，最后一个见过王矮春的人说过的话。

"具体是哪年徐勇辉记不清了,但说记得是一个冬天,我们这边下了很大的雪……你也意识到这个问题了?"张警官笑了笑,"徐勇辉当时没有说他哪年跟王招弟回的家,但大致可以推测就是 2006 年年底到 2007 年年初这段时间。"

我问为什么,张警官说,两人刑满释放已是 2006 年年底;2007 年 4 月,徐勇辉因故意伤害罪再次被捕,出狱时已是 2009 年 6 月。那时陈新贵和王盼娣已经结婚,如果徐勇辉是 2009 年 6 月份之后跟王招弟回的老家,他大概率去过陈新贵家,陈新贵也应该认得他。

但当年徐勇辉和王招弟回到老家做了什么,张警官说当时他没有细问——毕竟,那时陈雪梅的尸体还未见天日,张警官虽对王矮春的失踪心存疑惑,但手里并没有继续调查的证据和理由,当时只是简单盘查了徐勇辉一番,没发现什么问题,便放他走了。

如今张警官再度回忆起这件事时,才意识到自己当年或许忽略了一个相当重要的细节。

"把徐勇辉找出来问明白不就行了?"我说。

张警官叹了口气说,晚了,徐勇辉已经死了。就在 2017 年年初,他在湖南一家商场夜间行窃时不慎掉进电梯井里,摔成了重伤,被人发现时就宣告不治,殁年还未到 40 岁。

张警官又通过一些途径了解徐勇辉其人后,愈发坚定了自己最初的猜测:

徐勇辉比王招弟大6岁，江西人，惯偷，性格乖张。在其一生所犯的罪行中，一半与暴力有关，一半与盗窃有关。而在那些盗窃案里，又有一多半跟盗窃玉器珠宝相关，"徐勇辉懂玉，在他以前的案子里，交代自己曾在云南那边的玉器店里做过学徒"。

此外，张警官感觉2012年安徽G市的那起盗车案背后也另有玄机——盗车案发生前，当地还发生过一起珠宝店被盗的案子，案值十几万，像是徐勇辉做的，但警方没找到证据，案子也一直没破，不排除徐勇辉到案后不供出王招弟，就是怕牵扯出这起更有"价值"的案子。

"简单说吧，这个徐勇辉跟王招弟，恐怕不只是'结伙作案'这么简单，两人八成还是'师徒'关系"，王招弟当年能一眼从茶社的一堆赝品中认出唯一的真货，很可能是此前受过徐勇辉的指导。徐勇辉的出现，补足了先前一些王招弟所涉案件中的逻辑漏洞，但另一些问题却只能随着徐勇辉的死而落入无解。

"如果双方存在这样的关系，那合谋制造王矮春'失踪'的可能性就很大了。"张警官终于挑明了他的推测。"我这次来找王招弟，其实是为了王矮春'失踪'的事情，看能不能从他身上想点办法……唉。"

从他叹气的样子看，我估计结果大概不是他想要的。

果然，面对张警官，王招弟承认自己在2006年年底刑满释放后回过老家，得知了母亲被继父打死并埋尸家中的事情。他说母亲的寿衣和棺材是自己置办的，之所以没有移坟，是因为那时他既没钱给母亲买墓地,也不想把母亲葬进王矮春家的祖坟里。他悄悄帮母亲补办了丧事,便离开了。

至于继父王矮春的下落,王招弟说"不知道",但盼望警方能尽早破案,将王矮春抓获归案,还母亲和大姐一个公道。他也承认徐勇辉是自己的"师父",但不承认2006年年底带过"师父"一起回老家。

"王来娣先前不是一直说陈雪梅是她安葬的吗?现在王招弟又说是自己安葬的,这事儿怎么说?"我问张警官。

张警官说他拿到王招弟的笔录后,立刻找到同事去问王来娣。王来娣第三次改口,说当年继母的后事的确是她和王招弟两个人一同张罗的。张警官回过头来又去审王招弟,但他却坚决不承认二姐跟自己一同张罗过母亲的后事,只说母亲死的事情是从大姐那里获知的。但此时患病的王盼娣,已经无法帮警方分辨弟弟和妹妹究竟谁在说谎了。

"挺明显的,王来娣和王招弟这对姐弟一直在帮对方撇清干系,他们这样做的理由只有一个,就是两个人都有问题。其实我们能想到他们的'问题'是什么,只是手里没有必要的线索和证据。"

的确,眼下陈雪梅之死在逻辑上已经达到了某种闭环,只是在逻辑闭环的同时,有些东西却就此被掩盖了。

"现在王矮春依旧是以犯罪嫌疑人身份入档的,除非……除非他活能见人,死能见尸……"最后,张警官说。

尾声

几年后，当我和林主任又聊起王招弟的案子时，他也说，一些事是明摆着的，但张警官来找他的时候，他就知道王矮春的案子不会有结果了。

"我之所以这么说，是因为刑事侦查中有一个'最小关系'原则。说白了，就是涉案最浅的人身上最容易找到破案的突破口，拿到外围线索后，再一步步串联那些涉案深的人。这案子里明摆着王招弟、王盼娣和王来娣姐弟三人在某些关键问题上已经商量好了，'最小关系'人是徐勇辉，他死了，切入点就没了。"

"王招弟也快放出来了吧？"无来由地，林主任问我。

我说差不多了。

"真是这样的话，那个王矮春确实可恨，只是不该是这么个死法。"

一心要逼死妹夫的女主任

杨洁这人看重的不是事情本身的对错,而是别人有没有服从她的"指挥"。一旦出了错,她又把责任都推到别人身上,从不觉得自己有问题。

1

杨洁是我之前所在辖区某单位的领导,我一早便听过她的名字,但从没跟这位"杨主任"打过任何交道。2012年6月的一天,朋友找我说杨主任有事想请我"帮帮忙",我本想推辞,但朋友是杨洁的直管下属,只得碍于情面答应。

见面后,杨洁便开门见山,说她的前妹夫张文武引诱她妹妹杨丽吸毒,让我去把张文武"抓起来"。杨丽和张文武的情况我是知道的,两人都是在册涉毒人员,几年前在一起毒品案件中被抓。杨丽因吸毒成瘾被强制隔离戒毒，张文武则因非法持有毒品被判刑，刚释放不久。

杨洁说杨丽结束强戒后一直住在她家，前段时间，她发现妹妹半夜经常偷偷出门，于是跟踪了一次，发现杨丽去的正是前夫张文武所住小区。我问杨洁，会不会是杨丽和张文武旧情复燃？杨洁否认，说两人早没了感情，搅在一起肯定是为了吸毒。她还推测，张文武出狱后没有收入，不引诱杨丽吸毒，他自己就搞不到毒资。

张文武属于回归社会的"重点人口"，我打给他户籍所在地的社区民警询问情况。但社区民警告诉我例行检查中没发现张文武涉毒，而且他出狱后已搬离了原住所，杨丽半夜出门应该不是去找他。

我把这些情况告诉杨洁，杨洁却说张文武很狡猾，一定是用什么办法骗过了社区民警，"把他抓来查一下，肯定有问题"。我说抓人得有证据，杨洁依旧不听，说张文武"一定有问题"，当初就是他带坏了妹妹。这几年她把杨丽看得很严，除了张文武，别人是不可能半夜把她约出去的。

虽然她说的这些都算不上证据，但张文武毕竟曾是涉毒人员，斟酌后，我还是联系了张文武，叫他来河西派出所"配合调查"，他也很快和我约好了见面时间。

不承想，第二天中午，杨洁忽然打电话给我，说自己在冬青社区的四川餐馆里被张文武打伤了。我一边让她打110报警，一边去喊同事。但由于距离很远，我们紧赶慢赶，还是晚了一步。到现场时，只看到杨洁和她妹妹杨丽，张文武已不知去向。

"你们怎么才到？不是城区出警限时五分钟吗？"杨洁一见面便把矛头指向我们。听她这么说，加上在现场没看到属地派出所的民警，同事很不高兴，说冬青社区本不属于我们的出警范围，她应该打"110"报警而非打民警的私人电话。杨洁立刻恼了，说同事"讲话不负责任""做错事找借口"。同事见她一副领导教训下属的口吻，也不甘示弱，让她"不满意就去投诉"。眼见双方话不投机，我赶紧打圆场，说是我先前让杨主任直接联系我的。两人这才作罢。

我问杨洁事情经过，她说当天中午自己跟踪妹妹杨丽来到四川餐馆，果然见到了前妹夫张文武。她立刻上前想抓住张文武送到派出所，但纠缠一番后，张文武逃走，自己也被推倒受了伤。

"她竟然还护着那家伙！"杨洁边说边瞪了妹妹一眼。

我看杨洁伤到了胳膊，便建议先带她去医院。杨洁不同意，让我立刻带她去抓张文武。见我犹豫，还直接给派出所领导打了个电话。一番交涉后，或许也是因为同样没有得到所领导的同意，杨洁这才勉强答应跟我去医院处理伤情，杨丽则被同事带回了派出所做例行尿检。

杨洁一路黑着脸，直到从医院出来才开口质问我，不是答应抓张文武吗，为什么不仅带来了其他民警，还要她打110把事情闹大？

我跟她解释，冬青社区是南关派出所辖区，他们离得近，出警要快些。杨洁却说这事儿是她私下找我"帮忙"，如果要"通知公家"，她直接去找我领导即可，何苦"麻烦"我？我很尴尬，说即便自己"帮忙"也属于"执法行为"，既然是执法行为，就得照章办事，不然闹出执法事故，我可担待不起。

"你把事情说得蛮大，借口找得也蛮快，可结果就是人跑了呗……"杨洁的语气很不友善，我暂时不想跟她翻脸，只好假装没听到。

2

回到派出所，同事告诉我们杨丽的尿检结果呈阳性。杨洁的脸色更阴沉了。

不久，分管副所长把我叫去办公室谈话，我才知道杨洁去找领导告了我的状。副所长劝我别跟杨主任计较，尽快把张文武找来核实情况就好。杨丽也承认自己前一天吸食了毒品，但拒不交代毒品来源。我跟杨洁提及此事，她却话里带刺："给她毒品的不是张文武吗？你中午早到一会儿，就抓到了。"

杨洁要求跟妹妹聊几句，同事权衡一番后把她和杨丽带去了二楼办公室。同事原本希望杨洁做一下妹妹的思想工作，让她交代毒源。但没多久，杨洁便怒气冲冲地回了值班大厅，又一言不发地走了。

杨洁走后，同事一脸郁闷，说杨洁在办公室里一直逼杨丽承认毒品是张文武给她的。杨丽起初坚持否认，后来干脆沉默了。杨洁被杨丽的态度激怒，直接上前扇了杨丽一耳光。同事见势不妙，赶紧结束了这次"亲属劝诫"。

"张文武是不是得罪过杨洁？"同事问我。

我说此话怎讲？他说刚才杨洁向杨丽提问的角度和内容都给他一种明显要把张文武拉下水的感觉，尤其是杨洁在暴怒之下打杨丽的那记耳光，让他觉得出发点似乎不是杨丽不肯交代毒源，而是不肯承认毒源是张文武。

我说我也有这样的感觉，但这一切只有张文武能给出答案。刚才同事给杨丽做笔录的时候，我已经联系张文武了，他说自己就在派出所附近，等杨洁走了他再进来。

果然，杨洁前脚走，张文武后脚便出现在值班大厅。

张文武长得高高瘦瘦，是一名汽修工。由于他同样是在册涉毒人员，所以同事先拉他去做了尿检。看到阴性的检测结果后，我问张文武中午是怎么回事。他说当时自己正跟前妻杨丽在餐馆吃饭，杨洁突然冲进餐馆撕扯他，非说他引诱杨丽吸毒。他不愿在公共场所跟杨洁拉扯，就跑掉了。不久后就接到餐馆老板的电话，说警察来过了。

张文武思量再三，觉得自己身份特殊，警察肯定会找他，与其那样不如主动说明情况，于是下午便来了派出所。看杨洁也在值班大厅，他不想再起冲突，便一直在外面等。

张文武说自己出狱后没再碰过毒品，我不太相信，问他知不知道杨丽吸毒。张文武说知道。我说既然你不吸毒，又知道杨丽吸毒，为什么还跟她打交道？张文武犹豫了一下，说："毕竟我俩夫妻一场。"

我试探着问张文武知不知道杨丽的毒品来源，张文武说是一个姓刘的人。他又告诉我杨丽找刘某拿货时多次遭到性侵，但又担心失去货源不敢反抗或报警，所以来找自己商量办法。

根据张文武提供的线索，我们连夜将刘某抓获。经审讯，刘某对自己贩毒和性侵杨丽的行为供认不讳。刘某被刑拘后我给杨洁打电话，本想告诉她刘某患有性病，建议她带杨丽去医院做检查。但杨洁关注的却始终是张文武，她一直追问我张文武和刘某有没有关系。我几次否认后她又说："不可能，他一定有问题，是你们没查出来。"

之后，我和杨洁在电话里呛了起来，以至于连给杨丽体检一事都忘了说。事后我只好补发信息给杨洁，她没有回复。

3

刘某入狱并没能阻断杨丽与毒品间的联系，两周后，我在抓捕另外一伙吸毒人员时把躲在衣柜里的杨丽拽了出来。流程与以往一样，尿检、做材料、送拘留，但这一次却出了意外——在做笔录的过程中，同事和杨丽发生了口角，原本已经平息，但同事在递送笔录让杨丽签字时却被她狠狠地咬了一口。

事情的性质发生了变化，领导让我联系杨丽家属来派出所协助处理。我打给杨洁，她撂下一句"在开会，没时间"后便挂了电话。警综平台上没有杨丽其他亲属的联系方式，我只好向辖区居委会求助。没过多久，张文武就出现在派出所大厅。

我说他不算杨丽亲属，既没义务也没权利处理她的事。张文武让我"通融一下"，我说没法通融，让他继续联系杨丽的亲属，张文武只好照办。

等待处理过程中，我和张文武闲聊。想起上次同事提出的问题，便问张文武："你是哪里得罪过杨洁吗？怎么感觉她总是针对你？"

没想到这个问题一下打开了张文武的话匣子。

十七年前，张文武还是市汽车运输公司的一名货车司机，在一次去往河南开封送货的途中，他偶遇了杨丽。当时杨丽自称旅行丢了行李，又认出张文武驾驶的是本市车辆，故恳请他带自己回家。出于同情，加上旅途的无聊，张文武同意了。路上两人相处得不错，分别时互留了联系方式。

1995年春节后，张文武每周跑省城送货，杨丽也常去省城看望男友，便一直搭他的顺风车。杨丽的男友是她的大学同学，在省城一所中学当美术老师。后来三人成了朋友,张文武喊他"王老师"。之后王老师来找杨丽,也常搭张文武的便车。

"这应该是我得罪杨家的第一件事。"张文武说。

运输公司的领导曾找到张文武,问他是不是在送货途中"捎人"了?张文武没否认,因为那时车队司机送货途中捎带亲友的情况很普遍,领导本人去省城探亲都搭公司便车。但得知张文武"捎"的人是杨丽时,领导竟责怪张文武"公车私用",还扣了他奖金。

张文武很蒙,后来他把这事儿讲给杨丽听,杨丽惊讶过后很是愧疚。她告诉张文武,家里人一直逼她和王老师分手,为了不让她去省城,还跟客运站"打了招呼",以至于杨丽买不到去省城的车票,才一直搭张文武的便车。杨丽说,肯定是有人看到自己坐张文武的货车去省城,告诉了她父母,她父母又给运输公司的领导施压,张文武才被扣了奖金。

那时张文武才知道,杨丽的家庭背景非同一般。杨父在本市官场深耕多年,枝繁叶茂。王老师虽是大学生,但仍入不了杨家人的眼。父母对杨丽的婚事另有打算,杨丽也因着自己的婚事跟他们闹得很僵。

杨丽对张文武之前的帮助表达了感谢,又说为了不给他惹麻烦,以后不再搭他的便车。或许是性格使然,又或许是跟运输公司领导赌气,张文武拒绝了杨丽的提议,表示以后再去省城,让她还来找自己。

大概是被张文武的话打动，杨丽又向他透露了一个秘密——由于自觉婚事难逃家人干涉，她已和男友商定一同出走。两人联系了南方某省的一所学校，如果真到了那一天，还请张文武送她去省城与男友会合。

张文武答应了，此后又给杨丽做了两个月的"地下交通员"。其间偶有问起杨丽的婚事，见她脸色不好，张文武便不再发问。

1995年7月的一天，杨丽深夜到访运输公司，张文武看到她脸上的伤痕和拖拽的行李，明白两人约定的时间到了。之后他撬开车场调度室的房门，拿走货车钥匙，带杨丽去了省城。

那次，杨丽的出走并没有成功。张文武陪她在火车站广场边等了一整夜，都没有等到本已和她约好一同"远走高飞"的王老师。男友的爽约给杨丽的爱情画上了句号，张文武也为自己这个决定付出了惨痛代价——被运输公司除名。

讲到这里，张文武叹了口气，说事后公司一位平时待他不错的领导悄悄透露，其实公司的处罚可轻可重，只是杨丽家人得知内情后不断给公司施压，最终导致他被开除。

4

至于后来和杨丽结婚，张文武说，这事得"感谢"杨洁。我不太理解，张文武解释说，如果不是杨洁干涉妹妹婚事，杨丽或许不会赌气嫁给自己。

那时，杨洁一直撮合杨丽和一个叫韩某的人交往。韩某是杨洁的中学同学，家庭条件很不错。他在部队读了大专，后来转业到 B 市机关工作。韩某的父亲时任 B 市领导，与杨父相识多年，而杨洁的丈夫乔某当时又是韩父的秘书。

在外人看来，韩、杨两家可谓门当户对。韩家也很中意杨丽，希望能结成这门亲事。杨丽本人则坚决反对，一来她当时有男朋友，二来韩某比她大 7 岁，且离异带着孩子。至于杨丽的父母，他们虽看不上"王老师"，但也不太赞成小女儿和韩某交往。只是碍于杨父与韩父同僚间的面子而没有明讲，只说听杨丽的意见。然而就是父母这句"听女儿意见"的托词，让杨洁坚定了要把妹妹嫁给韩某的信心。

"杨洁一直认为妹妹的脾气好，没主见，从小到大几乎所有事只要自己坚持，杨丽肯定就范。"

多年后，张文武在与连襟乔某聊起往事时，才知晓了另外一件事。当年杨洁与韩某间有个约定——杨洁帮韩某追求妹妹杨丽，韩某就帮乔某搞定工作调动。当时韩父即将升迁调往省城，是否带走自己的秘书，只需他一句话。"杨洁是个权力欲望很强的人，也深谙官场规则。她觉得自己父亲的位置'到顶了'，杨家想再往上走，必须抱住韩家的大腿，而其中的关键就是把妹妹嫁给韩某。"

我说既然这样，杨洁自己当初为何不嫁给同学韩某？张文武说此言差矣，正因为两人是同学，杨洁知道自己驾驭不了韩某——她要的是"主导权",但当韩家的儿媳肯定拿不到。杨洁的丈夫乔某,农村出身,原炼油厂工人,有上进心但缺乏机遇,与杨洁结婚后,他靠杨父提携,从普通职工成为机关干部,继而当上领导秘书。这样的出身和履历使得乔某一直对杨家感恩戴德,在杨洁面前更是谨小慎微。

1995年国庆,在杨丽明确反对的情况下,杨洁组织韩、杨两家长辈坐在一起,商讨韩某与杨丽的婚事。我问:"杨丽父母不是不赞成杨丽和韩某的婚事吗?"张文武说,其实杨丽父母并不绝对反对和韩家结亲,最大的心结其实是担心把未婚的女儿嫁给离异的韩某,会被人看作在靠嫁女儿"巴结"韩家。而杨洁只用一招便解决了这个问题——她把妹妹曾经堕胎的消息放了出去。

"就是我在开封遇到杨丽那次,她其实是去王老师家'摊牌'的……"张文武说,当时杨丽怀孕这件事只有男友王老师和她姐姐杨洁知道。突然传开,只会是杨洁说的。况且事后杨丽质问杨洁时,杨洁也没有否认。

但无论杨洁如何努力,在婚姻这件事上,妹妹杨丽最终还是"忤逆"了她。

"1995年年底吧,杨丽突然问我愿不愿意和她结婚,把我问蒙了。我确实喜欢她,但也知道自己和她不是一路人,所以从没往这方面想过。当时有些犹豫,杨丽就说我不愿意的话她就去跳河,死也不嫁给韩某。我想了想,觉得自己好像也没啥可犹豫的,便答应了。"

于是1996年年初，冬青社区的四川餐馆开业当天，张文武和杨丽在那里办了一场"婚礼"。说是"婚礼"，其实只是夫妻二人在餐馆小包间里摆了一桌简单的酒席。前来贺喜的只有几位朋友，杨丽的亲属无一到场。

"这是我和杨洁的第二个'过结'。"张文武说。他和杨丽的婚事把杨洁气得几近癫狂，婚后两人在杨丽单位院内租了一间筒子楼宿舍作新房，杨洁屡次上门威胁张文武："你进杨家门，咱俩必须死一个。"又指责妹妹杨丽"没良心""不知好歹"。

筒子楼的住户多是杨丽同事，杨洁的吵闹给杨丽在单位带来了不良影响，最终杨丽单位领导出面协调才把事态平息下来。此后杨洁虽再未登门闹事，但双方的龃龉就此彻底结下。

5

"我和杨丽结婚十几年，杨洁在她爸妈面前没说过我几句好话……"

婚后前两年，张文武和杨家人的关系一直很紧张，几次登门都被拒之门外。直到1999年杨母患病时，他任劳任怨地操持照顾，杨丽父母对他的态度才有所转变。后来杨父在市客运站给张文武重新找了一份工作，逢年过节杨母也会喊他来家里吃饭。张文武一度认为杨家接纳了自己，更加尽心尽力地孝敬岳父岳母。但蹊跷的是，每当双方走近些，就会发生一些莫名其妙的事情破坏好不容易和缓的关系。

张文武举了一些例子。其中最严重的一次是杨父退休前被人诬告，纪委调查后虽还了杨父清白，但事后杨丽父母却把矛头指向了张文武。因为他们觉得"举报信"里的某些内容只有自家人才知道，而杨洁又跟父母说，亲眼看到张文武和"举报者"关系密切且给过对方"一些东西"。杨洁父母因此彻底疏远了张文武，并强迫杨丽与张文武离了婚，这也直接导致杨丽情绪崩溃，染上了毒品。

多年后，杨丽父母得知真正的诬告者另有其人时后悔不已，但为时已晚，那时杨丽已经身处戒毒所了。

"杨洁的工作能力很强，但性格有问题。"杨文武说。他曾经听杨父说过，自己的下属若是能有大女儿对待工作一半的态度和能力，他就敢趾高气扬地去跟市领导汇报工作。但杨洁的丈夫乔某却曾多次在酒后向他抱怨，自己在家深受妻子压迫，"没有任何话语权"。

杨洁在家中一言不合就对乔某拳打脚踢，或者"关禁闭"、一天不准吃饭。杨父也曾教育女儿"不要把单位的那套带进家里"，但没有效果。乔某在婚后第九年有了外遇，又因收受贿赂养"小三"落马进了监狱，而杨洁甚至把这笔账也算到了张文武头上。

我听得有些糊涂。

张文武解释说，一来乔某受贿一事刚曝光时，杨父就去省城求助韩父,韩父没露面,但韩母言语中却透露出对当年结亲失败的惋惜,说:"如果当年'两家成一家',老韩绝不会坐视曾经的'大秘'误入歧途的。"二来,杨父把张文武安排在市客运站上班,而乔某的"小三"也是客运站职工,于是杨洁认定是张文武给二人牵线搭桥的。

事后,无论张文武和杨丽如何向杨洁解释,杨洁都不接受。这两件事彻底断绝了杨洁与张文武和解的可能,也成为两人之间最大的"过节"。

"杨洁这人看重的不是事情本身的对错,而是别人有没有服从她的'指挥'。一旦出了错,她又会把责任都推到别人身上,从不觉得自己有问题。"而杨洁最厌恶张文武的地方也在于此。杨洁曾亲口说过,曾经对她言听计从的妹妹和丈夫都是在认识张文武之后发生的变化,所以一切都是张文武的错,他就是杨家的"丧门星"。

我很唏嘘,但一时也不好对张文武的叙述做出评价。谈话间,杨丽吸毒的案子已经处理完毕,上级裁定送杨丽第二次强制隔离戒毒。同事问我要不要通知杨洁,我给她打电话,她没有接。张文武说他想跟我们一起送杨丽去戒毒所,我想了想,同意了。

6

2013年5月份,张文武在辖区创新路上开了一家很小的修车档。租门面时房东顾忌张文武的"两劳"释放人员身份，不肯租给他。我帮他跟房东说了些好话，张文武很感激。

张文武性格不错，也挺讲义气。他的修车档虽然小，但客人不少，很多是他的朋友。我巡逻路过修车档时常见门口支着一张方桌，桌上摆着酒和小菜，张文武与朋友围坐在那儿。张文武只聊天，很少喝酒，他说以前当司机时养成了习惯，除非大事，否则平时基本不动酒。

2014年年初，杨丽戒毒成功提前释放，之后就在张文武店里帮工。可能是因为被我抓过的缘故，杨丽一直和我保持距离。每次我去张文武店里，她都找借口躲去一边。有时张文武留我在店里吃饭，她虽坐在一旁，但总是一言不发。

"俗话说一家人吃不出两家饭，但她跟她姐的性格咋就正好相反呢？"张文武感慨道，但他又立即自己回答了这个问题，"她得亏跟她姐不一样，不然可要了血命。"

有次我问张文武，他和杨丽眼下是什么情况？他笑着说："就是你想的那种情况。"

我问："她家人同意了？"

张文武说："不同意又能咋样呢？"

之后的一段时间，杨丽每次来派出所做不定期尿检时都有张文武陪同。张文武开着一辆卸去后座的白色二手微面，车身上贴着"流动补胎"的广告，车厢里装满各种车辆配件和修车工具。有时副驾驶也堆满东西，杨丽便拉开车厢门，坐在里面的小马扎上，两人已经俨然是一对开修车档的夫妻。

大概十几次尿检结果为阴性后，我逐渐降低了对杨丽的临检频率，直到把她的名字从临控名单上撤下来。

杨丽去戒毒的一年多时间里，我跟杨洁也打过几次交道，她似乎对我很有看法。路上相遇时我跟她打招呼，她只是"嗯"一声，并不拿正眼瞧我。工作上有事找她协调，别人一个电话就能解决，我往往要往返两家单位好多趟才能搞定，因此耽误了不少工作。

我不知自己哪里得罪了杨洁，顾及常有工作要与她协调，不想把关系搞僵，便总想跟她私下沟通一下。但每次"沟通"到最后都会互呛起来，关系就变得更差了。我向同事抱怨，他们让我别跟杨洁一般见识，"杨主任又不是你主任，你理她作甚！她要是好相处，所里这么多民警，她当初为啥偏去找你帮忙？"既然这样，我也只好作罢。后来杨洁升官去了省城，我索性也不再想这事儿了。

2014年夏天，杨丽和张文武重新领了结婚证，复婚时还是在冬青社区的四川餐馆摆酒。我参加了两人的"复婚宴"，那天到场贺喜的依旧只有张文武和杨丽的几位朋友。但张文武说，这次结婚他通知了杨丽的父母，老两口虽没有来，但给他转了五万块钱，让他以后跟杨丽好好过日子。我问张文武有没有把复婚的事告诉杨洁，他笑了笑，说出于礼貌给她发了信息，但杨洁没有回复。

酒席上,有一位戴眼镜的中年男子与张文武相谈甚欢,其中不少话题是关于杨洁的。我蛮好奇他的身份,但当时没多问。和杨丽复婚后不久,张文武又租下了修车档旁边的一间门头,添了些设备,扩大规模成了一家小汽修厂。有段时间我常在他店里遇到那位戴眼镜的中年男子,问及身份,张文武才介绍说他就是杨洁的前夫乔某。店面扩张的钱有一多半是他投的,现在两人是"合伙"关系。

我非常诧异:"看来杨洁当年的话没有说错,能把前妻和前姐夫搞在一起做生意,你真就是个'搅局的'。"

张文武笑了笑,很无所谓地说:"现在她走她的阳关路,我过我的独木桥,我搅啥子局了嘛!"

7

平静的日子又过了一年。2015 年 7 月,张文武在店里请我吃牛骨头,那天杨丽和乔某也在。张文武依旧是一副大大咧咧的样子,乔某却满是担忧地对我说:杨洁回来了。

那时,我已经听说了杨洁重新调回本市任职的消息。看乔某满脸愁容,我调侃他担心啥。乔某说,杨洁这次怕是冲张文武来的。我看了眼张文武,他正一脸无所谓地啃骨头。我让乔某别杞人忧天,但他却信誓旦旦地说自己的担忧不是空穴来风。上调省城是杨洁多年的梦想,这次去而复回,他觉得不同寻常,就找熟人打听,那人说是杨洁主动要求调回的,而且跟人说她"回去有些事要处理"。

我和张文武都觉得乔某过于敏感,张文武半开玩笑地跟我说乔某"被杨洁吓破了胆"。我询问杨丽的看法。她沉默半晌,才说自己没有想法。

没想到,很快我就有了不寻常的感觉。所里有关张文武的警情突然增多,有时甚至隔两三天就会出现一起。虽然多是些"扰民""隐患"和"纠纷"之类的小事,但次数多了,我开始不厌其烦,遇到手头忙时便想直接打电话让张文武"注意些",好在有经验的同事每次都拉我去现场处置。

那时,我还没意识到太多问题,直到后来连张文武的房东都跑来问我:"他是不是犯了什么事了?"因为有"公家人"劝他给张文武退租,却又不说原因。我把情况告诉张文武,他改变了之前无所谓的样子,承认近期自己的确遇到了麻烦。

"工商、税务、城管经常来搞'突击检查'……"张文武说,虽然各类检查并不针对他,却让创新路上的其他同行遭了殃。商户们为了逐利多少有些违规操作,监管部门以往并不苛责,但近期突然"重点关注"。很多商户被查出问题,轻则警告罚款,重则关停店面,街面上一时人心惶惶。

而不知从何时起,坊间又突然传出声音,说一切都是张文武在搞鬼——"他'上面'有人,想用这种办法挤走'竞争对手'"。

张文武一时成了众矢之的，脾气好的商户老板见面绕行，脾气不好的开始上门找茬儿。

张文武问我是不是杨洁在"搞他"？我只好打哈哈。他问我怎么办，我也只能嘱咐他经营过程中一定小心谨慎，千万不要给人抓住把柄。

2015年年底，我去社区开联席工作会时，社区干事给了我一张名单，说是居民反映的"扰民因素"，打算联系相关单位搞一次联合执法。我一眼就看到了张文武汽修厂的名字，备注是"噪音、污水、垃圾"，处理建议是"劝诫关停"。

张文武的汽修厂开在国道边，背靠荒地，附近没有住宅区，且开在他旁边的另外几家汽修厂都不在这份扰民名单上。我向干事提出疑问，她说只有张文武的店被举报，我问她有没有去实地了解过情况？干事犹豫了一下，说暂时没有。

我说我去看过，他的店不存在这些问题。干事有些尴尬，岔开了话题，但会后悄悄对我说名单是上级给的，"点名要处理（张文武）那家店。我问她是哪位"上级"点的名？干事扭捏了半天，不肯告诉我。

2016年春节前，张文武说他想年后把汽修厂挪到相邻的B市，问我能否帮忙跟房东协调，把之前五年期的租房合同撤掉。时值招租淡季，我原以为房东不会同意，但电话打过去，房东立刻答应了。原来周边几家汽修厂也都是租的他的房产，房东说张文武再不搬走，别人就都搬走了。

那次搬迁让张文武损失了大约十万块钱，"两半肩（连襟）"乔某也撤了股份。乔某说事情肯定是杨洁搞出来的，他很了解前妻的脾气，这事肯定还有后续，自己不想再惹麻烦。张文武给他退了股，但这回没再嘲笑他"被杨洁吓破了胆"。

张文武搬店后和我的联系逐渐少了，只是偶尔听他说新店开业后依旧麻烦不断，常被搞得焦头烂额。我也帮不上他什么，就只能听听而已。一次张文武喝醉了酒，半夜给我打电话，说"弄清楚了，就是杨洁在搞我"。我劝张文武跟杨洁好好谈谈，毕竟已经是一家人。张文武说谈不了，杨洁连岳父岳母的面子都不给，铁了心要整他。无论他说什么，杨洁始终是那句话——"你进了杨家，咱俩必须死一个"。

我突然有些莫名的紧张，问张文武打算怎么办。电话那端安静了许久，最后张文武说他和杨丽商量过了，两人打算去外地生活，"惹不起但躲得起"。

我松了口气，因为真怕他说出"要跟杨洁你死我活"之类的话。

春节后不久，张文武在微信朋友圈里晒出了甩卖维修工具和汽车配件的信息。有不知情的共同好友留言问他"不是刚搬家吗，怎么又要甩卖？"张文武统一回复，说自己在外地找到了新的赚钱项目，打算改行。

清明前后我又见过张文武一次，他说店子里的东西卖得差不多了，只等5月房东把押金退了就走。我问张文武打算去哪儿，他说以前认识一位河北保定的汽修厂老板，生意做得蛮大，给他开的工资也很高，准备去保定。

聊到杨丽，张文武说他和妻子还在做岳父岳母的思想工作。二老不想让杨丽去外地，表示他们去跟大女儿谈，但似乎没有什么效果。前几天，张文武半夜接到杨洁的电话，杨洁说只要张文武和妹妹杨丽离婚"滚出杨家"，以后"大家就都安生了"。

"这怎么可能呢？什么都得按她的想法做？她就这么想当别人的家、做别人的主吗？呸，我偏不让她得逞！"最后，张文武啐了一口。

8

2016年5月的一天，杨丽突然找我，说张文武被抓了，求我帮忙。我问她怎么回事，她说前一天上午几名B市警察突然到访，询问张文武一番后便将他带走了。

杨丽从几人简短的对话中隐约听到了"收赃""汽车配件"等词语和一个叫"李某"的人名。临走时警察跟杨丽说带张文武回去"配合调查"，但直到现在她也联系不上张文武。杨丽去过B市刑警大队，对方只让她"回家等通知"。杨丽很担心，想托我打听一下张文武究竟犯了什么事。

我联系了B市刑警，得知张文武因涉嫌"掩饰、隐瞒犯罪所得"已被刑事拘留。我问具体案情，对方简单讲了几句，大概是他们挖出的一桩积案涉及张文武，但具体案情不方便向我透露。

我只好把情况如实告知杨丽，她听完后转身就走，但当天夜里派出所便接到了杨洁邻居的报警，说隔壁杨洁家传出叫骂和呼救声，好像"出事了"。我们赶到现场时，姊妹俩的父母先到一步，但家里只有杨丽和父母三人，杨洁不知去向。

屋里一片狼藉，似乎有人刚打过架。同事联系杨洁问情况，杨洁气呼呼说了句"谁报的警你去问谁"便挂了。我去询问杨洁父母，他们不愿多说，表示事态已经平息，不想惊动警察。

但杨丽坚持跟我们回了派出所，我也因此了解了当晚事情的经过。

张文武在创新路开汽修档时有个关系很好的朋友，名叫李某。两人以前是客运站同事，李某早几年出来做汽修，张文武开店之初李某帮过他不少，算是他在这个行当的领路人。

2013年，李某从一伙四川人手里收了一批价格极低的卡车配件，本想赚一笔，但不料次年查出了恶疾。李某为治病卖掉了汽修厂，那批卡车配件转让给了张文武。2016年3月，B市警方在打击一个盗窃团伙时挖出了2013年的隐案，也因此确定李某当年低价购买的那批卡车配件系被盗财物，且根据团伙成员交代，当年李某其实是他们的团伙成员之一。

李某已于2014年年底病故，但警方追查到了那批被盗的卡车配件，也据此依法传唤了张文武。在B市刑警大队，张文武辩解称自己不知道那批卡车配件是赃物，且当初为了帮李某凑钱治病，他给出了远高于市场的收购价格。

但警方并不相信张文武的说法，因为有人举报张文武当年不仅知情，而且是李某的"同伙"。

杨丽坚决不相信张文武会参与盗窃销赃，又去找了乔某，想着乔某曾是张文武的"合伙人"，或许知道些情况。在乔某家，乔某推说自己不知情，但临走时他的妻子拉住了杨丽，悄悄对她说，"大家都不想惹麻烦，回去跟姐姐沟通一下"。这句话立刻引起了杨丽的警觉，但乔某的妻子却不愿再透露什么。于是杨丽立即去找了杨洁，然而姐妹俩很快话不投机吵了起来，之后又从口角发展成厮打。

杨丽说，是杨洁指使前夫乔某诬告了张文武。李某已死，被抓的盗窃犯又没有指证张文武"收赃"，只有乔某的举报最有可能被警方采信。我问她有没有证据，杨丽说吵架时杨洁曾亲口承认她要"收拾"张文武，吵架的过程被杨丽偷偷用手机录了音。

我听了那段录音，但这依旧算不上"证据"。加上张文武的案子不归我们单位管辖，思来想去我只能建议杨丽一方面赶紧请个律师，另一方面把录音交给B市的办案民警和自己的父母，看有没有作用。

或许那段录音没有起到什么用处，后来我还是收到了张文武被判刑的消息。

同事说如果张文武真是被冤枉的,那我让杨丽把录音交给她父母的建议就是一记昏招。我也确实有些后悔。因为即便杨洁真的做过什么,让两位老人在大女儿和二女婿之间做选择,结果也是可想而知的。此后我就再没见过杨丽。

最后一次遇到杨洁时,许久不理我的杨洁突然主动提起了张文武:"听说他又被抓了,真是'狗改不了吃屎',看来还是B市警察做事靠谱一些啊。"我感受到了杨洁话语中的志得意满和似有似无的挑衅之意,没有接茬儿。

紧跟着她又用貌似询问的口气说了一句:"他是在你(管片)那儿开店的时候犯的事吧?"我瞪了她一眼,没有理她。

2017年8月,已经离开工作岗位的我从前同事口中得知了杨丽的死讯。

几个月前,杨丽淹死在长白河里。法医尸检后排除了刑事案件的可能,但发现杨丽死前曾大量吸食毒品,警方最终以杨丽吸毒后失足溺亡结了案。我很吃惊,说杨丽已经戒毒,我和她接触的最后几年里她没再碰过毒品。同事说张文武入狱后杨丽很快就复吸了,而且比之前吸得还厉害。最明显的就是出现了幻觉和暴力倾向,所里接过几次杨洁的报警,都是杨丽吸毒后找她"寻仇"。

而杨丽死前最后去的也是杨洁家。那天警方同样接到了杨洁的报警,称杨丽带着一瓶黄色液体上门,扬言要和自己"同归于尽"。警方以为杨丽带的是汽油，急忙出警并通知了消防部门。警方赶到现场时杨丽已不见踪影，杨洁则被泼了一身尿，站在家门口质问出警民警为何"迟到"，而同事说那天他们从接警到抵达现场总共用了不到八分钟。

"路上一直让她别开门别开门，非要开门……"同事叹了口气，"亲姊妹啊，闹到这般田地……"他又感慨道。

当晚民警没有找到杨丽，本想第二天再去找她，却收到了她的死讯。

张文武于2019年2月刑满释放，之后便走上了申诉和信访之路。他忙活了一年有余，我最后一次见他是2020年6月，那时疫情刚缓解，他来省城某单位递申诉材料。我请他吃了顿饭，问他当年的案子到底怎么回事。原以为他会像以前那样原原本本地把整个事情经过告诉我，但那次张文武却没有跟我聊案子，只是一直打听妻子杨丽去世时的情境。他说自己出狱后只跟老丈人见过一面，之后再没进过杨家。

我很无奈，但也只能告诉他那时我已经离开工作岗位，并不清楚具体情况。

后记

2022年8月的一次饭局上，一位前同事惊讶地说，不久前去省城精神病院办事时竟遇到了杨洁。当时的杨洁头发花白，目光呆滞，坐在轮椅上，由护工推着。如果不是旁人提醒，她压根儿没认出眼前这位"老人"竟然是"杨主任"。

这个消息立刻引发了大家的讨论，有人说杨洁是因为仕途不顺，在竞聘单位一把手落败后想不开，毕竟一辈子把所有精力都放在了工作上，遭此打击一蹶不振；有人则分析杨洁过往的行为，说她早就有心理疾病，只是自己不承认，别人也不敢跟她提，久而久之便成了这副样子；甚至有人猜测是张文武"搞的鬼"，说杨洁病退前的那段日子，几乎天天报警求助，说自己被张文武威胁。

张文武也确实每天都出现在杨洁家楼下，手里捧着一张他和杨丽复婚时拍的结婚照。警察到场也无法处理张文武，毕竟是在公共场所，谁都可以行走或者逗留。

一个妻子的离婚抉择

1

2016年5月底的一个深夜,我们接到一起奇怪的报警。

一位罗姓老妇人赶来派出所,说自己的丈夫周某与儿媳王巧在家发生冲突,丈夫被儿媳用剪刀捅伤,刚刚送进医院,儿媳则不知去向。

之所以觉得奇怪,是因为听完罗老太的报警后,我们当即联系了她丈夫,人确实在医院,刚处理完伤情。但周某却在电话里说,受伤与儿媳无关,是自己夜里摸黑取东西时不小心伤到的,而且伤得并不重,已经处理好了。与此同时,同事也联系了王巧,王巧说自己正在朋友家,对于公公周某受伤一事,她完全不知情。

既然两名当事人都是这般说法,我和同事虽然不明白罗老太的意图，但确实也觉得没有调查的必要，便劝慰了几句，准备打发她回家。

但罗老太坚持说丈夫是被儿媳王巧捅了，要求警方立即着手调查。当时她的情绪非常激动，自称患有严重心脏病，还带来了病历。言外之意大概是，如果我们不处理她的诉求，她就会在派出所犯心脏病。

稳妥起见，我又给周某打去电话，让他来一趟派出所，当着我们的面把受伤的情况说明一下，同时把妻子带回家去。

周某在电话中再三推托不过，终于还是来了派出所。

在所里周某向我们展示了包着纱布的右手，说自己夜里摸黑去客厅取剪刀，不小心割伤了手。我看了一下伤情，确实没什么大碍，刚想让他和自己妻子离开，却不料站在一旁的罗老太突然冲上来拉扯丈夫的裤带。

周某当时还穿着睡衣睡裤，大概也没料到妻子会做出这样的动作，睡裤随即被褪了下来。我们这才发现，在周某大腿内侧的隐私位置上，同样也有一处包扎。"说，这是怎么回事！怎么能伤到这？！"罗老太的吼声随之响起，带着异常的愤怒。

周某可能也被这突如其来的状况吓了一跳，一时间竟忘了把裤子提上。半晌才回过神来，一边提裤子一边解释，是剪刀从桌台上掉落时划伤了自己的私处，因为受伤部位羞于启齿，所以刚才没跟警察说。罗老太却不依不饶，先是说周某"放屁"，之后说"谁做了什么事谁心里清楚",最后又转向我们,要我们"把那个小婊子叫过来对质"。

面对妻子的指责,周某一直在旁边说"你想多了""你想哪儿去了",看上去明显是不想通过警察处理这件事。

尽管从罗老太的言语中,能明显感觉出她在怀疑什么,但这种事情既然当事人不想追究,也就不在警方的处理范围之内。没想到,正当我打算再一次劝说罗老太离开时,王巧在闺蜜的陪伴下来了派出所。

王巧的突然出现令现场所有人都吃了一惊。

她看上去二十六七岁,面容姣好,只是面对警察时十分紧张,连头都不敢抬。而她的婆婆自从王巧一出现,就死死地瞪着她,仿佛站在面前的不是儿媳,而是仇家。

"哎呀,你这不是来添乱嘛——"公公周某见王巧来了,忽然咆哮一声,转身便往派出所大厅外走去,同事没喊住他。罗老太站在窗口朝周某吼了几声,也不顶用。

见自己老公径自走了,罗老太转过头来,把气都发在了儿媳王巧身上,说话间就要上前去伸手撕扯。我和同事见状赶忙制止,一番拉扯后,罗老太被同事控制在大厅调解室,王巧和她闺蜜则跟我去了二楼办公室。

"今晚怎么回事?"办公室里,我问王巧。

但自从上了二楼,王巧就坐在沙发上哭,什么也不说。一直这样也不行，我把王巧闺蜜叫出来，问她王巧到底是怎么回事。闺蜜明显知道实情，但似乎也有难言之隐，支吾了半晌，最后却说，她再去劝劝王巧，这事儿还是得让王巧自己说。

又过了一会儿，王巧终于在闺蜜的劝说中平复了下来，对我说，公公周某的伤，的确是她造成的，"晚上我正在睡觉，迷迷糊糊看到眼前有个黑影，很害怕，便拿出放在枕头下面的剪刀给了他一下，结果就……"

王巧似乎是做了很大努力后才说出这句话的，但在我听来，这句话中依旧有很多不合常理的地方。且不论刚才周某自己说是在厨房找剪刀时受的伤，单是王巧明明在自家床上睡觉，枕头下面为啥放着剪刀？况且她与家人同住，即便夜里屋里有"黑影"，不也该先问一句是谁吗？哪有上来就拿着剪刀"给一下子"的？

闺蜜好像也对王巧刚才的说法不满，在一旁劝她："既然都闹到派出所了，就别藏着掖着了，你还要忍到什么时候？"

起先王巧并不为闺蜜的话所动，依旧坚持自己的说法。直到闺蜜撂下一句"既然这样，以后你别再大半夜为这种事儿来找我了"后，转身就要走，王巧才说了实话。

"周某趁我睡着后，把手伸到我内衣里，把我摸醒了，我把枕头下面的剪刀拿出来挥了几下，想赶走他……"王巧又解释说，之所以把剪刀藏在枕头下面，是因为这不是周某第一次对她做这种事，平时周某经常趁婆婆睡着后摸进她的房间，还钻进她的被窝，说是要跟她"谈心"。但周某到底想干什么，彼此心知肚明。之前王巧警告过他几次，但是没用。

"她婆婆大概也是察觉到了什么，但一直怀疑是王巧勾引姓周的。她本身就有心脏病，王巧怕她受不了，不敢跟她讲实话。王巧爸妈那边也不敢讲，外人又不好讲，出了事就只能往我家跑。我想问问警官，今儿晚上如果姓周的告她故意伤害的话，王巧能告姓周的'强奸'吗？"王巧的闺蜜在一旁补充说。

我木然地点点头，这种警情我是第一次遇见，一时也有点蒙。

2

"那个，你老公呢？他知道这事儿吗？"我整理了半天思路后，转头问王巧。

实话说，当时我还是有点不太相信王巧和她闺蜜的话，因为如果事情是真的，周某不仅需要避开妻子，还得躲着儿子，怎么也不可能在家里如此肆无忌惮。

王巧一直不说话，半天过后，她闺蜜却冷哼一声，说王巧老公是个废物，知道了又能怎样？我摆摆手示意闺蜜不要多说话了，我问的是当事人，不是她。闺蜜只好抱着手机坐回办公室沙发上。

又是好一阵沉默过后王巧终于开口，说她曾经委婉地告诉过丈夫，但丈夫听后没有任何反应。

"没有任何反应？"我有些难以置信。但转念想想，这种情况也不是没有可能。一方是自己的妻子，一方是自己的父亲，王巧丈夫夹在其中，或许确有一些难以启齿的原因让他不想直面，但问题是也不能就这么躲着啊。

"躲是不行的，你老公是哪个单位的？叫什么？我叫他回来处理这事儿。"我问王巧，王巧却说她也不知道丈夫在哪儿。我说那你把你老公手机号告诉我，我去跟他沟通。王巧给了我一个号码，打过去，果然一直没有人接。

"我已经很久没打通这个号码了，不知道他是不是换了号，没告诉我。"王巧说。

我感到更奇怪了，既然是两口子，怎么会联系不上？换了号码怎么可能不告诉妻子？我要来王巧丈夫的姓名上系统查询。王巧的丈夫叫周小民，网上显示的年龄跟王巧差不多，本地人，看照片是个很秀气的小伙子。

"你丈夫这是……？"我还想继续问王巧，但她只是摆摆手，说了句"感情不好"便不再说什么了。

既然她不想谈及丈夫，我也不好再说什么，只能继续跟她聊公公周某的事情。

"那今晚这事儿你想怎么处理？"我问王巧。她没说话，旁边的闺蜜再次替她开口，问我能不能把王巧的公公周某抓起来。

我说如果真的涉嫌强奸的话，抓人法办是完全没有问题的。但关键是王巧手里有没有必要的证据，比如周某涉嫌强奸或者强制猥亵的视频资料，抑或某些沾有周某体液的衣物，否则警方也很难认定。因为毕竟王巧和周某生活在同一屋檐下，还是亲属关系。

王巧说这些东西她都没有，公公周某只是趁夜里婆婆睡着之后去摸她，暂时还没有其他行为。

反复考虑后，我打给值班领导请示，领导咨询过法制部门后，也没找到太好的办法。斟酌再三，决定再把周某找过来谈一谈。

很快，周某就被同事叫回了派出所，但是面对警方的问讯，周某百般狡辩，并不承认自己有过类似行为，反而改口称要追究当晚王巧用剪刀划伤自己的责任。我问他刚才为何骗我们，周某说自己当晚确实是去儿媳屋里拿东西被"误伤"的，只是担心妻子多想，所以才撒了谎。

周某和王巧二人各执一词，一时也分辨不出孰真孰假。我本想下楼去找罗老太询问一些情况，毕竟她是报警人。但楼下同事却告诉我，罗老太现在情绪很激动，吃了两次药情况仍然不好，内勤刚通知了医院，让他们派辆急救车过来预防。这关口，如果不是很重要的事情，暂时不要惊动她，以防真出什么意外。

我只好又回到二楼办公室，征求王巧和周某两人意见后，决定先对双方进行治安调解。同事旁敲侧击地进行了一番警告，随后就见周某十分利索地在调解协议上签了字，表示不再追究儿媳划伤自己的责任。

我倾向于相信王巧的话是真的，看着周某的作态，感觉又恶心又好笑。周某签完字离开办公室，我对王巧说事已至此，为了自身安全尽快搬出公婆家，假如之后周某再有类似行为，及时报警并注意收集证据。王巧使劲点了点头。

送王巧离开时，我又一次劝她，还是把这件事找合适的时机告诉丈夫。王巧没做任何表态，但从她的神情中，我感觉她似乎还有难言之隐。

3

一个月后，我们再接到有关王巧的报警时，报案人换成了王巧的闺蜜。她在派出所值班大厅认出了我，扯住我胳膊时还喘得上气不接下气。我问她发生了什么事，她说王巧给她发了一条微信说要自杀，之后便再也联系不上了，说完闺蜜就把手机递给了我。

那条信息很长，得有四五百字，大意是说自己被公婆逼得活不下去了，已经买好了安眠药。我看内容不像玩笑，便问闺蜜王巧后来住在哪儿，她说还是住公婆家。"上次的事情后她没搬出去住吗？"闺蜜摇摇头，说她刚才已经去过王巧公婆家了，王巧不在，她公婆得知消息后，也出去找人了。

经调查，我发现王巧不久前刚在辖区一家旅馆开了房间，于是赶紧叫上同事和王巧闺蜜赶过去。路上我问闺蜜，她公婆逼王巧做什么了？这都一个多月了，王巧还不搬出去，又是为什么？闺蜜叹了口气，说王巧有难言之隐，这次好像是因为离婚的事情。

我没太明白其中的关系，再问闺蜜，她却说王巧家的事情相当复杂，自己三两句也说不清楚，让我还是问王巧本人吧。好在我们速度够快，在旅馆前台帮助下打开房门时，王巧刚吞下一整瓶安眠药不久，我们立即将她送去了附近医院抢救。

所幸送医及时，王巧身体并无大碍，医院有些治疗环节建议家属在场，我问她该打电话给谁，王巧不说话。我劝她把父母叫来，王巧却说不想让家人知道。

既然这样，征得医生同意后我们也没再坚持，让王巧闺蜜暂时负责照看她。确定王巧身体状况无碍后，我和同事开始例行向她询问这次自杀的原因。

第二次面对警察，病床上的王巧又向我们吐露了一些事情。

王巧说，上次从派出所回家后，虽然婆婆并没在派出所民警口中得到什么实质性的消息，但还是跟公公大吵了一架，吵架的结果是公公周某被赶去别处住，自己则跟婆婆罗老太住在一起。

想起一个月前在派出所值班大厅里罗老太看王巧的那副眼神，我对王巧说："这种情况最好的解决办法不是你搬出去住吗？这种关系下的婆媳二人共处一室，会有什么好结果？"王巧说自己没工作，也没钱付房租，况且公婆也不允许自己出去住。

我更不明白了，怎么还会有这样的家庭关系？

王巧解释说，结婚后一直都是这样。婆婆要"看着"自己，防止有别的男人"乘虚而入"。

"乘虚而入？"我感觉这罗老太甚是好笑。自己的老公管不好，却替儿子操心起了儿媳妇。

"你老公呢？上次的事儿告诉他了没？听说你们是要离婚？离就离呗，怎么还寻起死了？"同事也对王巧的做法感到不解。

"结婚时他们家给了我家一笔钱，上次的事情之后，我打算跟周小民离婚，他家就让我把钱拿出来……我拿不出钱来，他们就来逼我……"王巧说。

因为钱导致的婚姻、家庭问题，派出所确实处理了不计其数，但对于王巧这事儿，我却觉得其中有些蹊跷。

一来上次公公周某"侵犯"王巧事发后，我建议她把此事告诉丈夫，夫妻俩共同商议解决办法，如此看来，王巧是直接向丈夫提出了离婚？是两人在此事上没达成共识？

二来彩礼这东西哪有离婚时索回的，况且王巧和周小民已经共同生活了三年多，即便打官司，法律上也不会支持周家的。

"他们家是怎么逼你的？还钱给他们？你告诉他们这彩礼钱他们要不着，不行去法院打官司，用得着想不开嘛……"我劝王巧。

"他们现在说那钱当初是借给我们家的，不是彩礼。两个人一起过日子的话就是一家人,这钱不用还。如果我要离婚,就得把钱拿回去。"王巧说。

我头一回听说这种下聘礼的方式,周家老两口也算是让我开了眼。"那笔钱有多少?"

"分两次给的,一次十几万,一次八十多万……"她说。

我吃了一惊,本地结婚彩礼大多在几万到十几万之间,周家给了王巧这么多,的确有些匪夷所思。

"你婆家是做什么的?"同事好奇地问王巧。她说公公周某在邻市开了一家工厂,效益不错,婆婆是退休职工,丈夫以前在公公厂里上班。周家经济条件的确很不错,当时那笔钱也是王巧父亲提的,其实也没打谱真要,只是想试试周家的经济条件和诚意,没想到对方二话不说就给了。

"现在那笔钱呢?"我继续问王巧。

"当时大部分让我哥拿去用了,最后剩下十来万,我爸拿去翻新了老屋……"王巧说,至于她哥拿那笔钱做了什么,她说很可能是还赌债去了。以前她哥滥赌,欠了不少钱,追债的人经常追到家里,但这几年好像没再听家里人说她哥欠债的事儿了。而父亲翻新老屋也是为了给她哥娶媳妇,现在新嫂子过门没两年,那笔钱可能只剩下几万块了,连零头都不够了。

这事确实有些棘手,如果当初那笔钱不是彩礼,周家确实有索还的权利。我想了想,对王巧说:"你把这些情况跟公婆和父母两边都讲清楚就好。既然周老头能对你做出那种事,你也不必太惯着他们。已经撕破了脸,这笔钱他家就是把你告到法院,法院是否判你们家还钱,也得有个说法。这钱谁来还,还款期限、数额是多少,也都得听法院的。他们还能把你逼死不成?"

"他们家限我两个月内把那笔钱还上,否则……"王巧的话依旧说了一半便停了。

"哎哟,否则什么,你说啊!"同事终于耐不住性子,问了出来。

"否则就让她跟她大伯哥(丈夫的哥哥)生个孩子,孩子生下来再离婚,那笔钱可以以后慢慢还!"王巧一直语焉不详,一旁的闺蜜大概实在忍不住了,替她把话挑明了,"你死都不怕了,还怕说实话吗?费劲!"末了,她又加了一句。

我和同事两人都被这话惊得半晌说不出话来。

4

其实,王巧闺蜜的话只说了一半。周家原本的要求是,王巧若想离婚,得和丈夫周小民的同胞哥哥周小亮生个男孩——必须得是男孩。孩子生下后王巧可以和丈夫离婚,但孩子必须留在周家抚养,之后那笔钱双方可以再商量。

至于为什么是周小亮,是因为王巧嫂子已经连生了两胎,都是女孩,医生说她现在的身体很难再怀孕,但周家二老迫切想要一个男孩传宗接代。

我觉得荒唐至极，不明白为什么这年头还有人重男轻女到此种地步，更难以理解的是，即便周家二老想抱孙子、想要"传宗接代"，也该去催小儿子周小民，怎么会想出这种乱伦的办法？

"她老公是同性恋，一直喜欢男人。"最终还是王巧的闺蜜替她说出了答案。

我和同事一起看向王巧，过了许久，她点点头，算是证实了闺蜜的说法。

"我是结婚之后才发现这件事的。"既然闺蜜把话挑明了，王巧也就没再瞒着。她说丈夫自结婚后就没跟她有过任何身体接触，家里那张双人床，两人只在新婚当晚睡过一回。后来丈夫向她坦白，自己从中学时代便喜欢男性，大学时还交过三任男朋友，这个情况家里人都知道。也难怪之前王巧说跟丈夫"感情不好"，始终自己一人睡在公婆家里。我瞬间又觉得，当初结婚时周家给王巧父亲的那百十来万，恐怕也没那么简单。

"结婚之前你就一点没发现吗？你俩咋认识的？"我继续问王巧。

她说她和丈夫周小民是通过一家相亲网站认识的，交往两个多月便结了婚。婚前她只知道周家的经济条件很不错，周小民个人条件也很好，不仅长相出众，毕业于省城一所重点大学，关键是对她还特别好，身上没有一点纨绔子弟的影子，她很满意。

王巧说婚前相处的两个多月里，周小民表现得非常绅士，行为举止也恰到好处。两人结婚前没有任何身体接触,周小民当时解释说是为了"尊重她"。这句话不但没有引起王巧的怀疑,反而在那时增加了她对周小民的好感。

相比于周小民的条件及其家世,王巧则逊色很多。王巧只有技校学历,认识周小民前一直在城里一家商场的服装专柜做导购,父母都在家务农,家里还有一个不务正业的哥哥。

王巧唯一能拿出手的大概只有她的容貌,结婚前也曾有人提醒过她,婚姻这事不能儿戏,起码相处半年才能决定要不要结婚。无奈当时王巧面对周小民的追求已经上了头,加上家里人的催促,她便很快和周小民结了婚。

后来回想,唯一一次让王巧感觉有些诡异的事,发生在结婚前一个月左右。那时有位周小民的大学同学来本地找他,吃饭时她也去了。那天周小民的同学很反常,饭桌上看她的眼神很怪,但又不像是看异性的那类怪。

当天晚上,那位同学喝了很多酒,临走时还抱着周小民不肯松手,当时王巧以为只是同学之间多年未见,感情好而已,并没有多想。

"现在想想,那个男的可能就是周小民的'男友'吧。"王巧说。

我不知道此刻该说些什么。看向身旁的同事,他跟我的反应差不多。

"既然你老公是这个情况,他当初为何还要跟你恋爱结婚?他明明不喜欢女性,和你在一起他自己能接受吗?"我问王巧。

王巧说她后来也问过丈夫,但周小民告诉她,这些都是受他家人逼迫。父母一直不能接受他的性取向,尤其是哥哥周小亮连生两个女孩之后,父亲周某认为这样下去周家便"绝后了",自己辛苦打拼了一辈子的财产以后都要随孙女的出嫁"便宜了别人家",于是非逼着周小民找个女人结婚,给家里留个男丁。母亲罗老太更是在周小民的婚事上以死相逼,她承诺儿子,只要能生个男孩,父母来帮他养,而且家里再也不会干涉他究竟是跟男人还是女人在一起。

周小民顺从了父母,跟王巧相亲并结了婚,但对于生孩子这件事,他始终无法接受。公婆想过试管婴儿之类的途径,也被周小民拒绝。最后,他干脆选择了逃跑来躲避家里的压力。

两年前他便跑去了武汉,跟他的"男朋友"住在一起。偶尔回家也只是拿钱取物,站站便走,从没碰过妻子王巧一下,甚至话都没说过几句。

丈夫周小民"离家出走"后,婆婆便把王巧"看"了起来。虽然儿子对年轻貌美的儿媳不感兴趣,但外面对王巧"感兴趣"的男人却不在少数,罗某担心儿子不在家的日子里,花重金聘来的儿媳便宜了外面的"野男人"。

"她(罗某)不让我上班,说家里能养得起我,不让我跟异性朋友见面,哪怕跟陌生异性多说几句话她都会发火,这两年除了睡觉外，无论干什么她都要跟着我……"王巧说，就连自己唯一的闺蜜也被婆婆频频骚扰，警告她不要介绍年轻男性和王巧接触认识。

我无话可说，感觉罗老太的行为已经反映出她多少有些心理变态了。

"你提离婚，周小民什么态度？"我又问王巧。

本以为周小民已经向妻子坦白了自己是同性恋的事实，且已说明当年的"恋爱"和"结婚"都是受家人胁迫，当王巧提出离婚时，他应该举双手赞成，毕竟对双方来说都是解脱。但王巧却告诉我，这些年她不知提过多少次离婚，周小民始终不同意，理由是他母亲有严重的心脏病，经不起自己离婚的打击。

王巧也曾经数次哀求周小民，问他什么时候才能"放过"自己，周小民说他也不知道，只能走一步看一步。但对于王巧跟哥哥周小亮"生孩子"这事儿，周小民的态度竟然是默许的。

我长叹一声，看来周家老两口当年给小儿子娶妻时的动机的确不纯，慷慨掏出的一百多万，也只是为了拴住一个"工具"而已。我又问王巧："你父母那边知道周小民是这个情况吗？"

王巧哭着说她跟家人说过。爸妈都是农民，并不理解什么是"同性恋"，什么是"同妻"。但听说离婚要归还周家当初给的那笔钱时，父母哥嫂都不同意，先是说家里没钱给不出来，后来又怪王巧不会跟老公过日子，"拴不住男人的心"。

"说白了，就是因为那笔钱，不愿把那笔钱拿回来罢了。"王巧哭着说。她的嫂子甚至私下劝她，说女人嘛，跟谁过不是过，跟谁生孩子不是生孩子。生个男孩能抵一百多万，以后还能继承周家财产，为啥不生？换她她就去生。

我让她赶紧打住，不要再说了，再说下去连我也要生气了。

5

离开医院后，我和同事去了周家。一来需要核实王巧的说法，二来如果事实真如她所说的那样，我们想帮她做点什么。

但这次我们吃了闭门羹。王巧的公婆拒绝跟我们谈论这件事，两人一个说"没有的事，听她胡说八道"，一个说"你们再这样多管闲事我可要犯病了"。

无奈，我们又转去了周小亮家，周小亮承认了弟弟周小民的性取向，也说当年周小民和王巧结婚一事，确实是因为受到了父母的压力。但他本人矢口否认父母要求自己和弟媳"生孩子"一事，只是在我们走后，周小亮的妻子也就是王巧的嫂子悄悄给我们打了电话，证实了王巧之前的说法。

"这事儿真要成了，对周小亮老婆没有丁点好处，她肯定会跟我们说实话。"同事说。我点点头，问他这事儿接下来怎么办。同事想了半天，说眼下好像真没啥办法能帮王巧，周家老两口那边只能劝诫谈话，最多给个警告。毕竟这事儿他们目前只是停在口头上，并没有真去付诸实施。王巧现在最好的办法就是离婚，赶紧脱离这个畸形的家庭。

"但说起离婚这个事情,也有一个关键阻碍,就是王巧现在很难用'夫妻感情破裂'这个理由去法院起诉离婚,因为周小民明确表示过不同意离婚,没有性生活也不属于'夫妻感情破裂'的衡量标准。她也没法以受到'欺诈'为由,要求法院撤销当年的婚姻,因为同性恋目前并非《婚姻法》中认定'欺诈'或者'胁迫'的要件之一。"同事无奈地说。

"再没别的办法了?"我问同事。他想了很久,说好像真没什么法子了。

"周家明摆着就是奔着坑她来的,局早就做好了。给她家那一百多万估计也是个'双保险',万一前面的计划不成功,这笔钱就是扯住王巧的最后一根线,弄不好姓周的一家结婚前就把王巧娘家的情况打听清楚了。知道这笔钱给了她,肯定还不上。"同事说,王巧这姑娘当年也是拎不清,婚姻大事,两个月的时间就敢定下。

我说这也难免,当年周小民年少多金,长得又好,还会疼人,只要隐瞒了自己的性取向,换哪个姑娘不动心?

"症结在于周家自己,那老两口非要儿子生儿子,儿子又不肯生孩子。王巧实际就是他们花钱'买'来的一个传宗接代的工具而已,她娘家那边也是见钱眼开,这种事情放在哪个亲爹娘身上能让自家女儿吃这种亏……这姑娘着实可怜啊!"同事说。

"妈的!姓周的老头也真是个人渣,大半夜去骚扰儿媳妇,难不成儿子不行,他还想自己上手吗?"我啐了一句。同事没说话,似乎在思考什么。

"她离婚这个事儿倒也不是一点办法都没有,只要王巧能够拿到丈夫周小民是同性恋的切实证据——比如与同性发生关系的视频,或者再让周小民把当初跟她坦白的那些话说一遍,录下来,交给法院。或许这样也能让法院认定两人'夫妻感情破裂',而后判他们离婚。"同事说。

我也叹了口气,说这话等于没说,眼下周家人已经知道了王巧的目的和诉求,肯定会防着她,尤其是丈夫周小民,怎么可能再把那些话说一遍呢?

王巧出院后,偷偷来派出所找过我一次,还是想打听如何才能跟丈夫周小民离婚。

我把之前同事说的话告诉了她,但她很为难,说自己现在根本不知道丈夫身在何处。我建议她找个律师咨询一下,她却说自己没有钱,根本请不起律师。无奈,我帮她联系了本地妇联,又帮她找了一位有些交情的律师朋友,算是暂时解决了钱的问题。后来我便没再关注这件事了。

直到四年后,2020年8月,我在街上偶遇王巧,见她身边跟着一个两三岁的小男孩。她还认得我,寒暄了几句,我看了孩子几眼,她说自己还有要紧事,便匆匆离开了。

又过了一段时间,律师朋友出差来到我所在的城市,一起吃饭时聊起当年王巧的案子。朋友感慨地说,那个案子拖了一年多,大概算是他从业以来办得最艰难的一起案子了。

"我先尝试跟周家人谈判,看能否协议离婚,但周家一直闭门不开,周小民则躲在武汉不露面。"律师朋友说,协议无果,只能起诉离婚。法院一审果然驳回了离婚请求,因为周小民不同意,也不承认自己是同性恋,王巧又拿不出证明"夫妻感情破裂"的证据,况且她还一直跟公婆住在一起,花着他家的钱。

"那时我才意识到,周家人做的这个局有多毒,他们早就预判了各种结果,把所有能想到的漏洞都提前堵上了……"律师朋友接着说。虽然周家人不明说,但他们的目的昭然若揭,"借腹生子"嘛。至于之前我们想到的那些,诸如尝试拿到周小民与"男友"一起生活的视频录像、周小民向王巧"坦白"的话之类的证据等,所有的获取尝试都失败了。

"那她最后怎么离的婚?现在身边那个小男孩又是谁的?"我问律师朋友。

他笑了笑,摇摇头。"王巧有个前男友,当年跟她一起在商场工作的,遇见周小民之后两人分了手,王巧现在的孩子是他的。这姑娘估计也是实在没办法了,还是'夫妻感情破裂',第二次法院判了……"

朋友说,王巧怀了孩子之后,本想净身出户,但周家不但要求王家还钱,还额外提出了赔偿。法院没有支持额外赔偿,但当初结婚时给的那笔钱的大部分也没被认定为"彩礼",后续另案处理了。

另案的诉讼双方是男方家人和王巧的父亲，他们又各自聘请了律师，我的律师朋友也没再参与。听说，因为王巧怀的是前男友的孩子，王巧父亲起初还想跟前男友家商量，那笔百十来万的还款由前男友家出，作为"补偿"。前男友家自然不愿意，最后只给了王家不到十万块。而周家那笔钱在最初给王家时，并没有像正常借款那样写明归还时间，法院因此进行了调解，双方另行约定了还钱的方式和金额，"但肯定是要还的"。

"听说王巧离婚后不久，罗老太太就病死了。看你给我介绍的好活，现在姓周的一家恨死我了，这都多少年了，他们还在网上发帖子骂我呢……"最后，朋友说。

骤变的丈夫

1

2013年元旦过后一个很冷的早上，天还没亮，我就接到指挥中心转警，称辖区第二医院发生医患纠纷，医生报警求助。我和同事赶紧驱车前往，路上又接到所里的电话，说二医院有人报警，称妻子被人强奸。

我心里纳闷：二医院怎么一大早出了这么多事？

到了地方，只见两名保安手持器械，警惕地挡在急诊楼门前——他们挡住的人叫程平，此时正坐在花池边发呆。我认得程平，此人在我们辖区内开电脑耗材店，30岁出头。他身边站着一个长相漂亮的女子，应该是他的妻子。

同事上前询问情况，保安和程平几乎同时开口：保安说，程平大清早在医院闹事，还威胁要殴打医生；程平则说他妻子昨晚被人强奸,他们来医院做"证据保全",却被医生拒绝。

我听得一头雾水,好在不久后值班医生闻讯赶来,在三方的叙述中,我大概明白了事情的经过。

昨天晚上,程平的妻子一夜未归,早上回家后,程平怀疑妻子被人灌醉后"迷奸",于是拉她来医院妇科做"证据保全"。医生感觉程平在无理取闹,拒绝了他的要求,程平与医生发生争吵,随即双方报警。

保安和医生说完,便站在那里等待警方处置,程平却越说越激动,之后更是哭了起来。他的妻子一言不发地站在花池边抽烟,一脸愠色,身上还散发出淡淡的酒气。

我负责登记当事人的相关信息,这才知道程平妻子叫张洁,33岁,是某石油公司的职工。我尽可能寻找委婉的词汇询问:"你昨晚有没有,有没有被……"张洁看了我一眼,摇摇头,继续抽烟。

我心里有了个大概,又把医生拉到一旁悄悄问,程平来医院要做的是哪门子"证据保全"。医生小声说,程平怀疑妻子昨晚与人发生了关系,不知他从哪个网站上看到妇科检查可以判断女性12小时内有没有进行过性生活,因此让医生检查,给他出具"证明"。

我的同事经验丰富,早就看出端倪,明白大概就是产生家庭矛盾了。但他依旧不太放心,又找张洁确认了一次。

"我没有(被迷奸)!他这人就是有病!过不下去就不要过了

嘛！"张洁突然恼了，一早上的折腾终于把她的耐心消磨没了。

一旁的程平一下被激怒了，他猛地扑上来："那你昨晚去哪儿了？跟谁喝的酒？住在哪儿了？为什么一直不接电话？今天早上送你回来的那个野男人是谁？！"

我和同事急忙把程平控制住。情感问题不在警方处置范围之内，等程平冷静下来后，我们就告知他，医院不能出具所谓"证据保全"证明，他妻子否认被强奸，警方无法立案侦查。

之后，经过两个多小时的规劝，程平终于承认自己怀疑妻子有"外遇"，想通过这种方法取证。最后，张洁把早上送她回来的网约车司机叫来证明没有"野男人"，此事才算了结。好在医院没有追究程平的责任，事情处理完毕后，夫妻二人就回了家。

回派出所的路上，同事打着哈欠开车，我打趣说："这年头，什么人都有。"

同事却面带苦笑，说这事儿肯定没完。我问为什么，同事摇摇头："是预感。"

同事的感觉很准，半个月后，程平果真来派出所报案了。

他说张洁已经离家两天，不知去了哪里，电话也打不通。说着，他还向我展示了自己和张洁的微信和手机通话记录。两天来，他的确一直在联系张洁，可全都没有回应。

我拿出自己的手机给张洁打电话，打了几个，同样无人接听，于是便简单询问张洁失踪前的情况。程平说，两天前的早上，张洁接了个电话就走了，这两天他联系过张洁的父母、单位的同事，但他们都说不知道张洁的下落，情急之下只好来派出所报警。

我感觉情况可能有些严重，急忙着手帮忙寻找。张洁父母家的电话无人接听。张洁单位的领导得知我是警察，先是错愕，之后就说不久前还在单位QQ群里看到张洁说话。然后，单位领导留了我的电话，说可以帮忙问一下，"有消息马上通知你"。

等消息的间隙，程平显得十分着急，一直问东问西。他先问我们是否能精准定位，又问能否调出张洁的手机通话记录，最后问能否查到宾馆的住宿记录，"看她在武汉的同住人员是谁"。

我本想劝程平不要急，但听他说出"武汉"二字时，突然有些警觉，转头问他为什么要查在武汉的住宿记录，"你知道她去武汉了？"

程平愣了一下，说："没有没有，只是随口问一句而已。"

这时，我的手机响了，竟是张洁打来的。她说自己这几天在武汉出差，刚接到领导通知，说警察正满世界找她，让她赶紧回电话。

"你老公报警说你失踪了，微信、电话都联系不上。"我说。

可张洁说，她去武汉出差这事儿，程平知道。我有点蒙，还是回道："即便程平知道，这两天他联系你时，你也不该一直不接电话。"

听我说完，张洁先沉默了一会儿，随后语气有些低沉："警官，这是我的家事。"

我大概明白了，便不再多说，最后嘱咐张洁出差结束后来派出所报备，毕竟按照程序，我们得见到她本人才行。挂断电话，我跟程平讲明情况，让他安心回家。程平却一脸狐疑地问："她有没有说跟谁一起出差？电话那边有没有别人？她这两天为什么不接我电话？"

我无奈地笑，说警察只负责找人，人没事，其他事情便不在我们的工作范围之内了："她究竟为什么不接你电话，我想你应该比我更清楚吧？"

程平好像还想跟我再说点什么，但正好赶上所里有事，我便让他先走了。

2

几天后的一个深夜，我已经在派出所二楼备勤室睡下了，一楼值班同事突然打来电话，说来了一个叫张洁的女人，点名要找我。

我心里抱怨张洁来报备怎么不挑时候，就拜托值班同事给她登记，然后让她回家就行。不料，同事说张洁是来报案的，"身上还有伤"。

我赶紧穿好衣服下楼，看到张洁面颊红肿，手上有伤，羽绒服也扯破了，忙问是怎么回事。张洁说，她下午刚从武汉出差回来，一到家就因出差的事跟程平吵了一架，晚上程平在外面喝了不少酒，回家后两人又吵，然后程平便动手打了她，还把她赶出了家门。

"程平呢？"我问。

张洁说应该还在家里，她也不知道程平晚上喝了多少，"但肯定不少"，他回家时，还在楼梯上跌了好几跤。

我想了一下，让同事带协警去把程平弄到派出所，先放到醒酒室里醒酒。之后，我问张洁要不要先去医院处理伤情，她说不用，于是我就开始做报案笔录。

在交谈过程中，我提到几天前程平来派出所报张洁失踪的事，张洁说，他们就是因为此事才发生矛盾的。

程平怀疑张洁借出差之名在武汉跟情人约会，不停地打电话"刺探"，最多时一天打了三十多个，有几次是在凌晨两点叫醒张洁，让她开视频，他嘴上说"看酒店安不安全"，实际是想看房间里有没有其他人。

张洁不堪其扰，干脆不再接听，可程平又换别人的手机打，最后烦得张洁干脆拒接所有陌生来电。

这次张洁回到家，程平劈头盖脸地质问她为什么不接电话，"是不是心里有鬼？"程平报警找人的事早已在公司传开了，张洁本就一肚子火气，两人当即吵了起来。

我这才明白，程平为何在报案时问能不能调取张洁在武汉的住宿记录。我有些生气，也有些后悔，如果当时知道程平的真实动机，差不多能给他定个"谎报警情"。

不过，我对这对夫妻的关系感到十分好奇，两口子吵架的多得是，可总拉警察"烘托气氛"的，我之前从没遇到过。我半开玩笑地说："照这阵仗搞下去，你俩日子咋过我不清楚，但我们的日子是没法过了。"

张洁有些尴尬，还有些愧疚，叹了口气说自己从结婚之后就一直过这样的日子，"也很痛苦"。

张洁说，在高中的时候，程平便开始追求自己，他们还短暂地交往过一段时间。那时，张洁眼里的程平是个热情、真诚、温柔而专一的男孩，与他相处，令人倍感温暖。

三年前他们结婚后，张洁本以为一段幸福的生活就此开启。不料婚后的程平却像变了个人似的，刻薄又敏感，不断猜忌她与其他男性有不正当关系。

"现在的日子就像谍战片，有一丝风吹草动，我就会被程平怀疑。连平时跟他说话，都得时刻注意会不会有哪句话说得不周全。"

张洁说，之前程平提起他有个朋友赚钱后包养了一个女大学生，她就随口说自己大学班上也有一个姑娘曾被大款包养了，结果程平不但反复套话，还私下去找她的大学同学求证：当年被包养的女生是不是张洁？

我感觉有些不可思议，但张洁说这还只是冰山一角，程平还做过更过分的事：在她的车上装GPS定位、在家中的卧室装针孔探头……从去年年初开始，这种情况愈演愈烈，程平因为生意不顺，开始借酒浇愁，后来发展到酗酒。一旦喝醉，便找茬吵架，而大部分理由都是怀疑张洁在婚姻中不忠。

"他千方百计调查我，找不到'证据'就阴阳怪气，一旦找到了他认定的'证据'，我们肯定要大吵一架。"

张洁说，最严重的一次，是因为她和一位男领导连续三次同去武汉开会。程平先是悄悄跟踪到武汉，大闹会场，之后又去她单位闹了一场，最后还在家里和她冷战近两个月。半个月前，在二医院那次报警，也是程平怀疑但又没"证据"，才想利用医生、警察来证实自己的猜测。

听到这里，我有些不满，说那事儿他俩都有责任："程平不该猜忌你，更不该利用我们获取'证据'。你也不该在酒吧宿醉，至少该让程平知道你去了哪里。"

张洁说，那晚她跟程平吵架后，想去酒吧排解一下心情，所以一直没接程平电话。她本想让双方都静一静，没想到却闹出更大的动静。

我直话直说："你们的婚姻已经到了这种地步，为啥一直不离婚呢？趁着现在还没有孩子，两人赶紧离了各自寻找幸福多好。"

张洁却叹口气，只说了句："他现在怎么变成这样一个人了？"

3

做完报案笔录，我征求张洁的处理意向——按照《治安管理处罚法》的相关规定，她可以选择由警方出面，进行治安调解，或者拘留程平。

张洁很犹豫，问我以前遇到类似的情况其他当事人是怎么选择的。我说如果以后还想继续过，大多会选择调解；如果打算离婚，基本会选择拘留。张洁想了半天，说想先看一下程平的态度，只要他不再想东想西，安安心心过日子，她这次可以原谅他。

天亮了，我把刚醒酒的程平带去讯问室。他对殴打妻子一事供认不讳，也承认自己之前做出那一系列举动，都是因为怀疑张洁在外面"有情况"。

我耐着性子问他："依据是什么？"

程平举了很多例子，比如他从张洁手机的拍摄角度"看出"拍照现场应该有两个人，但张洁坚决否认；他在电话里"听到"张洁那边十分安静，但张洁称自己在街上；他在张洁车上装了GPS，明明看到车子去了火车站，张洁却说去上班了……

最离谱的是，程平说张洁一直不让他碰她的手机，他不知道开机密码，于是趁张洁睡着后偷偷更换了手机卡。虽然被发现后两人大吵一架，但他调取通话记录后还是发现了一丝"端倪"——张洁和一个武汉号码有过长时间通话，张洁称对方是公司合作伙伴，而程平查证后却发现，那人是张洁的大学男友。

听完，我半开玩笑地说："你个大老爷们儿，没事整点别的，多赚点钱，别总想着在你媳妇身上使劲。你有这心思该来当警察的，干别的屈才了。"

程平却气鼓鼓地问我："警官你说，她要没问题的话为什么要骗我？如果她心里没鬼，为什么要把车开去修理厂找GPS？如果她心里没鬼，为什么要在家里找针孔探头？两口子过日子，她不防我，怎么会知道我在查她？而她又为什么要防着我？"

这一连串问题，既不在我该探查的职权范围内，我也没法回答。我只能劝他："既然你对妻子已经失去了最起码的信任，与其做这些事情，还不如趁早离婚算了。"

程平听后，却同样沉默了。

一般来说，警方调解家庭纠纷的原则是"劝和不劝分"，看到张洁和程平都在"离婚建议"面前选择沉默，我大体明白了他们的想法。于是我把张洁的意思转达给程平，说如果他不打算离婚的话，得尽可能给一个"态度"。

又是很长时间的沉默后，程平终于点了点头，答应跟张洁道歉了。

在之后很长的一段时间里，派出所没有再接到有关程平和张洁的警情，我也逐渐把这两人忘了。直到2014年9月的一个深夜，程平再次来到派出所，说他要自首，因为"砍了人"。

那天程平脸上带伤,手背还残留着玻璃碎片,我问怎么了,他说自己在阳光小区外,发现张洁跟情人在一辆车上亲热,他一怒之下拉开车门和对方发生了打斗。打斗过程中,对方从车上拿出一把西瓜刀威胁他,但被他夺去,混乱中他捅伤了张洁和那名男子。

我一下愣了,又想起之前被程平"套路",就说:"这事儿可开不得玩笑。"

程平面无表情,说他真把人捅了,我赶紧招呼同事处置他,自己赶往案发地点查看情况。路上,我接到指挥中心转来的警情,说程平"杀人",伤者已被送往辖区二医院救治。

我又一次在二医院急诊楼前见到张洁,她六神无主,一见面便拉住我问:"程平呢?"我猜不出她的本意,不知她盼望的答案是什么,只告诉她程平已经投案自首了。张洁似乎有话要说,但我着急进医院查看伤者状况,就让她先去警车边等着,一会儿跟我回派出所。

进入急诊大楼,我正好遇到护士推受伤男子去做CT,我问情况怎样,随行医生说初步判断是皮外伤,腹部被划开了一道口子,流了很多血,但应该没有伤及内脏,没有生命危险,具体情况得看CT结果。

我稍微松了口气,问受伤男子要了姓名和出生年月,留下一名同事处理后续事务,就赶紧带着张洁返回派出所。

路上,张洁很紧张,一会儿问程平怎么样,一会儿又问受伤男子情况如何。我简要回答了她的问题,问她跟受伤男子是什么关系。张洁犹豫再三,默认了他们的亲密关系。

时隔一年半,她还是让程平抓住了出轨证据,我叹了口气,心情很复杂。一方面,我不满于张洁的作风;另一方面,我后悔当初没坚持劝二人离婚。

张洁被我说了几句,一边哭一边说道:"不是你想的那样。"

4

回到派出所,程平已经被同事带去讯问室做笔录了,我招呼张洁进办公室采集证人笔录。

问起当晚的具体情况,张洁说,她跟程平已经决定离婚,双方都聘请了律师,准备打官司。受伤男子是她新交的男友,叫李森,南昌人。

今晚,李森从南昌开车来看张洁,两人正在车上聊天,不料程平突然出现,情绪非常激动,上来就骂张洁是"婊子",骂李森"搞破鞋""破坏别人家庭不得好死"。

李森回了几句嘴,双方便动了手。李森的体格不及程平,吃亏后从后备厢拿出了一把西瓜刀,不料一刀砍在车窗上,刀脱手后,被程平夺去……

做完笔录,我有些无语,叹了口气说,张洁你既然已经决定离婚,就该等离婚手续办完后再做这些事情,"现在可好,不但差点整出人命来，而且对你之后的离婚官司也十分不利——你这事儿怎么想都是婚内出轨啊"。

张洁说，无所谓，婚内出轨不过是少分点财产，只要能顺利跟程平离婚，她宁愿净身出户。

听她这么说，我再也没话接，只好换个话题问："上次做调解时，程平承诺以后不再监视你，还是过不下去？"

张洁点点头，说程平坚持几个月后，又回到了之前的样子，而且还变本加厉，从网上花钱找"黑客"入侵她的手机。

张洁说，她的手机里真没什么秘密，可就是不想给丈夫看，就像小时候不想把日记本给父母看一样。她觉得手机是自己仅存的"私人空间"了，如果程平真的爱她，就应该尊重她。"不是看手机这么简单，这是我婚姻中的原则问题，不行就是不行。"

寻到空隙，我打电话给留在医院的同事，问李森伤情如何。同事说李森的腹部被划了一道十几厘米的口子，应该构成轻伤了。我又问李森精神状况如何，合适时得给他采一份受害者笔录。同事说暂时还不行，李森这会儿还在生张洁的气，因为之前她一直说自己已经离婚了，不然他绝对不会来这边。

我拿着电话，看着眼前的张洁，不知该说些什么。

后来经法医检验，李森的刀伤达到轻伤二级，程平将面临牢狱之灾。但不知是出于理亏还是其他原因，李森没有追究程平的责任，也没有再跟张洁在一起。程平获得自由后不久，便与张洁正式离婚,后来我再没见过张洁,不知道她去了哪里。

即便如此,伤人事件的处置还是耗费了程平近两年的时间和精力,因为官司的缘故,他的电脑耗材店也盘了出去。再见到程平时,他已成了辖区内有名的"酒麻木"。最初,他出没于辖区内的小酒馆,后来可能是钱花光了,只能拎着酒瓶在街边独饮。他喝醉后就在街上撒欢,有时还会沿街叫骂,虽然没提名字,但话里话外似乎都是在针对张洁。

我处理过多次程平醉酒扰民的警情,想找机会跟他聊聊,但每次出警把他带回派出所,他都烂醉,酒醒后又跟我毕恭毕敬地道歉。我问他醉酒原因,他就开始絮叨自己婚姻不幸,说被张洁骗了,先是做"备胎",后来又当"接盘侠",最后还被戴了"绿帽子"。

次数多了,我不愿听他絮叨了,就劝他一切往远看。他含含糊糊地答应,但之后依旧是老样子。

5

2017年,我离开公安局回武汉某校深造。次年3月,同事老张来武汉办事,我们约饭闲聊。他说程平被抓了,故意伤害,案子正好落到他手上。

年初的一天傍晚,程平醉酒后在街上闲逛,在一家商场的停车场偶遇前妻张洁。当时,张洁已经再婚,身边跟着她的现任丈夫,也是曾经的同事。

据程平交代,他当年就怀疑这个男人跟张洁不清不楚,现在两人结婚,更是坐实了之前"有一腿"的怀疑。他心中冒火,借着酒劲上前纠缠,双方由争吵发展到厮打。混乱中,程平抽出了随身携带的水果刀,捅了张洁和她丈夫。

程平故意伤害的案情并不复杂,他对自己的罪行也供认不讳。经过法医鉴定,张洁受轻伤,她丈夫受重伤,程平恐怕会面临七年以上的有期徒刑。

"这家伙平时喝酒还随身带刀?"我有些惊诧,记忆中,我处理程平醉酒扰民的警情时也搜过他的身,但从未见过刀。

老张点点头,说程平承认离婚后还在"监视"张洁,看她有没有跟以前那些"相好"在一起。自打得知张洁再婚,男方还是同事,他就起了报复心。

那天,老张跟我讲了很多在办案过程中了解到的往事。在他看来,程平与张洁的结合着实是一场错误。

程平与张洁高中时谈过恋爱,但毕业后,两人就分道扬镳——张洁去读大学,程平去当了兵。虽不再是男女朋友关系,但两人一度成了关系极好的朋友。

张洁大三那年,程平退伍,去武汉找张洁,想继续追求她。那时,张洁在学校已经交了男朋友,但程平似乎并不在意,还是在她学校附近找了一份工作,之后两人也保持着一定频率的联系。

很快,张洁的男友就感受到了程平的存在。面对询问,张洁假称程平是"在武汉工作的表哥",男友信了,有时还主动邀请程平一同吃饭或外出游玩。张洁感觉尴尬,但程平不仅高兴地参加,还表现得十分得体,一直没有露馅儿。

大四那年国庆节,张洁和男友准备去神农架景区玩。因为没买到车票,男友就提议叫上有驾照的"表哥",三人租车自驾过去。这一趟玩得挺开心,此后三人多次共同出游,都是程平开车。

大学毕业后,张洁的男友考去上海的一所高校读研,张洁落榜后留在武汉准备"二战"。分开半年,两人感情出现问题,男友提出分手,那段时间张洁十分痛苦,一度神情恍惚,关键时刻还是程平伸出援手,陪伴她走出了那段感情的阴影。

"这小子当时确实用心,他先是陪张洁去上海找那个男生'谈判',又陪她四处旅游散心,甚至为了张洁专门去厨师学校学做菜。"老张说。

程平的付出令张洁十分感动,两人的关系也更加亲密,但张洁依旧没有答应跟程平交往。那时候,她还挂念着在上海读研的前男友,两人约定过,只要张洁考到上海的学校便复合。

当然,这些话张洁也跟程平说过,程平听完十分沮丧,但过后依旧对张洁关怀备至。

张洁在武汉复习了两年,当时,程平在街道口的电脑城上班,每天中午、傍晚骑电动车到关山给张洁做饭,晚上再回自己的住处，风雨无阻。备考的两年里，张洁没有收入，除了房租外，其他日常花销基本都是由程平负担。

第二年考试成绩下来后，张洁还是没有考上。程平十分开心，以为自己有机会了，但不久之后，这份开心就灰飞烟灭——张洁又恋爱了，这次的男友是她在考研英语辅导班认识的男同学小王。

按说，程平这次该彻底死心了，但他只是消失了两三个月，然后就再次扮演起了张洁"表哥"的角色。后来程平交代，说自己除了这样留在张洁身边，寻找机会感动她以外，就别无他法了——程平的家在远郊农村，父母离异，他高中学历，无稳定工作，与张洁之间的差距，他自己心里有数。

小王最后也没考上研究生，不过考进了南方电网，张洁则在家人帮助下进入某石油公司。在外人看来，他俩门当户对——张洁的父母是国企中层干部，小王的父母是武汉公职人员，两人都是独生子女，学历也差不多。

张洁和小王的感情发展得异常迅速，交往半年就开始谈婚论嫁了。一次，小王和张洁父母交谈时，无意间使程平"表哥"的身份暴露了。张洁父母知道情况后十分恼火，严令女儿与这个人划清界限。

张洁考虑再三，最终选择拉黑了程平的所有联系方式，又退掉了武汉的出租房。程平找了一阵子，之后只得放弃，后来辞掉了武汉的工作，回到我们这里开了一家电脑耗材店。

不料，2008年夏天，张洁的婚事突生变故。两家因一些事情闹僵，解除了婚约，可当时张洁已经怀孕四个多月。这个打击太大了。她先有了轻生的念头，之后又拒绝流产，想把孩子生下来自己养。

那段时间，张洁心中难受又无人倾诉，思来想去，又想到了值得信赖的程平。两人恢复了联系，在程平的劝慰下，张洁从这段感情中走了出去，也拿掉了孩子。也是因为这段经历，张洁终于被程平的执着感动了，也意识到自己对程平的信任和依赖，终于接受了追求。

起初，两人的交往遭到了张洁父母的强烈反对，他们甚至一度怀疑女儿是不是有什么把柄落在了程平的手里——在张洁父母看来，程平属于无学历、无背景、无前途的"三无青年"，而且一家子都是"地方上的"，他们的结合不但不能给张洁带来幸福，反而会使一家人蒙羞。

但这次，张洁相当坚决，扛住了父母亲戚的轮番游说，又主动申请从武汉调回本市工作。没过多久，她就和程平结婚了。

6

"张洁原以为程平追了她七八年，终于结婚，两人的生活应该十分甜蜜才对，但没想到结婚之后程平突然像是变了个人似的，以前的温柔体贴全没了，只剩下猜忌和试探。"老张叹了口气,说他在采集笔录材料时明显感到,张洁和程平对于这段婚姻有着不同的看法。

张洁父母觉得自己女儿是"下嫁"程平,程家应该感恩戴德才对。而程平父母则认为自家儿子娶了一个怀过别人孩子的女人,张洁应该言听计从。双方家长的态度多少影响到了夫妻俩,加之有些问题在结婚之后才暴露出来,导致他们的关系越来越差。

矛盾首先出现在孩子的问题上。婚后,程平一直催张洁生孩子,但张洁咨询过医生,医生建议她先休养两年。张洁把实情转告,不料一向对她关怀备至的程平却一反常态,多次与她争吵。最终张洁妥协,两年内连续怀孕两次,但都因身体原因未能顺利生产。

之后的矛盾是工作。张洁调回本市后,分到了公司的外联部门,经常要外出开会,免不了参加各种应酬。程平十分不满,多次要求张洁换岗,后来又力劝她辞职,与自己一同经营电脑耗材店,可张洁没有答应。

令程平疑心骤起的事情发生在2011年。当时,张洁的大学男友到武汉出差,蒙在鼓里的他分别邀约了张洁和"表哥"程平。那时,张洁刚好也在武汉出差,就与大学男友一起吃了顿饭,却没有如实告知对方自己与程平的真实关系。

事后,张洁跟程平解释,说她早已放下,但也不想伤害前男友,毕竟"表哥"一事当初是自己在骗他。这一说,却伤害了程平,他认定张洁故意隐瞒是对前情难忘,碰巧的是,那顿饭后不久，张洁第二次怀孕失败，更进一步加深了程平的怀疑。

从此，程平便开始用各种方式"监控"张洁。反复辩解无效后，张洁也来了脾气，有时故意跟程平对着干。比如一些原本不需要她出差的事情，她会主动申请出差，特别是去武汉的。

后来，程平甚至怀疑所有跟张洁有联系的男性。无论是她同科室的同事、领导还是工作中遇到的同行、客户，无论对方结婚与否，只要是那些职业或经济条件看起来较好的，都会成为他的怀疑对象。

如此，张洁不敢在程平面前主动提起任何一名男性，也不敢跟程平讲任何有关工作的事情。但越是这样，程平越感觉张洁有什么事情在瞒着自己，就越发加强对张洁的"监控"。

最后，老张对我说："2013年你去二院出的那个警并非个例，2012年他俩在西城住的时候，就搞过同样的事。当时是在（医院）总院，光华所的老段处理的。那次，老段当场骂了程平，也被程平投诉扣了季度奖金。这回案发后，全都被掀出来了……"

戴青之死

1

2002年4月的一个周一,我的班主任兼语文老师戴青没来上班。一开始同学们以为她只是临时请假,但一周后,学校却直接给我们班安排了新的班主任和语文老师。

那是我们机械厂子弟学校变化最大的一年。上学期三班的刘老师调去了市三中,春节后教英语的崔老师也被外校挖走,那段时间我们的任课教师总在换,化学老师一学期就换了三位。

但戴青老师的离开实在太突然了。母亲埋怨,"明年你们就中考了,她该带完这学期再走的。"父亲则说,人往高处走,鸟往亮处飞,"中师"(师范中专)学历的老师都走了,戴老师身为凤毛麟角的大学生,肯定不会留在子弟学校得过且过的。

的确,那年戴青老师才23岁,本科毕业,正是"往高处走"

的好时候。早有传闻说她当年入职就是个"意外",来子弟学校只是临时过渡,"鸡窝哪容得下凤凰呢"?

在我的回忆里,戴老师几乎是个完美的老师——她脾气好,说话从来都是轻声细语的,不像那些从工厂转岗来任教的老师,动不动就对学生抡拳头;她很漂亮,乌黑的长发配一件青色碎花连衣裙,像是电视里的广告明星;更重要的是,上她的课本就是一种享受。我作为语文课代表,受过很多她的额外照顾:自从发现我喜欢写作,她便常常指导我,送给我很多相关书籍;她周末去文化市场给班里的图书角买书时也会带上我,遇到我喜欢的书,就花自己的工资买给我;那时我经常生病住院,她还带着课本去厂办医院给我补过课……

可直到最后离开,她都没有跟我们道一声别。

很快,我就听说了,戴青老师并不是"离职",而是"失踪"。

消息最开始是学校里几位教师子弟传出来的,他们从父母口中听说,戴老师是突然不知去向的,那段时间,学校、家里、厂保卫处和派出所都在到处找她。之后,母亲也告诉我,厂里的职工中同样有传闻,说子弟学校教语文的戴老师"离家出走"了。对于这些传闻,校方先是沉默,后来也承认了,还公开发了通知,说如果有哪位学生或家长知道戴老师的下落,或者近期见过、联系过戴老师的,请来学校提供线索。

看到通知,我忽然想起一件事:戴老师失踪前的那个周末,我见过她——那天在校门外的胡同里,她正在和张景春吵架。

张景春是戴老师的大学同学,也是她的男朋友。他并不是子弟学校的老师,只是在学校办了个物理补习班。补习班是偷偷办的,学校并不知情,用的是学校的教室,每节课每人20元,比外面的辅导班便宜得多。我的物理成绩不好,母亲便在戴青老师的建议下给我也报了名。一起补课的同学有十几个,我们在周末悄悄溜进学校上课,上完课后再悄悄溜出去。

我和同桌钟源一直担任补习班的值日生,课后负责打扫卫生和锁门,走得也比别人都晚。周日下午补习课结束后,我俩正好撞上那一幕——当时张景春背对着我们,挥舞着手臂冲戴老师喊着什么,情绪似乎很激动,戴老师的脸色很难看,她一定看到了站在胡同口的我和钟源,但并没有搭理我俩。我俩见情形不妙,就赶紧走开了。

我把这件事讲给母亲,问她要不要告诉学校。母亲担心惹麻烦,没同意。钟源同样保持了缄默,他爸说人家情侣吵架没什么好奇怪的,而且,那学期他的物理成绩提高了不少,"我爸还让我找机会单独去问张景春,能不能上那种'一对一'的辅导",因此不让他在外面乱讲话。

学校公开向学生和家长征集线索后,一时间校内各种消息乱飞,以至于有老师在课堂上说:"长得漂亮不论在哪儿都吃香,一朝出了事,不仅男老师坐立不安,连男学生都忧心忡忡。"后来学校大概看情形不对,先是收回了之前征集线索的通知,很快又禁止学生在公开场合讨论此事。

2002年暑假前,学校照例要在假期装修教学楼,我和班上几个同学被叫去语文组办公室帮忙收拾卫生。在办公室里,我见到了张景春和另外一位陌生男子,听老师们介绍说,那是戴青老师的哥哥。

戴老师失踪后,张景春的物理辅导班也停了,从那之后我一直没见他。那天在办公室,我们一起收拾了戴老师的物品,公家的留给学校,私人的由他们二人带走处置。戴青老师的书放满了一整张书桌加大半个书柜,她哥哥见书太多,出去找三轮车了,留下张景春和我们一起打包。中途有人从办公桌的柜子里找到几本戴老师的日记,之后张景春便一直坐在旁边读日记。

收拾完后,戴青老师的存书被捆扎成几大摞放在墙边,其他物品装进几个大塑料袋,被张景春和她哥哥一并带走了。望着空荡荡的办公桌和空出三格的书柜,钟源很伤感:"看来戴青老师真的不回来了。"

钟源也是机械厂子弟,我和他做了三年同桌。当年他写满"戴青"的周记本被同学瞧见过,虽然他一再解释本子上写的是一位与戴老师同名的港台明星,但他暗恋戴老师的事还是在同学中不胫而走。没办法,"证据"太多了——他的QQ昵称一直叫"爱戴",后面跟着一串非主流字符作修饰;戴老师当年在班里的任何号召,他总是第一个响应;戴老师叫值日,无论他是不是值日生,总是抄起扫帚就开干;平时还爱跑去语文组办公室忙前忙后,发现戴老师的暖瓶空了,拎起来就往水房跑;戴老师提议大家报周末的物理补习班时,他是班上第一个报名的,一口气买了六十节,连戴老师都劝他:"不要买这么多,张老师不一定会上这么久……"

那天从学校回家的路上,钟源拿出两个徽章一样的东西,把其中一个递给我,说是刚刚从戴老师办公室抽屉里偷拿的,没给张景春他们,就当留个纪念吧。

我接过徽章,上面是一只米老鼠,而钟源的那个徽章上写着"××师大话剧社"。我随手把米老鼠塞进书包口袋里,钟源看到了似乎有些不高兴:"咋了?不喜欢?不喜欢的话还给我。"

我没有还。

2

新学期开始后,语文组办公室来了新老师,戴青老师以前的办公桌和书柜里又摆满了各种书和杂物。打那以后,钟源不再往语文组办公室跑了,一年后,我们结束了机械厂子弟学校的初中生活,分别考入了不同的高中。

高中三年,我和钟源有时会在电话里聊到戴老师,询问一下彼此有没有关于她的消息,但谁都没有。

高二那年冬天,借着机械厂子弟学校办校庆的机会,我和钟源回了趟母校。当时子弟学校成功转为公办九年一贯制学校,还在马路对面的楼盘里开了新校区。校庆结束后,当年接替戴青老师做我们班主任的黄林民请我俩在学校新盖的教职工食堂里吃饭。钟源问他:"这几年学校有没有戴老师的消息?"黄老师没有正面答复他,一脸坏笑地说:"咋了钟源?你个小毛孩子还挂着人家呢?"

钟源来自单亲家庭,母亲在他幼年时病故,父亲也再没续弦。钟源从小跟父亲生活,父亲对他的管教甚是严格,甚至有点残暴。小时候,钟源经常因为各种原因被他父亲关在厕所里"收拾",他家住一楼,他被打得哭爹喊娘,声音总会清晰地传到街上。大院居民大多知道钟源他爸的臭脾气,很少有人去管闲事。

而钟源从小也是个固执的孩子,初中时,他坚持要在学校做完全部作业再回家,于是经常晚上八九点钟才背着书包走出学校大门;有段时间他决定晨跑减肥,于是在一个暴雨滂沱的大清早,我就看见他一个人绕着学校操场疯跑。

跟他做同桌后,我发现他身上时常带着各种伤痕,他说都是拜他爸所赐。那时唯一能够且敢于拯救钟源的大概只有戴青老师。戴老师住的地方和钟源家相邻,每次听到钟源的惨叫声,她便会立刻赶去钟家。钟源他爸最初几次还打算跟戴老师"理论",但很快就被戴老师驳得哑口无言。

戴老师让钟源挨打的频率大幅降低,机械厂改制的那段时间,钟源他爸顾不上回家,钟源就每天跟着戴老师在办公室吃饭，然后一起回家。面对同学们羡慕的目光，钟源更是骄傲地声称，戴老师还给自己洗好了衣服。

我不知道这些事情是不是钟源在之后的若干年里，一直坚持不懈寻找戴青老师下落的根本原因，但至少，对钟源而言，戴青肯定不仅仅是一位老师。在寻找戴老师这件事上，钟源把他那种一根筋的性格诠释得淋漓尽致——戴老师失踪之初，四处打听她去向的男生数不胜数。等学校把这股风潮压下去后，唯独钟源还在坚持，他一改放学后留在教室写作业的习惯，下课铃一响，收起书包就往校外跑。有几次，我看到他钻进与机械厂家属区一墙之隔的某科研单位试验田，或者在戴老师曾经住的筒子楼下探头探脑，就问他在做什么，他说在找戴老师。

我一度以为这家伙魔怔了，找人咋还能找到试验田里去？钟源就站在试验田边，望着墙那边的筒子楼家属区说，他曾见张景春来过这里。很久之后我才意识到，那段时间钟源应该是在跟踪张景春。

那时钟源的父亲还是机械厂下属某车间的主任，是中层干部，跟保卫处的领导有些交情。从父亲口中，钟源得知警察也在怀疑张景春，只是调查不出什么结果。本来钟父找保卫处打听张景春的情况，是为了衡量还要不要让儿子继续报张景春的物理补习班，而信息传到钟源这里，却成了他进一步怀疑张景春的理论依据。

私下里，钟源经常悄悄给我透露一些从他父亲那里打探到的

"内部信息",比如:"前天张景春被派出所叫走了,关了一整天,又放了""昨天下午保卫科有两个人被警察带走了""戴老师的妈妈过来了,在厂保卫处办公室里扇了张景春两个耳光",等等。

但这些事大多没有下文,到后来,可能钟源父亲发现儿子找他打探这些消息的初衷跟自己并不一致,便拒绝再向儿子透露这方面的消息了。

钟源的这些举动,黄林民自然也看在眼里。一次,他在班会上语焉不详地说了几句,没提事也没点名,但目光却是瞥向钟源的:"我警告班里的某些同学,要明确自己来学校的目的是什么。有些事情归学校管,学校管不了还有警察管,你整天上蹿下跳的,想干什么?"

高考结束后,钟源提议我们一起去趟海边。我俩在省内的几个沿海城市里选择了烟台,表面理由是去烟台旅行花费少,但其实还有个心照不宣的原因——那里是戴青老师的家乡。

我俩并不知道戴老师的老家在哪里,也没有她家人的联系方式。但钟源还是找到了一片沙滩,言之凿凿说,戴老师小时候住的地方一定就在这附近。我问为什么,他说是戴青老师上课时说的。我不记得戴老师在课上提过,但钟源却当场背诵了一段课文,那篇文章叫《赶海》,是我们初中时校本教材里收录的戴老师的文章。

那年的校本教材里有两篇戴老师的作品,《赶海》写的是她小时候的事，还有一篇《虎山游记》，写她的大学时代。我对后一篇很熟，却不怎么记得前一篇。钟源一边背课文，一边向我指点周围的景色："看，站在这个位置，正好看见那个山头……你朝南看，那边能隐约看到渔港……我查过这片地方，以前是个渔村，1997年后才开发成现在这样的。"

说着，钟源忽然换了话题，说自己一直有个很大的遗憾，就是几年前收拾戴老师办公室的东西时，没有看一眼她的日记。我说你这算什么遗憾，老师的日记你怎么可以随便看？钟源却说，为什么张景春能看？我说人家是男女朋友，能一样吗？

"我敢打赌，那些日记戴青老师肯定不想让张景春看，不然怎么会藏在办公室里？这东西不该放在家里吗？"钟源说。当年我们在收拾办公室时，张景春一直蹲在旁边看戴老师的日记，他也一直在旁边观察，总觉得张景春看日记时的状态不对劲，"也不知道戴青老师在日记里写了什么，把张景春气得脸都扭曲了"。

我对那几本日记有些印象，因为当年戴老师给我讲写作技巧时，就用自己的文章做过案例，而那些文章就出自她的日记本。但我并不记得张景春看日记时"脸都扭曲了"。

钟源接着说，那天他看到张景春把戴青老师的三个日记本都塞进了自己的随身挎包，没有像其他物品那样打包进黑色塑料袋，很可能根本没把日记本交给戴老师的哥哥。我说这倒有可能，或许张景春只是想留个纪念而已。

"留纪念？你的意思是他一早就知道戴老师回不来了？"钟源

问我。

我说算了,我不跟你争了,你又上那股子劲了。

3

高中毕业后,我并没有和钟源同步去上大学,而是又复读了一年,于 2007 年考入本省师大。戴青老师同样毕业于这所学校,我和她差了十一届。

新生入学时,钟源来学校找过我。那时他已在青岛的一所大学读大二,说要来给我做"新生向导"。他带我走过西联教室、大学生活动中心、南区宿舍,又去了学校后街。让我震惊的是,他甚至连师大附近哪家卤肉饭好吃、哪家网吧包夜便宜都一清二楚。我说钟源你又不是这儿的学生,怎么对师大这么熟悉?钟源笑了笑,说还能为啥,"女朋友在这儿呗,也是文学院的,你见了面得喊声师姐"。

我说你们学校没女生吗?还大老远跑来我们学校谈恋爱,不会也是因为戴老师吧?

钟源没有回答我的问题,却把我带到了一棵树下,问我还记不记得这棵树。见我摇头,钟源有些失望,又问我记不记得戴老师以前贴在子弟中学教学楼大厅"教师风采"栏里的那张照片?说着,他跑过去站到树下,摆了个造型。

但我依旧没有任何印象。钟源只好从书包里找出一个本子,又从本子里翻出一张照片——果然，当年的戴老师长发披肩，站在树下，一身青色的碎花连衣裙和一双白色布鞋——没想到，钟源竟把戴老师的照片都"偷"走了。

"我不拿别人也会拿的。"钟源说。

当天晚上，钟源和他女友一起请我吃饭，那位师姐很漂亮，同样长发披肩，穿了一件碎花连衣裙。

"张景春是物理系96级的本科生，现在叫物理工程学院。戴老师是文学院的，我让小慧打听了他们当年的同学——物理系有个讲师，姓霍，是张景春的同班同学；文学院这边，对外汉语系的辅导员是戴老师的同学，研究生毕业留校的；另外学校学工部还有一位王老师……"钟源如数家珍般向我叙述，我反而有些怀疑他和小慧恋爱的目的了。

"你来了也好，有些事小慧不方便知道，更不方便做，你来做的话好些……"那顿饭的最后，趁女友去买单时，钟源对我说。

"你要我做什么？"我问他。

"我想知道张景春和戴青老师大学时的事情。"钟源说。

直到2009年夏天，经过多方努力，我才通过一家户外单车俱乐部和物理工程学院的霍老师搭上了线。一次骑行活动间隙，我跟他讲了戴青老师失踪的事，又谎称自己的父亲是省城承办这起案子的警察，想了解张景春的情况，霍老师这才开了口。

"张景春是青州人，家庭条件不好，据说为了生他，他爸妈先给他生了五个姐姐。"霍老师说,大学时张景春心气很高,成绩也不错,原本可以保送本校继续读研的,但他一心想考名校,毕业当年报了清华,没考上,第二年报了复旦,又没考上。后来听说张景春又考了几年,也不知结果怎样。

"张景春这个人不太好交往。读书那会儿他没什么朋友,大家都觉得他挺'假'的,不好交心……"霍老师用了一个方言词汇"爱演道"来形容大学时代的张景春,大体就是"爱装×""不实诚"的意思。

提起张景春和戴青的关系,霍老师说这事儿他记得。当年戴青是文学院有名的才女,长得又漂亮,追求者甚多,其中不乏很优秀的男生,但不知为何最后她竟然选了张景春。"我就记得当年学校剧团演话剧,戴青总演女共产党员、女英雄,张景春总演汉奸、翻译官,那'三七分'一梳,配上他那两撇八字胡,演得全校闻名。但谁知道后来他俩居然在一起了,你说这不是扯嘛……"

由钟源的女友小慧帮忙联络,我又从学校学工部的王老师口中得到了一些消息。王老师和戴青是烟台老乡,大学时代做过两年室友,关系很不错。她说,戴青之所以会和张景春在一起,大概是因为张景春对她确实很"用心"——两人交往前,戴青琴棋书画都拿得出手,而张景春除了成绩好,其他的一窍不通,但为了追求戴青,张景春强迫自己培养这些"爱好",后来还真学得有模有样;当年师大男女宿舍分处校园两端,直线距离接近三站公交站,张景春每天早上都来给戴青送早点,无论刮风下雨,两人在一起后也没间断过;而在与张景春交往之前,戴青有个大她两届的男朋友,但那男的毕业后公派留学,一出国就跟戴青分手了,那段时间正巧赶上张景春大献殷勤,戴青便被"攻陷"了。

王老师也提到了话剧团的事:起初,张景春因为形象问题一直进不去,于是他自己写了剧本出去投稿,专门给戴青设计了一个"女英雄"的角色,又给自己量身定制了个"翻译官"。那个剧本在校外比赛中拿了奖,话剧团这才勉强招张景春进团做了"特型演员",专门跟戴青搭戏。"放到现在,哪有男生肯费这番心思?"

戴青和张景春的关系确定得很突然。当时戴青身边还有几位追求者,其中有个研究生,各方面条件都很不错,戴青也挺喜欢,但就在一次假期旅行过后,戴青却和张景春在一起了。"好像是那个研究生毕业后也有出国的打算,戴青一听对方又是这想法,便立刻拒绝了……"

王老师说,她起初还觉得张景春只是相貌不佳,但两人恋爱后,她才知道张景春吃喝花销全靠戴青资助,就有点看不过去了:"张景春这家伙除了嘴皮子比较溜,没啥特别的。据说他成绩不错,可我们不是一个专业,也都是听旁人说的。他一个大老爷们儿整天吃女朋友的'软饭',我就觉得这人不靠谱。"

我心想,在"吃软饭"这点上张景春倒算是"从一而终",大学毕业后戴老师也是一边上班一边帮他在学校招生办辅导班。

"你觉得戴青当年爱张景春吗？"我问。

"说不好。"王老师说，她见过戴青爱一个人时的样子，但不是在张景春身上。那时同学们都觉得戴青只是暂时没遇到爱的人，碰巧张景春贴上来，临时过渡一下而已，只是没想到"过渡"了那么久。她问我为什么打听这些，我这才把戴老师失踪的事讲给她。她一脸惊愕，继而口气略带惊悚地问我："不会是张景春对她做了什么吧？"

我说我也不知道，所以才来找你打听嘛。

4

我觉得钟源对张景春的调查属实没太大意义。无论张景春是好人还是坏人，他和戴老师谁爱谁多一些，都不能改变戴老师失踪的事实，而且对寻找戴老师的下落也起不到任何作用。但钟源觉得有意义，很多年来，他一直笃定张景春就是戴老师失踪的始作俑者。

"你看看他的博客和QQ空间！"钟源发给我几条链接，里面各有上百篇日志和多到数不清的照片，访问量和粉丝数也很惊人。

我随手打开几页，竟然全是他外出寻找戴老师的记录，还有些媒体报道的链接——一家本地报纸刊载了很多张景春骑在摩托车上的照片，摩托车后座绑满了行李，行李上插着一面旗子，配图下面标注的拍摄地点是东北某省，报道最后还挂了捐款链接。文章下面的评论里，满是对张景春的称赞和敬佩。

"这么多年了，他还在找戴老师？"我问。

"我呸，张景春明显就是以'寻找女友'为噱头出去旅游顺带骗点击量和捐款——如果换成你，你会这样大张旗鼓地去找你失踪的女朋友吗？"钟源啐了一口。

我说你这就有点对人不对事了，人家这样做倒也能理解，或许是想通过这种方式扩大影响力，万一真有人看到了新闻给他提供线索呢？

"反正我就是觉得这个张景春有问题！"

我说那你毕业之后回家考警察吧，专门查戴老师失踪的案子。他说好，我们一起去考。我说你见过我这个专业当警察的吗？他想了想说，确实没听说过，还是他自己去考吧。

但命运弄人，大学毕业后，我倒是真去外地做了警察，钟源却先一步回到老家的机械厂子弟学校做了中学数学老师——那时子弟学校已经转为公办，改名叫致高中学了。

大概是回去后总是触景伤情，有一次钟源微醺着问我：如果当年我俩把戴老师和张景春吵架的事情告诉学校，会是什么结果呢？

"打我头一眼看见张景春，就觉得他不像好人——你看，瘦长脸，八字胡，中分头，怎么看怎么像电视剧里的汉奸！所谓

'相由心生'，好人会长成这样？你说戴老师当年那么漂亮，怎么会看上他？"钟源絮叨着。

"那你当时还想继续跟他上补习班。"我揶揄道。

时隔多年再次回忆起少年时的悸动，钟源大方承认了自己对戴老师的感情："是的，当年我确实喜欢戴青老师，没啥丢人的，都是那个年纪过来的嘛。"

他同样也表露出对自己父亲的不满，说当初就不该听他爸的，如果一早把戴老师失踪前和张景春吵架的事情告诉学校，查他一下，八成能查出问题来。

"你是不是把人家当成情敌了？你看你这副嘴脸，嫉妒让你面目全非。"我开玩笑说。

"哎，当时你咋也不跟学校说呢？你爸又不逼你跟张景春上课，我还指望着你能把那事儿告诉学校呢！"钟源反问我。

我说，你怎么知道我没说？

"你说了？你跟谁说的？结果呢？"他追问。

"说了，跟黄林民。"

我当时不仅跟黄老师说了他们俩吵架的事，还告诉了黄老师另外一件事——戴老师曾经跟我说过，她有离开学校的打算。

一次在跟戴老师去文化市场买书的路上，她说自己"可能也要走了"。虽然那时我对学校老师一个接一个离职已经见怪不怪，但知道戴老师也要走，心里还是很难过。我问戴老师调去了哪所学校,她说她不是"调走",她已经考上了研究生,下半年要去南京上学了。

那时在我浅薄的认识里,"大学本科"已经是学历的天花板了。戴老师看我不太懂,只解释说"就是老师又去当学生了"。之后她又问我,如果她走了同学们会不会想她。我说肯定会啊,而且我肯定是那个最舍不得她走的人。她很开心,说平时没白给我"开小灶"。

后来她又问我,如果她走了,我们还会不会报张老师的补习班?我说我不想报了,张老师课讲得挺好,但脾气太差了,经常吼人,还动不动用教杆抽黑板和讲桌——其实这些早就有补习班的同学给戴老师反映过,那时她的回复是:"张老师吼你是为你好,他怎么不去吼别人?"但这一次,戴老师却只是点了点头。

那天我回家后就把戴老师要去读书的消息讲给了父母,他们有些惋惜,但都说戴老师的选择是正确的。过了一段时间,我又问戴老师去南京读研的事,她却说"不一定会去了,因为张老师没考上研究生"。我不能理解她话里的逻辑,但觉得她不走挺好的。可回家讲给父母后,他们却说戴老师真是犯了糊涂。

母亲说:"管她男朋友考没考上呢,她先考上她先走呗。咋了,非得两个人一起走?"父亲则若有所思:"哎呀,恐怕不是戴老师不想去读,而是她对象不让她去读吧。"母亲说,怎么可能,这关口考上研究生多不容易?父亲却说,这真说不好,如果戴老师去读研究生,她和张景春两人恐怕会"黄"。

我也搞不懂父母这番对话的意思，但后来向黄老师"举报"戴、张吵架一事时，为了增加说服性，还是特别"补充"了一句："我觉得戴老师考上了研究生，张老师没考上，张老师不让戴青老师去，所以两人在胡同里吵架，然后戴青老师就失踪了。"

我清楚地记得，当年黄老师听我说这段话时眼皮都没抬。我话还没说完，他就让我回去把数学自测题本拿过来给他检查。

"结果呢？"钟源追问。

"没有结果啊，一个初二学生的话，谁会当真呢？"我说。

5

2014年春节，我和钟源一起喝酒时，他又问我在省城有没有公安系统的朋友，他想查一个人。我问他要查谁，他说查黄林民。

那时的黄林民已经是致高中学的校长助理兼初中部数学教研室主任，是钟源的直属领导。当年黄林民当我们数学老师时，钟源是课代表；黄林民当班主任后，钟源是副班长；而现在两人既有师生关系，又是同事，还是上下级。我开玩笑说，钟源你可是黄老师正儿八经的"嫡系部队"，有朝一日他当了校长，至少得提你当个教导处主任吧，"咋了？他对你不好？不该啊，上学那会儿班里他最喜欢你了"。

钟源说黄林民对他很好，只是回到中学这几年里，他听到一些早年的传闻,感觉可能跟戴老师有关系。

在2013年的一次饭局上,老师们私下里八卦,说黄林民正在遭遇一件不太能摆上台面的麻烦事——他与一名学生家长传出绯闻,他的妻子为此闹到学校,搞得满城风雨。酒桌上,一位颇有年资的老教师借着酒劲说,"黄林民这家伙有前科,十几年前跟那个失踪的戴青之间也有点不为人知的故事。"老教师还说,他当年曾亲眼在学校附近的新北超市看到已婚的黄林民和戴青手牵着手,"戴青的事情没查到他头上,是他走运,但俗话说'常在河边走,哪有不湿鞋',你看,到底还是出事了吧"?

饭桌上的多数人对"旧闻"都一笑了之,但钟源事后又去找那位老教师,对方意识到自己酒后失言,不想触了黄林民这位未来领导的霉头,还警告他不要拿着酒局上的话乱嚼舌头。

"实话说,当年我也觉得黄林民和戴老师之间关系挺暧昧的,数学组和语文组的办公室隔着一层楼,但我去语文组找戴青老师,经常遇到黄林民。我还纳闷呢,他怎么总去戴青老师那儿。"钟源说完这话后又有些怅惘,"黄老师再好,也是结了婚的人,戴老师怎么会跟他有什么呢?"

在我的印象里,黄林民也是当年机械厂子弟学校教师中比较特殊的一位。

他是数学专业出身,早年却是我们的地理老师,后来还教过一阵子英语。他上课时总是西装革履,领带打得一丝不苟,在当年是少有的精致。2000年年初学校刚给每个教学组配台式电脑时，黄林民自己的ThinkPad在办公桌上格外显眼；在手机还是个稀罕物的时候，黄林民上课前的招牌动作就是走上讲台，掏出手机放在讲桌上。这种跨学科授课的"全能"，加上高大帅气的外形，让他在学生中的拥趸不比戴青老师少。

同衣着、用品一样，黄林民在工作上高调得有些霸道——集体活动时，他带的班级永远会占据最好的资源和位置。假如他班上的学生与外班学生发生冲突，处分重的永远是外班学生。讲课时，他也经常毫不掩饰地质疑其他老师的水平："这块儿按我讲的学，别听××老师的，他个干钳工的，知道个屁！"

如此看来，霸道的黄林民当年真从张景春那里"横刀夺爱"，也不是没有可能。经钟源这么一提，我也想起一些碎片：比如一个傍晚我和同学翻进学校踢足球时，曾看到过戴老师和黄林民两人轧操场，虽然没有牵手，但从行走时相隔的距离也能感受出两人关系甚是亲密；又比如，黄林民代理五班班主任的那段时间里，我们和五班频繁一起去校外搞各种活动，森林公园、科技馆、博物馆，每次都是黄林民和戴老师带队，还让班干部帮他俩单独合影。

"我觉得戴老师看黄林民和张景春两人的眼神是不一样的。"钟源说，他觉得戴老师看黄林民时是"盯着看"，"眼睛一闪一闪的"，而看张景春时则是"撇着看"，"眼神飘忽忽的"。

我问钟源想具体找人查什么，他挠了半天脑袋，却说不出自己的需求。我说算了吧,既然戴老师身边同事都知道的事情,警察肯定也早知道了,当年没动黄林民,就说明跟他没关系。钟源却说,你不觉得这事儿奇怪吗?——黄林民听你讲了戴老师和张景春在胡同里吵架的事情,不应该很积极地告诉警察吗?他和张景春可是"情敌"啊。

我说你以为别人都跟你似的,你别忘了,张景春和戴老师是正常恋爱,黄林民要是跟戴老师有什么,可算是婚外情,真捅破了,谁倒霉还不一定呢。

"那倒也是。"钟源点了点头,不过又不服气地说,当年也就是黄林民结婚了,如果没结婚,他八成会把戴老师"撬走"。

我问为啥这么讲。钟源说,他上班后听同事们聊得多了才知道黄林民这人不简单:黄父退休前是机械厂领导,黄林民是戴着"太子"的光环进子弟学校任教的。2003年黄林民读完南京大学数学系的硕士,2009年又拿到了华东师范大学的博士学位,学历至今在致高中学都无人能及,当年完全是出于父母要求才回来当老师的。黄林民将近一米九的身高,"正面人物"的长相,与张景春"鬼子翻译官"的形象对比鲜明,"当年就张景春那条件,要不是黄林民结婚早,他能留得住戴青老师"?

"那时候我们年纪都小,想问题也简单,压根儿不知道里面会有这些道道儿。现在我们到了和张景春、黄林民当年差不多的年纪,有些事也能看明白了,回头看看,还真是复杂……"钟源说。

"你现在又转头开始怀疑黄林民了？"我笑着问钟源。

他想了一会儿，问我，有没有一种可能：戴青和黄林民确实有"故事"，而且一同考上了南京的研究生。张景春本就怀疑二人，发现两人又要去同一座城市读研，醋意大发，然后……

我说你这构思能力也是一流，要么去当编剧，要么去做警察，做数学老师真是屈才了。

我说这话是带有几分佩服的——这些年里，钟源通过各种拐弯抹角的"朋友""关系"了解到一些线索，但都跟当年从他爸口中套来的"内部消息"性质差不多，大多有头无尾。

"张景春2002年9月从机械厂家属区搬走之后，先在化工厂小区住了半年多，后搬去了高新南路，2008年他住在陈庄东路，之后我就没再查到他住哪儿，但应该没离开省城。"

钟源还查到，从2002年至2014年间，张景春先后在六家教培机构当过物理老师，考过两次编制教师，一次公务员，还做过一段时间的保险推销。他把所有能查到的东西都记在专门的本子上，多年下来，攒了几大本。可惜信息确实有限，他能做到的无非是在能力范围内监视张景春的一举一动。后来在现实中失去了张景春的踪迹，钟源只能把重心转移到网上。

6

那天喝完酒后，我也在想，算起来，戴老师已经失踪快十二年了。

上班之后，我曾在公安内网上查找过这案子，可惜省际间的公安系统并未联网。况且戴老师失踪那年，公安机关还未实行网上办案，这案子也就不太可能上网。

酒醒之后，我忽然意识到，这么多年我俩虽然一直在找戴老师失踪的线索，但多数时候其实都不得要领，更不知道这起失踪案在官方记述中究竟是什么样子，或许警方已经对戴老师的下落盖棺论定了呢？

2014年6月，我借着办理户口迁移的机会，找到了社区民警李警官。李警官50多岁，我入警时省厅政治部派人来我的户籍所在地政审，就是他负责接待办理的。此后我们一直算是朋友圈里的"点赞之交"。

我本是抱着试一试的态度向李警官提及那起案子，碰巧他就是当年负责案子的主办民警。听说我想了解当年的案情，他一下来了兴致，问我是不是有什么线索要提供。我说不是，只是想了解一下案子现在是什么情况。他的兴致一下消去了一大半，又问我是不是戴青家的亲戚。我说也不是，我只是她以前班上的学生。

那天，李警官考虑了一番，大概是看在同行的面子，才给我讲了这个案子。

在警方的在侦卷宗中，机械厂子弟学校初中语文教师戴青失踪于2002年4月13日夜。

案卷记载，戴青的同居男朋友张景春时年24岁，与戴青同住机械厂家属区筒子楼307房间。张景春说，当晚8点左右自己独自下楼散步，40分钟后回到家中，发现女友戴青外出。他起初没当回事，但直到10点钟时戴青还没回来，他有些担心，于是出门寻找，无果。

4月13日夜，戴青彻夜未归，张景春一夜未眠。4月14日一早，张景春先去了机械厂家属区保卫科，又在保卫干事陪同下去了东郊派出所报案。民警联系了戴青的亲属、同事和朋友打听其下落，未果。4月15日，周一，戴青没有上班，学校方面也联系不上她，警方开始立案调查。

依张景春的叙述，戴青出走时身着红色上衣，灰色运动裤，白色运动鞋，除此之外没带走其他行李物品。警方问及戴青失踪前的状态，张景春说两人感情一直很好，已经到了准备谈婚论嫁的阶段，不知戴青为何会突然离家出走。

警方在走访中了解到，同样住在机械厂家属区筒子楼的居民刘明文，在4月13日当晚见过戴青。刘明文系机械厂冲压车间职工，住筒子楼302室，与戴青、张景春的房间相隔五户。4月13日刘明文上夜班，工作至14日凌晨两点时不慎伤到了脚，车间领导安排工友乔顺陪他在机械厂附属医院处理好伤口后回家休息。

上楼之后，刘明文和乔顺见到戴青当时就坐在家门口，好像在等人。刘明文喊了声："戴老师，怎么了？"戴青没回答，也没做任何反应。刘明文本想上前查看情况，但无奈自己行动不便，只好先行进屋，嘱咐乔顺出门时看一下。等乔顺离开时，戴青已不见踪影，他以为人进屋了，便没在意。两人对戴青当时的外貌描述都是："长发，身着红色运动外套，灰色长裤，白色运动鞋，靠在307室门口，可能睡着了。"刘明文由此猜测，戴青大概是当晚因事外出，回家后发现没带钥匙，便在门口等男友张景春。

门卫室的值班保安说，14日凌晨，张景春叫他开过大门。由于家属区夜间仅留一侧小门供人出入，张景春骑摩托车外出需要他开大门放行。当时张景春神色焦急，一边催促他开门，一边询问有没有见到女友戴青外出。值班保安并不认识戴青，也不可能一直盯着进出的居民，他记不清张景春出门的具体时间，只能凭记忆推测大概在凌晨两点钟以后——因为门卫室凌晨两点钟换班，他给张景春开门时刚接班不久。

但另一名在上半夜值班的保安回忆说，13日晚上10点左右，他"似乎见过"戴青。他的女儿在子弟学校读初中，他认得戴青。之所以说"似乎见过"，是因为当时有一辆白色富康车开出大院，他感觉坐在副驾驶上的女子像是戴青。这条线索比较重要，警方查找了那辆白色富康，但没找到。保安也说那车应该不是家属区居民的，因为之前他没见过。

查到这里，警方已经有点糊涂了：张景春说戴青的离家时间在4月13日晚8点到8点40分之间,保安看到戴青的时间是晚上10点,邻居刘明文看到戴青的时间则是4月14日凌晨2时。这三个时间段,戴青都去了哪里呢?

2002年时视频监控还是个稀罕玩意,机械厂厂区都没有。警方只能一边走访,一边联系戴青的家人和朋友,打听她的去向。

对于那辆白色富康轿车,张景春提供了一条线索:他说自己曾见过一辆白色富康送女友回家,戴青说是同事的车。警方立刻协调子弟学校查询教职工的私家车辆,也没找到。张景春随后又说,他怀疑戴青的出走可能与黄林民有关,因为黄林民曾追求过戴青,并在戴青明确拒绝后仍一再骚扰,很不道德。

黄林民因此被警方调查,但他坚决否认张景春的说法,称自己和戴青是同事关系,只因在同一个年级组任教,平时交往多一些而已。警方调查了戴青失踪当天黄林民的动向,并没有发现任何可疑之处。大概是出于泄愤的目的,黄林民同样举报了张景春,说张景春大学毕业后不工作,借"考研"的由头吃戴青的"软饭",而且张景春和戴青的感情并不好——由于戴青长得漂亮,张景春总疑心她在外"勾三搭四",之前就曾跟踪过她,还偷偷来过学校"查岗","如果戴青出事了,张景春的嫌疑最大"。

黄林民和张景春的矛盾当时确实引起了李警官的警觉,"有矛盾的地方就有突破嘛"。随后,李警官分别对黄林民和张景春二人进行了重点调查。但很可惜,依旧没有结果。

子弟学校的老师们当年都没有提供有关黄林民和戴青之间存

在感情纠葛的线索，张景春也拿不出黄林民"骚扰"戴青的切实证据；至于张景春"跟踪""查岗"戴青一事，黄林民很快承认自己也就那么一说，他说自己在张景春周末借用学校教室办物理补习班一事上帮了大忙，张景春非但不感谢，还跟警察说这种连累人的话，的确很让人恼火。

我这才知道，当年周末上物理补习班，是黄林民帮戴老师从总务科拿到的教室钥匙。黄林民在学校面子大，校领导都敬他几分，总务科明知违规也不愿得罪他。换作其他人，张景春开补习班是没法那么明目张胆的。

7

"张景春的嫌疑，当年你们是怎么排除的？"我问李警官。

李警官说，戴青的案子归根结底只是一起失踪案，张景春虽有嫌疑，但在没有实质涉案证据的前提下，只能把他排除。

"他和戴青的感情非常好，好到让我们感觉他应该不会做伤害戴青的事情……"

李警官举了几个例子：比如当时张景春废寝忘食地找人，在街上看到长得像戴青的姑娘便上去拦住人家，为此不惜被人当作流氓扭送派出所；又比如戴青失踪后张景春重病一场，但他拖着病体依旧四处找人，几次累晕在路上被人报警送回医院；再比如他印了很多寻人启事四处张贴，李警官甚至在离省城一百多公里的另一座城市的电线杆上都见过。

"大概 2002 年年底吧,下大雪,那天张景春又来派出所找我问戴青的事儿。碰巧他来的时候所里有点急事我得出去,于是跟他随口说了一句,本意是让他明天过来细聊。那天忙完公事已经凌晨了,没想到回到所里就看到了张景春。当时派出所大门已经关了,他坐在院门口墩子上等我,跟个雪人似的。我问他怎么不回家,他说戴青走了,家就没了,回去也是等消息,不如在这儿等。"张警官说,自己当时感动得不行,事后证明那个线索跟戴青没关系时,他还有些愧疚,觉得辜负了张景春。

戴青出事后,她的家人都来过东郊派出所。后来戴青哥哥留在省城找人,其间一直由张景春陪着。戴青哥哥最初对张景春的意见很大,甚至动手打过他几次,但可能最后也被感动了,渐渐原谅了张景春,听说后来两人关系还不错。

在戴青失踪后一年多的时间里,李警官一直和戴家保持着联系。戴青哥哥和张景春经常来派出所,拿着各式各样的"线索"请李警官帮忙核实。外地警方也反馈过一些协查信息,戴青哥哥和张景春总是一收到李警官的消息就马上赶赴当地。但遗憾的是,那些信息都跟戴青无关。这种情况一直持续到 2003 年年底,之后戴家的问询电话就逐渐减少了。李警官明白他们是准备放弃了——寻人是一件复杂且成本极高的事情,绝大多数亲属都坚持不了太久,戴青家人找了一年半,已经是特例了。

"最后连戴青哥哥都不联系我了,只有张景春还时不时跑来找我问案子，每次问完都要请我吃顿饭。他好喝酒，一喝酒就说起戴青，一说起戴青就开始掉眼泪，唉……"李警官叹了口气。

我听出了言外之意，应该是张景春做到这一步，他觉得这人不存在什么嫌疑了。

我又问了李警官一个问题："你认为戴青现在还在人世吗？"

李警官笑了笑，说十二年了，你也是警察，你觉得呢？当然，如果是被拐去了深山，那就另说，但中学老师在家中被拐走，概率极小。

李警官的想法和我一致，于是我提出自己的两个质疑，分别针对张景春和黄林民。

我把2002年4月13日下午在胡同里看到张景春和戴老师吵架的事告诉了李警官，他有些吃惊，再三让我确定，我说是自己亲眼看到的。李警官问我还记不记得两人当时为了啥事吵架，我说这个我就不知道了，我不可能凑上去听，只记得当时张景春情绪很激动，张牙舞爪的。

李警官沉默了一会儿，说他早年也听到过一些传闻——戴青当时有一位关系不错的朋友，叫姚丽，戴青失踪后张景春还去她家找过戴青。姚丽当年给李警官提过，戴青失踪前和张景春是有矛盾的，为此她还劝过戴青。

按姚丽的说法，当时两人的矛盾在于"结婚"。那段时间张景春一直在催戴青结婚，理由是他父亲身体不好，想赶紧抱孙子。虽然两人已经恋爱四年，在省城也同居了近两年，但戴青依旧很犹豫，她说学校面临转制，前途未卜，想等转制落地后再考虑结婚的事，张景春不认可，两人为此经常吵架。姚丽明白戴青的心思，但她没把话挑明，只是委婉地劝戴青，如果不想跟张景春结婚，就赶紧分手，免得夜长梦多。戴青当时没表态，只是说回去考虑一下，之后就再没提过。

李警官回头找张景春核实这件事时，张景春极力否认，并拿出两人已经提前拍好的结婚照以证明姚丽的话纯属子虚乌有。看到照片后，李警官便相信了张景春。

"你说的这个事，如果早些年告诉我的话还有些用处。至于现在，可能连线索都算不上了。"李警官说。我说早年我就把这事儿告诉黄林民了，他是我班主任，我以为他会跟警察说呢。

然后话题就引到了黄林民身上。我把钟源听到的当年有关黄林民与戴青的私情告诉了李警官。当听说有人曾看到两人在新北超市手牵手时，他又是一惊，急忙问我要钟源的联系方式。我打给钟源，想叫他来趟派出所，但钟源不肯——大概是黄林民现在还是他的领导，万一传出去不太好。

临走前，我跟李警官要张景春的联系方式和家庭住址。他问我要这些干啥，"你不是我们这边的警察，不能碰戴青的案子"。我说我不碰案子，张景春毕竟教过我，虽然只是补习班，但也算我半个老师，听说他还在带补习班，亲戚的孩子物理不好，我去帮他找张景春报个班。

李警官应该并不相信我的说辞，但最后还是把张景春的地址和电话都告诉了我。

8

2014年国庆假期,在我再三请求下,李警官终于同意陪我去一趟张景春家——他也没有问我为什么给亲戚小孩找个辅导老师还要叫上他。

张景春的住处位于省城西边的一个"新村"。那里是20世纪60年代统一盖的一大片工厂家属区,里面住着四家国棉厂、两家电器厂和一家皮鞋厂的职工家属。这些企业基本都在90年代破产,自那时起,这个"新村"便成了市里最大的出租房集中地。

李警官带着我七拐八拐,中途还给张景春打了几通电话确认楼栋号,临近中午才在一座破旧的五层红砖楼下见到了出门等待我们的张景春。这是我时隔十二年后头一次见到张景春本人,如果不是李警官介绍,我根本认不出眼前这个发福的中年方脸男人就是当年戴老师的男友。他刮掉了标志性的八字胡,退后的发际线也不太可能再梳出"三七分"。他穿着黄色T恤、草绿色短裤和一双皮凉鞋,一脸油汗,频繁地拎起领子抹脸。

他大概已经等了我们一段时间,看见我们,离着老远就伸出右手迎了上来。

"这位是小陈警官,我的同事。"李警官向张景春介绍我。他也没认出我,听到介绍后,只是憨憨地冲着我笑,然后礼貌性地点点头，算是打招呼。

张景春住在顶楼，上楼时他走在最前面，扭动着臃肿的身体。看着他的背影，我脑海中突然浮现出戴老师的样子——如果十二年前戴老师没有失踪，会不会和眼前的张景春结婚呢？如果两人结了婚，现在的戴老师会变成什么样子呢？

张景春住的房子目测不超过五十平方米，是20世纪60年代老公房的标准规格。屋里收拾得还算干净，唯一有点特色的是墙上挂着很多照片，桌上也有，大多是风景照，还有少数他和别人的合影。进屋后，李警官先是和张景春聊家常。从他俩的对话中我大致了解到，张景春这些年一直没结婚，辗转于培训机构当老师，偶尔接一些家教的活儿，收入还算说得过去。

聊着聊着，李警官逐渐把话题引到了戴青身上。张景春说他这些年还在坚持寻找女友的下落，之所以没有找个稳定工作，也是因为他随时需要外出找人，"一年至少出去三四个月吧，你也知道，找人这事儿需要花不少钱，我看手里的钱攒得差不多了，就骑车出去。等钱花得差不多了，就回来继续挣钱"。

李警官略感吃惊，问他这些年都去过哪些地方。张景春说，他从2003年起平均每年至少跑一个省，经济宽裕的话还不止去一个省，这十多年，已经跑遍了全国的大多数省份。说着，他从屋里抱出电脑，给我们看了一些他在路上拍的照片，从新疆到黑龙江，从河南到海南，大部分照片我都在他的博客和QQ空间看到过。

"你去这些地方的理由是什么？"我问张景春，担心他不理解，又解释说："我的意思是，你是得到了什么线索，还是想起了什么事情？毕竟戴青从大学到工作都在本省内，你跑去云贵川这些省份找人，总要有个理由。"

张景春哽住了。半晌，他摇了摇头，说不是因为得到了什么线索，只是想去找找看，万一有什么新消息呢？也总比待在家里干等着强吧。

"有发现没？"我接着问他，但这个问题明显没有意义——如果有发现，李警官应该一早便知道了。

果然，张景春说"没有"。他叹了口气，说最初两年自己心里还有些期许，毕竟那时戴青失踪不久，同事朋友也会提供一些看似有价值的线索。但越往后这种期许越小，现在他再出去，更多的是一种心理安慰罢了。

"能讲讲你当年跟戴青的感情经历吗？"我说。

这个问题或许出乎张景春的意料，他看向李警官。李警官给我圆场，说小陈警官刚来，还不太了解情况。张景春点点头，在接下来的一个多小时里，给我讲述了和戴青的过往。与我之前了解的情况差不多，他说大三时与戴青通过学校话剧团相识，后来确定了恋爱关系。当然，在讲述中他也回避了一些问题——比如他没有讲那个"抓汉奸"的剧本，把自己大学时代的蹭吃蹭喝说成是戴青对他的体贴。

当张景春讲到自己陪戴青来到省城工作，一同住进机械厂家属区的筒子楼时,我打断了他:"你觉得戴青爱你吗?"

张景春的叙述戛然而止,半晌,他反问我:"你这话什么意思?"

看得出这个问题让他很生气。我赶紧解释,说我的意思是"她平时对你怎么样"。他赌气般说了句"很好",就把目光移向了别处,似乎在表达对这个问题的不满。

我又抛出了一个带刺的问题:"戴青大学时有个前男友,早你们两届毕业,公派出国留学了,这个人你认识吗?"

"不知道!"张景春回答得干净利落,不给我追问的机会。

"戴青失踪前,你们之间发生过争吵或冲突吗?"

"没有,我们感情很好,平时很少吵架,她失踪前更没吵过架。"

"你确定没有吗?不只是戴青失踪前,当天或者两天之内的吵架都算……"我并不想立刻揭穿他,只打算继续试探一下。

但他还是说"没有""确定没有"。

"当年你从戴青办公室拿走的几本日记还在你手里吗?能给我看一下吗?"我提出了最后一个问题。

这一次,他突然发作了:"日记?什么日记?!我什么时候拿过戴青的日记?你见过她的日记?!"

看到他这般反应,我急忙摆摆手,说没事没事,可能是我记错了,你们接着聊。之后李警官接过话题,又跟张景春聊了一些闲话。个把小时后,我们向张景春告辞。

还没走到楼下，李警官立刻问我，"日记"和"戴青的前男友"到底是怎么回事？我没必要瞒他，待我讲完，李警官有点生气，说为什么不提前把这些事告诉他，我说这些都是道听途说的，没法证实跟案子有关系。

李警官说："那现在确定有关系了？"

我说不能完全确定，但感觉在"日记"和"前男友"这两件事上张景春可能撒了谎。李警官说可能是我问得太直白了，伤了他的自尊。

我说照常理是不该这么问，但我想试探一下张景春在那段感情中的真实感受，因为当年排除张景春的嫌疑，底层逻辑就是"他和戴青的感情很好，因此不会加害戴青"。但如果两人的感情并非如我们先前认知的那样，张景春是不是就有了嫌疑呢？我觉得，无论戴青和黄林民之间有没有瓜葛，张景春和她都到了快结婚的地步还出现这种信任危机，不就表明两人当年的感情可能是有问题的吗？

李警官点了点头，问："你还是怀疑张景春？"

我说当然，黄林民同样有嫌疑。除此以外，在张景春家的照片中，我没有看到任何一张戴青的。他是一个喜欢"拍照留念"的人，又说两人当年都拍了结婚照，既然如此痴情，那为什么没有一张他和戴青的合影呢？

李警官说对这点他也感觉有些奇怪。另外，他很在意我刚提到的戴青的日记，返程路上五次三番问我记不记得那些日记本长什么样子，里面写了什么。我说自己确实见过那些日记本，但是对内容并不知情。但我估计，如果钟源记忆中的场景没有出错的话，能让看日记的张景春产生那种反应的原因恐怕只有两种可能，要么里面是和出国前男友的感情经历，要么是后来跟黄林民的情感纠葛。我建议李警官联系戴青的家人，确认一下张景春当年有没有把几本日记交给戴青哥哥。李警官在车上便立即联系了戴青的哥哥，然后告诉我，"从来没有"。

临别前，李警官问我手里还有什么有关戴青失踪案的线索，干脆一并告诉他。我说暂时没有了，但上次听你说案子的时候有个细节我有点在意，保安说戴青失踪当晚看到她是坐一辆白色富康车离开机械厂家属区的，那年头厂里有私家车的人很少，黄林民可能是为数不多买得起私家车的人，你们当时有没有查过他？

李警官说查过，没有结果，"这种线索怎么会放过呢？你也太小瞧老前辈了"！

我说那黄林民的朋友呢？他有钱有势，结交的朋友应该也差不多，万一哪个朋友恰好有这么一辆车呢？李警官说没查过，也没法查，当年保安没记住车牌，机械厂家属区又没有监控。警方原本也没怀疑到黄林民头上，更不会去查他的朋友。李警官也承认，当年调查黄林民时，受到了来自机械厂方面的压力——毕竟是"太子"，来"打招呼"的人挺多，所以他们简单调查了一下，没发现问题，便赶紧把他排除出去了。

我问现在还有可能再去查吗？

李警官笑了笑，说："你觉得呢？"

的确，十二年过去了，估计那车子早都报废了。

9

见过张景春后，我给钟源打了电话，一来把见面的情况告诉他，二来想问他记不记得当年黄林民有一辆白色富康轿车。

钟源在电话里扯着嗓子说："我就说吧，张景春肯定有问题！我对天发誓，亲眼看见他把日记本塞进自己包里带走了。"至于张景春屋里没有戴老师照片一事，钟源说得更直白："他敢吗？戴老师是他害死的，他把戴老师照片摆在卧室里，半夜不怕鬼魂来找他索命吗？"

可对于车的事，钟源说记不得了，但可以在学校打听一下。

我以为钟源只是随意应承一下，然而他却真查到了那台车。2014年年底，钟源打听到黄林民有个叫程立虎的朋友，2002年左右有一辆白色富康——他是在浏览学校某位老师的QQ相册时，在一张拍摄于2008年的照片里发现那辆白色富康车的。那是张一家三口的郊游照片，车子出现在背景里，他抱着有枣没枣打一竿的心思，跟那位同事打听那辆车，结果同事说，车是他妻子刚拿下驾照时花几千块买的练手车，卖车的人他不认识，"是黄老师介绍的"。钟源想方设法查到车的前任车主叫程立虎，而后又装作不经意地在黄林民面前提起了此人。黄林民没有防备，承认程立虎是他朋友。

我说钟源你可真牛×，警察十二年前查不出来的事儿，你现在都能查到。但转念一想，又觉得这事儿即便查出来，意义也很有限——当年黄林民的朋友程立虎有一辆白色富康车，那又说明什么呢？既不能确定保安那晚看到的就是这辆车，也没法确定坐在车里的女人就是戴老师。

不过我还是把这个线索反馈给了李警官。虽然他也不抱太大希望，但还是答应我，由他出面接触一下程立虎和黄林民。

过了半个多月，李警官来电话，说真查出来了："基本可以确定 2002 年 4 月 13 日晚上保安看到的那台白色富康就是程立虎的。"

程立虎说，他和黄林民是发小，关系一直很好。当年黄林民还在程立虎上班的公司投了一些股份，算是自己的"老板"之一，两人平时走得很近。黄林民和戴青开始秘密交往后，经常把程立虎拉上。一来程立虎有车，来去方便，黄林民常让他在周末和节假日开车带自己和戴青去省城的南部山区"约会"——黄家在那里有套房，是黄父用来"避暑"的；二来程立虎的出现可以帮黄林民和戴青两人打掩护，"三人行"，不至于引起外人的怀疑。

他记得，4 月 13 日那天黄林民刚从外地弄到一批平时不常见的食材。晚上10点多，程立虎去机械厂家属院接上戴青，三人在黄林民家附近的一家大排档见了面。吃过饭，程立虎又开车送戴青回了机械厂家属院，时间大概是12点。那时家属院大门已经关了，戴青在门口下的车，步行进院，之后程立虎也驾车回了家。

之后程立虎并没有听到戴青失踪的消息，直到几天后，黄林民打电话给他，问他那晚有没有把戴青送回机械厂家属区。程立虎照实说了，黄林民也就没再说啥，只是嘱咐程立虎以后不要再开车去子弟学校找他，不要跟外人提他和戴青的关系，不到万不得已，也不要把三人一起吃饭这事儿说出去。当时程立虎心里还奇怪，几天后他从其他渠道听说戴青失踪，紧张得急忙再次联系黄林民。黄林民那边似乎并不着急，又问了一遍那晚程立虎送戴青回家的细节后，嘱咐的还是那三件事。

黄林民的前两个要求，程立虎心里大概明白，唯独搞不懂那句"万不得已的时候"究竟指的是什么时候。黄林民也没明说，只让他"自己把握"。他就想，如果有警察问到自己就实话实说，如果没人问那就烂在自己肚子里算了——结果并没有人问过他。

李警官问程立虎对戴青失踪这事儿怎么看。程立虎说这些年来他也很矛盾，一方面他觉得戴青的失踪应该跟黄林民无关，两人关系很好，没听说有什么矛盾，而且那晚是自己把戴青送回了机械厂家属区，又目送她进了家属楼；但另一方面，他又觉得黄林民在戴青失踪这件事上的态度很奇怪，即便两人是"情人"关系，戴青失踪后黄林民也不该是那种态度。

不过程立虎也说，黄林民可能是担心自己在学校搞婚外情的事因为戴青失踪而曝光，况且当时他岳父还在省城某机关主要领导的任上，所以最后才选择了这种处理方式。

李警官又去接触了黄林民，这次黄林民算老实，承认自己当年确实跟戴青有婚外情。他说，自己的婚姻是父母安排的"政治联姻"，见到戴青后便动了离婚的念头。当时戴青对男友张景春也不满意，同样有分手后和他在一起的想法。两人本来商定一起去南京读研，这样既能在单位掩人耳目，又可以为之后一起生活做打算——一旦两人都拿到研究生学历，调去更好的工作单位不成问题，黄林民也就不用再巴结自己的岳父了。

但黄林民坚称戴青的失踪与自己无关，当年之所以向警方隐瞒，只是因为担心婚外情曝光。

我说黄林民怎么这么痛快就认了？前段时间我还听说他老婆闹到学校去了呢。李警官说，他现在的确无所谓了，因为前段时间那档子事儿，他已经跟原配离婚了。

按照李警官的调查结果，戴青失踪前是与黄林民和程立虎见过面的。于是也出现了一个问题：在张景春的笔录里，当晚8点40分他回到家时戴青就不见了；而程立虎说那晚10点多他等戴青时，把车停在了距筒子楼不远的职工医院门口，眼看着她从楼里出来上的车——除非戴青在筒子楼里还有一间屋，否则这两人中必然有一人说了谎。

我说如果单论动机,张景春的嫌疑大一些,毕竟他在与戴青的感情中属于受害方,与黄林民的竞争中属于失败者,因爱生恨的可能性更大一些。但李警官也提出:"黄林民一直说,如果当时没有结婚,或者前妻家的背景不是那么得罪不起,他肯定离婚然后娶戴青,程立虎也这么说。他俩的目的大概是想通过表达'两人感情好'来免除嫌疑,可越这么说,我越觉得存在一种可能性:戴青逼婚,黄林民反目,联手程立虎制造了她的'失踪'。"

我说如果是这样,戴青在"逼婚"前不该先跟男友张景春分手吗?否则她逼的哪门子婚?就算"假设戴青的事情是黄林民做的",那得是怎样的流程呢?

李警官说只有一种可能:当夜黄、程两人又把戴青以某些理由约出去,在外面做了案。刘明文和乔顺最后见到戴青的时间是4月14日凌晨2时,人坐在门口。之后乔顺再出门查看时,戴青已经不见踪影,她既可能回了家,也可能又出了门——而那个时间戴青进不了家门,很有可能是因为张景春刚好外出寻她,两人错开了。

然而我凭借手头的信息判断,即便戴老师的案子是张景春做的,案发地点也极可能在机械厂小区外。无论是张景春的摩托车还是程立虎的轿车,只要进出家属区,都得经过那道必须由门卫打开的铁门。如果我的猜想成立,张景春和程立虎、黄林民又有了同等嫌疑，我们依旧判断不出究竟是谁制造了戴老师的"失踪"。

我又想起一个问题——通话记录。如果黄林民深夜约戴青出去，肯定要提前联系她，查一下当年的通话记录，看那个时间段有没有人打给戴青不就行了？

李警官说当年案发时他们做过这方面的工作，没有结果。"说白了吧，这起案子一开始就走偏了，偏在没当成杀人案来查。但是话说回来，如果当年按照杀人案侦查，也不会一直放在派出所，早上交刑警大队了。"

"估计这案子还是无解，咱还是各忙各的吧。以后回乡探亲，我再请你喝酒。"最后，李警官说。

10

2015年元旦过后，我第二次去见了张景春。李警官当时推说有事走不开，让我自己去的。

那次见面的氛围并不友好，张景春连杯水都没有给我喝。见面后，他立刻要看我的警官证，当看到警官证上的工作单位并不是东郊派出所时，马上发了飙："你是哪里的警察？你管得也太宽了吧？！"

他的质疑完全合理，我只好现编了一个借口，说自己刚调到东郊派出所，证件还没来得及更换，然后告诉他，我是当年戴青老师班上的学生,也上过他的物理补习班。但这些话丝毫没有触动张景春,他火气依旧很大,不断对我重复着一些车轱辘话,说这些年他为了寻找戴青既无安稳工作,也没娶妻成家,不知吃了多少苦,警察不但没找到人,反而依旧怀疑他。又说黄林民当年和戴青搞婚外情,案发当夜叫戴青出去消夜,那么大的嫌疑,警察却不把他抓起来。说到后来,他脸上青筋都暴起了,面部肌肉也在不断颤抖。

我只好不断跟他解释说,警察做事是有规矩的,有了新线索,所有涉及的人和事都得核实清楚,不会带着感情倾向去判断查谁不查谁,再来核实一些事,并不意味着警方针对他。反复解释了好久,张景春的情绪才稍微缓和了些。他不再叫嚷,只是坐在客厅的板凳上一根接一根地抽烟。

我试着提出想拷贝一份他这些年寻找戴青时拍的照片和视频,他冷笑一声,说:"怎么着?说了半天,这不还是怀疑我?"

我找不到继续坚持的借口,只好在临走前问了最后一个问题:"张老师,你和戴老师恋爱时,去过Z市的虎山吗?"

他夹着烟的手似乎抖了一下。

"没有。"他说,但顿了顿,又补充说,"可能去过,我忘了。"

之所以这样问张景春,是因为我在他QQ日志的一篇文章里发现了一个问题。

他在2006年11月写的一篇名为《九仙山记》的日志中写道:

"1998年,我和戴青一同游览九仙山,并在碧霞祠外交换彼此的爱情信物。从那之后,这座山便成为见证我与戴青爱情的地方……"

九仙山是师大所在地以北二十多公里处的一座小山,主峰海拔五百多米,在当地勉强算是一处风景区,但外地人基本不知道,我读大学时去过几次,风景一般,略显荒凉。但不得不说,张景春的文笔不错,在他的描绘下,九仙山的风景甚至与相隔不远的泰山有得一比。那篇日志的主旨是他旧地重游,却物是人非,给人一种凄凉的苦楚,共有四千多次点赞,三百多个留言,大多是安慰和鼓励。

但我依稀记得,戴老师和张景春确定恋人关系的地方并不是九仙山——而是虎山——因为中学的校本教材里收录的戴老师那篇《虎山游记》,我读了很多遍。

2001年,我写了一篇游记准备参加省报征稿,找戴老师指导。她看完我那篇天花乱坠的文章后直言:"文章不是流水账,也不是堆砌词汇,得有深度,描绘的景物之中要蕴含自己的情感。"之后,她便开始教我如何让文章"有深度""蕴含情感",用的范本正是那篇《虎山游记》。

虎山是Z市境内的一座山,后来被当地开发成了风景区,跟九仙山差不多,也是离了当地便鲜有人知晓。戴老师写下了自己大学时去虎山游玩的经历,通篇两千多字。在她的讲解中,我学会了如何在描写季节交替中表达"把握现在,展望未来"的中心思想;学会了如何用秋天表达悲伤、用夏天表达热烈、用春天表达希望；同时也隐约明白了，这座名不见经传的山之所以备受她的青睐，是因为那里曾见证过她的爱情。

结合文章中明确出现的时间——1998年秋天——我判断虎山应该就是戴老师和张景春恋爱开始的地方。但为什么张景春却写了那篇《九仙山记》？是他记错了，还是戴青老师在《虎山游记》中表达的并非她和张景春的爱情？

更令我意外的是，在我第二次见过张景春后不久，钟源告诉我，张景春突然清空了他在QQ空间和新浪博客里发表的所有内容。我心里一惊，急忙上网查看。果然，QQ空间已不对外开放，博客里也删得空无一物。

钟源问我那天跟张景春说了什么，我把当天的情况复述了一遍。钟源分析说："难道是你提的那两件事惊了他？"我说我现在也拿不准——在常人看来，要照片和问定情之地这两件事并不过分，张景春为何会被"惊到"呢？

好在张景春发在网上的那些日志、照片和视频一早就被钟源下载保存了，他说再去研究一下，我也说再去读读那篇《虎山游记》，看是不是自己先前理解错了。

钟源花了很长时间又把那些日志、照片和视频看了一遍，之后给我打电话，说发现了一个"可能说不上是问题的问题"："张景春发在网上的照片和视频，六成是在省内拍摄的。照片和视频本身看不出什么，但我核对了他拍照的所有城市，省城周边的六座城市里，只有Z市他没留下任何照片和视频——有点怪，我不知道是他没去，还是没拍照片，或者是没有上传照片。"

这个结论听上去貌似有些无厘头，但虎山也在Z市，感觉冥冥之中又预示着某些事情。

再次读《虎山游记》，我同样感受到了一些异样的情绪。戴老师的文章里有大量对秋景的描写和诸如"我追着风""秋叶包裹着我""风离我而去""我答应秋叶，陪它看春暖花开"之类的语句，感觉她在落笔的时候，似乎也夹杂着对现况的丝丝怅然——谁是风？谁是秋叶？谁离她而去？她陪谁看春暖花开？她说人生要"把握现在，展望未来"，可为何字里行间却透露着对往昔的回忆？难道美好的过去更值得怀念？之所以"更值得怀念"，难道是因为今不如昔？

我想到了一些事，但不知道自己的思路是否正确，于是分别打给了李警官和师大学工部的王老师求证。

记得李警官说过，当年戴青失踪后，警方曾调查过她那个不辞而别的前男友。我问李警官那个男人是哪里人，李警官很快给了回复：Z市人。

我也记得王老师说过，戴青和张景春的恋爱开始于一次假期旅行后，我想知道两人当年去了哪里。王老师接到我的电话非常意外，说她早已忘了，但答应帮我找以前的同学打听一下。几天后我接到她的回电，说是几经辗转，打听到了：也是Z市。

"当年他们是故地重游吗？"钟源知道后，结合着《虎山游记》的字句，不由得纳闷起来。我说不排除这种可能——多年前，戴老师的前男友曾带她去过Z市的虎山。前男友不辞而别后，她和张景春又去了那里，在那里，张景春向她表白。两个画面在戴老师眼前重叠，她有感而发写下了这篇游记。

钟源感觉不可思议，说如果张景春知道戴老师的前男友带她去过虎山，他为啥还带戴老师再去？身边的女朋友爱着她的前男友，这不是自找没趣吗？省内这么多知名景点，去哪儿不好？那时虎山还是个没开发的荒山吧？

的确，戴老师的前男友是Z市人，两人去虎山不足为奇。但张景春是青州人，虽说离Z市不远，但偏要去虎山，难道真是为了故地重游？

更为蹊跷的是，在后来"寻找女友"的岁月里，张景春又似乎在刻意忽略Z市与虎山的存在。

11

2015年春节后，我和李警官通了几次电话。听说张景春删光了网上的照片，李警官虽也觉得有点意外，但并没有表现出更多兴趣。我理解他的难处，我和钟源可以靠回忆和文字东一榔头西一棒槌，但对他来说只有那些能落地的线索才叫线索。

不过李警官对Z市这个地方颇感兴趣，我问为什么，他说："假如张景春害死了戴青——我是说假如哈，他要怎么处理尸体呢？"

我说无非是埋尸和抛尸，机械厂家属区不存在埋尸的条件，这些年也经历了很多次规模不小的改造，张景春要是埋尸的话，肯定一早就被发现了。他当年有台摩托车，倒是有抛尸的条件，但如果是抛尸，他是什么时间，又用何种办法把戴青的遗体运出机械厂家属区的呢？

李警官说，之前对案件的推理就是卡在了"尸体如何离开机械厂家属区"这个点上，以至于推测戴青或许本就是在家属区大院外遇害的。现在不妨先把这个点绕过去——假设张景春用某种我们并不知道的办法成功把尸体带出了家属区，他下一步该怎么办？

我说，找个安全的地方处理掉呗。

李警官说："对，但这下抛尸和埋尸的'适用性'便反转了。抛尸的案子基本是陌生人做的，如果张景春选择抛尸，一旦戴青的尸体被发现，他第一个被怀疑。埋尸的案子大多是熟人做的，尸体不曝光，案子就没的查，戴青就永远是'失踪'。"

我一下明白了李警官对Z市感兴趣的原因——它在省城东边，而机械厂家属区在省城东郊，两地相隔不远，夜里骑摩托车过去，快的话只需个把小时。张景春去外地处理尸体，往东跑，最方便。

"张景春在Z市有没有亲戚？"我想，如果张景春选择埋尸的话，必须找一个足够安全的地方，"安全"的底线是"知根知底"，保证埋尸位置近期不会有被挖掘的可能。张景春不是Z市人，缺少了解土地留置情况的渠道，但如果在当地有信得过的朋友或是亲戚的话，这件事就另说了。

李警官说，容他查一下。

2015年4月，我休假回了趟家。李警官告诉我，张景春在Z市的确有个亲戚，是他的舅舅，在当地一家矿上工作。这是他从戴青哥哥那里打听到的，但戴青哥哥只是凭早年的记忆，并不知道张景春舅舅姓甚名谁、家住哪里。李警官之后拐弯抹角地找到了张景春舅舅的身份信息，但很可惜，老人早已去世，只有老伴还健在。

几天后，我带着李警官给的地址信息去了Z市。站在张景春舅妈家的小区门口，我心里有些失望——看来又是我想多了，这小区和机械厂家属区差不多，张景春实在没必要大老远跑来这里处理尸体。

张景春的舅妈已经快80岁了，身子骨还算硬朗。我简单表明来意后，她告诉我，老伴已经过世快十年了，外甥张景春她也多年没见过了。我提起2002年张景春的女友戴青失踪的事，老人很震惊，说自己没有听说过。

我正准备告辞，老人又说起，早年间张景春曾带着女友来过她家一回。我连忙问她时间，还有张景春女友的姓名。老人说时间是"一九九几年"，张景春还在上大学，女孩的相貌和姓名她记不清了，只记得长头发，挺漂亮的。她还记得这件事，是因为她觉得当年老伴的待客方式不当，后来两人为此事争吵了多次。

那时张景春的舅舅领会错了外甥的意思，以为外甥是因为自己家里穷，不好意思带对象回家，而他这边好歹是国企职工，面子上过得去，所以才把姑娘领到这儿来。为了招待张景春二人，舅舅割了地里的菜，杀了家里下蛋的鸡，做了一大桌子菜，还按照本地风俗给姑娘封了个红包当"见面礼"。结果却发现，根本不是他们想的那么回事。两个年轻人只是来Z市玩，顺带到家里落个脚，事后很快就走了。

老太太说起这事时，言语中依旧透露出哀怨，说当时老伴还嫌菜少，要不是自己拦着，恨不得把院里看门的狗都宰了炖给他俩吃。

听到她说家里有院子能种菜养鸡，我好奇了起来。老人说，当时他们还没搬到现在这个小区，住的是郊区平房，老伴伤残退养后单位把以前的苗圃划给他一小块，平时种菜养鸡，算是额外增加点收入。2006年老伴去世后，单位收回了那块地，也给她换到了现在这套楼房里。

在我的一再恳请下，张景春的舅妈答应带我去以前居住的老房子看看，但路上又告诉我，去了也看不到房子和地了，土地被矿上收回后转租出去了，现在是一家驾校的练车场。我说没关系，我就认认地方。

老人走得很慢，一边走，一边继续跟我聊一些有关张景春的事情。她说自己和老伴一辈子没孩子,早年间小姑子家里穷,孩子也多,他们一直想过继一个外甥女到自己名下,虽然这事儿后来没成,但老伴也没有停下对张家的资助。几个孩子里老伴尤其喜欢这个外甥,张景春考上大学后,小姑子家凑不出学费,老伴二话不说就把学费生活费包下来了。

读大学时的张景春对舅舅舅妈也很上心,隔三岔五就来,还帮舅舅种菜卖菜。大学毕业后,张景春去了省城,离Z市更近了,起初两年还时常过来,但忘了什么时候,突然就不来了。当时老人还很纳闷,不知是不是自己和老伴哪里得罪了外甥。起初老伴帮外甥开脱,说他工作忙,时间不像上大学时那么宽松,后来可能也是被问烦了,只是叹气,然后甩下一句:"不来就不来了,又不是亲生的,哪有义务天天来?"

"他舅过世之后,他就彻底不来看我这个老舅妈了。唉,人家说'娘舅亲娘舅亲,打断骨头连着筋',他却是'死了娘舅断了亲'……"

我随口开解老人几句,但她却摇头,说老伴去世之后,张景春这个外甥心里也就没了自己这个老舅妈,"其实他不是不来,只是不来我家了"。

老人说,搬进楼房后,她无聊了,或者夜里做梦想老伴了,便偶尔会去以前住的房子转转。那时老房子还没拆,地也荒着,有一年她还悄悄在地里撒了种子,算是个念想。那两年,她有好几次在老房子附近见到张景春。她很诧异,问外甥怎么人都过来了,却不跟她说声,也不来家里坐坐,结果张景春只说是路过便走了。

"你说都是亲戚,有他这样'路过'的吗?不就是他舅走了,这门亲戚他不想认了吗,亏当年我和他舅对他那么好……"

听到这里,我心里咯噔一下:"他来了Z市,不去你新家,却去你老房子那边转悠,他是不是要看什么?"

老人说不知道,"那里有什么好看的,他舅埋在公墓里,即便上坟也用不着去老房子吧"。

我心里有了一种预感——恐怕张景春要看的,并不是他的舅舅。

十几分钟后,我们到了地方。正如张景春的舅妈所说,那里已经变成了驾校练车场硬邦邦的水泥地面。老人站在空旷的练车场上想了一会儿,又把我领到车场西南角的位置,说如果没记错的话,应该就是这块儿。

我在现场拍了一些照片,回到省城后立刻把情况汇报给了李警官。李警官想了想,说这事儿有点难办,一来那块地不在他的辖区,不好协调;二来那老房子现在不是荒地了,破坏性挖掘,要么先给人个说法,要么得跟人谈好事后的补偿。"如果真能挖出来什么,那一切都好说,但如果啥也挖不出来,这笔赔偿谁来出?"

我也理解,如果是规规矩矩走查案子的程序,线索和证据走到这儿了，李警官拿着手续去找当地公安机关协调好，雇台挖掘机作业即可。但问题是眼下这情况只是我推测出来的结果，既没有拿得出手的证据，也办不出合理合法的手续，平白无故去凿人家驾校的练车场，确实说不过去。

经过一番商量，李警官还是决定试一把。几天后，经过协调，可以挖了。动工前，李警官私下跟我商量，如果最后真的什么都没挖出来，我们得自费赔给驾校一笔钱，加上雇挖掘机的钱，一共大概万把块吧——当然，如果真的挖出了什么，这笔钱就算进办案经费里。

我把钟源也带去了挖掘现场，机器轰鸣下，水泥地面被凿开。之后挖掘机上场，很快，在一米多深的位置上，一具用被褥包裹的骸骨被挖了出来。

我和钟源站在远处看着这一幕，都沉默了。

我没有一丝日常工作中破案后的兴奋感，瞥了一眼身旁的钟源，隐隐看见他的眼角有些湿润。李警官从远处走过来，他没见过钟源，有些意外，我本想介绍他俩认识，但钟源伸手在背后轻轻戳了我几下，意思是不用了。

"唉，应该就是她……到这一步，往后的工作就交给我们来做吧。这案子，谢谢了。"李警官说。远处的工地已经停工，刑侦技术人员也在路上了。

"破案之后，可不可以把当年……"我想说，可不可以把当年张景春行凶的原因和经过告诉我，话还没说完，便被李警官打断了。他说没问题，到时我回来，他请我喝酒。

回家路上，钟源说等李警官把事情经过告诉我了，让我也给他讲讲。但临分别时钟源又对我说，算了，如果当年的情景太惨，就别跟他说了。

12

2015年国庆节假期，李警官按照先前的约定，在东郊派出所旁的小饭馆里向我讲述了十三年前戴青老师遇害案的整个过程。

凶案的直接起因是那年戴老师考取了南京一所高校的硕士研究生，张景春也参加了考试，但是没考上。对于女友考研，张景春意见极大。他说，之前自己报考清华、复旦时，戴青一直劝他"脚踏实地"，因此那次考研他选择了省内的山东大学，但不承想，戴青却一头扎去了南京。

按照张景春的规划，戴青应该先跟他结婚，然后等他研究生毕业后参加工作，戴青再去读研，这样两人的经济压力也会小些。原本戴青是这样答应他的，但2002年年初却突然变了卦。张景春把戴青的变化归结于黄林民的出现。

张景春一早就知道戴青对自己并没有多少感情。他本是一个自视甚高的人，自认为成绩好、有才华，找的女朋友温柔漂亮，除了家里经济状况不太好之外，其他方面都走在了同龄人前面。家里穷这件事，自己眼下改变不了，未来能赚大钱就好了。

只是，来到省城后的生活却给了张景春很多打击。他连续三年全脱产准备考研，却死活考不上。他原本还以"自己考的是名校，要求高"为理由自我安慰，但不承想戴青只考了一年，同样是名校，却一矢中的，他的心态崩了。那时他坚定地认为，黄林民家背景深厚，肯定在南京帮戴青走了后门，这是他俩之后双宿双飞的第一步，戴青一直拖着不跟自己领证，就是最好的证据。他不准戴青去南京读研，要求她留在子弟学校，年底和他领证结婚。戴青自然不同意，两人为此发生了多次争执。

"话说回来，这戴青也是，既然一直看不上张景春，为啥不趁早把话挑明了？那样大家都好……因为张景春对她好？也并不好嘛，她还得养着张景春，图个啥？还有那个黄林民，也真是个王八蛋……"李警官说。

据张景春交代，他与戴青4月13日下午的那次争吵，起因也是黄林民。他觉得那天明明是周末，黄林民却偏偏来了学校，而且自己上课时戴青也没跟往常一样跟他待在教室里，肯定是趁自己上课去办公室跟黄林民"约会"了。

黄林民当天出现在学校，的确是被戴青叫去的，不过是为了帮忙协调张景春的补习班。那时张景春的"外快"一定程度上还得靠着黄林民，只是张景春本人并不领情。两人的争吵和冷战一直持续到晚上，当晚在家发生的事情，张景春也在讯问中进行了重新叙述。

2002年4月13日晚,张景春没有像往常一样下楼散步,只是8点半左右去了一趟超市,买了挂面和牙膏。回到家时,正巧遇到戴青挂断电话。张景春犯了疑心病,觉得戴青挂电话是在刻意躲着他。他质问戴青电话是谁打来的,戴青说了句"你管不着",两人就又吵了起来。最后,戴青摔门而去,张景春一个人坐在屋里生闷气。

9点左右,戴青回到家,10点钟左右接了一个电话,换身衣服又要出门。张景春问她:"这么晚了去哪儿?"戴青说了句"用你管"便走了。

张景春追到楼下时已经不见戴青的踪影,并没有看到戴青被程立虎开车接走的一幕。回到家后,张景春越想越气,一个人喝起了闷酒。等到凌晨戴青回家,张景春又质问她干啥去了,这次戴青没隐瞒,直截了当地告诉他跟黄林民吃饭去了。

两人又一次爆发争吵,戴青索性跟张景春摊了牌,说自己不想再继续这段关系了,让张景春收拾一下东西,"明天就搬出去吧"。

"戴青是子弟学校的老师,家属区筒子楼的房间是学校给戴青安排的,她赶张景春走,没什么不妥。但这句话也成了压垮骆驼的最后一根稻草,张景春被激怒了,借着酒劲,彻底失去了理智……"李警官说。

凌晨一点左右,张景春在殴打过程中失手致戴青死亡。"张景春说他也回忆不起是怎么杀死戴青的,他既没使用凶器,也没用多大力气,只是推了戴青几下,戴青先撞到墙上,又倒在床上，之后人就不行了。张景春的这些话眼下我们已经无从考证了，法医检查了张景春舅舅家老房子地里的那具遗骸，DNA比对确定是戴青，但具体死因，恐怕查不出来了。"

当然，这并不影响最终对张景春的量刑。

至于张景春对戴青尸体的处理，李警官说过程并不复杂：戴青死后，张景春的酒也醒了，看着倒在床上的女友，张景春意识到自己也完了。求生欲让他选择了转移尸体，隐瞒真相，他想到了自己的舅舅——那个多年来一直资助自己，而且家里有一块菜地的老人。

"张景春说把戴青埋在舅舅那里，不但神不知鬼不觉，而且——"说到这里，李警官顿了顿，"而且他还能经常去看看戴青。"

"他是把戴青的遗体从筒子楼东头的窗口顺出去的。筒子楼本就在家属院东墙边，墙另一边就是试验田，进出没有人管。他把尸体从窗口顺到试验田边上，自己骑摩托车绕进试验田，带上尸体，然后去了Z市。"

我想起了当年钟源跟踪张景春去试验田的往事，但还是觉得很不可思议："他骑摩托车咋携带戴青的尸体？放麻袋里？"

"不是，用绳子把尸体和自己绑在一起骑回去的。凌晨路上没几辆车，张景春也交代了，说如果路上被人发现报了警，自己也认了。"

但有一点我还是没有搞明白——当年刘明文和乔顺的证词是什么情况？他俩不是看到戴老师坐在家门口吗？刘明文不是还喊

了戴青两声？

李警官说，张景春交代，他不记得当时有这件事。我说怎么可能呢？刘明文和乔顺的笔录里可是清楚写着，戴青穿着"红色上衣，灰色长裤，白色运动鞋"，你们现场挖掘出来的戴青遗体是不是穿着这些衣服？

李警官说是这几件衣服，但张景春已经认罪，这件事也没有继续调查的必要了。"查什么？如果不是张景春把戴青搁在那儿的，就是闹鬼了。查什么？查鬼吗？可能是张景春当时太紧张，忘了，也可能是他不想再费口舌解释了。反正杀人埋尸的大罪都认了，无非一死偿命，还扯那么多干啥呢？"

张景春最后说，他舅舅当晚知道他杀死了戴青，还帮他把尸体用被子裹着埋进了自家地里——但这一点警方也无从考证了。

案子落幕之后的一个早上，我收到了钟源的信息，他说昨夜梦见戴老师了，在中学的语文课堂上。戴老师在表扬他，但究竟是为什么表扬，醒来他却忘了。

不久后的一天夜里，我也梦到了戴青老师，却是在师大校园里——她穿着那件青色碎花连衣裙，身旁却站着张景春。我想起了多年后的凶案，想上前把她从张景春身边拉开，但伸手触到她的瞬间，就醒了。

愤怒的丈夫

我曾多次被问,有没有经历过一些让我有"无力感"的案子,以及这"无力感"的来源,究竟是费尽心机后的束手无策,还是只是对工作疏漏的一种说辞或掩饰。

起初,我会努力辩解并罗列自己产生"无力感"前所做的一切努力,但仍会被对方拎出一些看似"疏忽"的环节诘问:"明眼人都知道这件事会是××结果,只要你们提前做了××事,不就能避免了吗?"

的确,很多重大刑事案件的发生都会有先兆,我们也尽力在日常工作中"靠前站位"。但事实上,即便真的能预判结果,也很难对那些尚未发生的行为进行超前处置,尤其是当这些存在风险的行为被置于婚姻、家庭、情感、道德等因素的遮蔽之下时,我们能做的努力相较于结果,非常有限。

"知其应为而无可为",这或许才是"无力感"的真正来源。

1

2015年6月的一个下午，派出所接到辖区医院保卫处报警，说有人在住院部打架，弄坏了病房里的设备。我和同事赶到现场时，双方当事人已被保卫干事拉开，分别控制在两间办公室里。

打架的一方名叫侯马，40多岁，自称是来医院探望朋友的，刚刚与人发生了一场"误会"。我让他讲讲具体是什么"误会"，他却东拉西扯了半天，最后也没说清楚到底是怎么回事。

我转头去问报警的保卫科干事，他说侯马最近常来病房陪护一名叫刘珍的女病人，医护人员都以为两人是夫妻，问起时两人也不否认。但这天中午，另一名男子突然来到刘珍病房，不久便跟侯马打作一团。

"我们这才知道，后面那个男的才是刘珍的老公。"

保卫干事指着放在地上的一台心电监护仪说，两人打架时撞坏了这台机器，所以他们才被保卫处暂时"留"在了办公室。

我回头再去问侯马，他见瞒不过了，才说自己和刘珍是朋友，这段时间刘珍生病住院，他一直在帮忙照顾，本是"做好事"，但今天中午刘珍在外地工作的丈夫突然来到病房，说他"勾引"自己妻子，两人便打了起来。

此前，我就听过侯马的"大名"——他年轻时通过招工来到我市，后因坐牢被单位开除公职，出狱后就在本地"混社会"，一度在江湖上有点名气。这几年可能年纪大了混不动，他便开了家茶馆,名义上做合法生意,但暗地里依旧会涉及一些包娼庇赌的勾当。

在保卫处的办公室里,侯马一直努力强调这只是一场"误会"。我便问他:"你来医院'做好事',刘珍的丈夫事前知不知道?是和你爱人一起来(照顾刘珍),还是只有你自己?"侯马回答不上来,一直给我递烟,试图蒙混过去。

我大概明白了是什么情况,又去另一间办公室询问刘珍夫妇。

刘珍30多岁,身着病号服,正坐在沙发上玩手机;她丈夫叫王刚,年龄与侯马差不多,矮胖,身上穿着工装,一旁还放着一个行李箱。我让两人讲一下事情经过,起初两人都不说话,直到我的同事把刘珍带回病房后,王刚才开了口。

他说自己是单位的外派职工,全年都在外地工作。前天得知妻子生病住院,便赶紧请假回家照顾。原本订的是明天的火车,但他心里着急,便搭单位运货的顺风车提前赶了回来。不料一到医院就撞上了正在陪床的侯马,于是怒从心中起。

关于打架的细节,王刚的说法和侯马差不多,但他似乎不太愿意细讲妻子和侯马之间的事情,我问了几次,他都沉默不语,我也不好深究。

基于双方对打架过程没有异议,我把侯马和王刚叫到一起,征求他们对此事的处理意见。两人伤得都不重,也都同意调解,我便让他们签了《调解协议书》。至于被损坏的医疗设备,医院提出了2000块的赔偿金额，两人也都付了。

2

没想到一个月后的某个凌晨，我就又一次接到关于王刚的警情。这次的报警人是刘珍，她说王刚要杀她。

我和同事赶去他们家时，屋里已是一片狼藉。直到我们进门，刘珍才从卫生间里出来，说夜里他们夫妻二人发生争吵，王刚先是在家中一顿打砸，又拿菜刀扬言要砍死她。如果不是她把自己反锁在卫生间里，恐怕这会儿已经死了。

王刚也在家，他一直蹲在客厅角落，脸上被抓得像只花狸猫，身上的衣服也扯开了几道口子，露着肚皮。客厅餐桌上的确放着一把菜刀。确认刘珍没有受伤，且王刚并没有继续伤人的意图后，我让同事先把菜刀收到厨房。

刘珍说，当天夜里她有事要出门，刚走到门口，王刚突然就发了疯。

我问她："这么晚了你出门做什么？"

刘珍说接到朋友电话，出去帮忙。

我又问："什么朋友？帮什么忙？"

不想这句话却惹恼了刘珍："警官你搞清楚，是我报的警，我是受害人！"

我说我知道，但事情得讲前因后果，我这不是在了解事情经过吗。

刘珍没好气地回答:"事情的经过就是我要出门,他要杀我,还把家里砸了。你管我去找什么朋友帮什么忙干吗?那是我的私事,不需要你管!"

眼见话不投机,同事急忙接过了与刘珍的谈话。

我叫王刚去卧室聊几句,但王刚一推开卧室门,刘珍就立刻吼道:"有话就在客厅里说,不要藏着掖着!"王刚马上顺从地关上卧室门,又蹲回角落里。

我有些诧异,搞不懂刘珍口中刚才还"耀武扬威"的王刚怎么突然变成这副屄样,但在现场也不好说什么,只能继续让他讲一下整件事情的经过。不料王刚只开口说了句:"夜里有个男的打电话叫她出去……"我耳边就又传来了刘珍的嘶吼:"你个×××血口喷人!"然后就见她拎起客厅的折叠椅冲了过来。

同事赶紧拦住刘珍。之后,王刚便像受到惊吓一样,无论我再问啥,他都一言不发。我只好示意同事,这事儿无法在现场处理,还是把两人都带回派出所吧。

出小区的路上,我看见侯马的车就停在路边。他大概也看到了我们,立刻发动车子打算离开,我上前拦住他,问今晚王刚家的事情和他有没有关系。侯马满脸紧张,一连说了几句"和我没得关系",我正准备问"这么晚了你要去哪儿",他就一脚油门跑了。

我把王刚带到派出所二楼办公室，让他把当晚的事情说清楚。

王刚说，自从上次在医院打架后，他便跟单位请了假，没再去外地上班。这段时间他又跟刘珍吵过几次架，都是因为侯马——侯马经常打电话叫刘珍出去打麻将，刘珍基本一出去就是一整天或一整晚。

当天凌晨一点左右，刘珍又接到侯马的电话要出门，王刚终于忍不住，跟她吵了起来，继而两人发生了厮打。王刚说，那把菜刀是刘珍从厨房拿出来扔在地上的，让他"有本事拿刀砍死我"。王刚只是把它捡起来放在了桌上，并没有去砍刘珍。

王刚说话语速很慢，声音也很小，讲话时一直在吸烟。他抽的是本地最便宜的"红金龙"，这种烟又苦又呛，少有人买。他连抽几支后，我实在受不了那个味道，让他把烟掐了，他掐灭烟头，把剩余的半支小心翼翼地塞回了烟盒。

我说，你可真会过日子，抽一半的烟还舍不得丢？王刚说，他没钱，买包烟不容易，得省着抽。我说你们出去搞"会战"的工资那么高，还会缺钱？王刚就解释，家里的钱都在刘珍那里，每次去要都会挨骂。

3

我和王刚的谈话持续了一个半小时，笔录过程中我总感觉他有些奇怪——他想事情似乎比正常人慢半拍，总是当我问到第二个问题时，他才能想起第一个问题的答案，然后再折回去补充。如此一来，他的笔录反反复复做了很久，最后连他本人都有些不好意思了："警官对不起，我脑子转得比较慢。"

王刚的笔录材料做完后，我去一楼值班室找刘珍，想看看她的笔录内容。下楼时碰巧遇到同事从打印室出来，问他进度怎样，他说还在搞。我说："怎么搞这么久？"同事便把笔录递给我，让我自己看。

刘珍的笔录很厚，描述也详细到令人震惊。我说这调解笔录快赶上刑事案件的体量了，同事说，这就是慢的原因，刘珍特别"抠细节"——比如"争吵"不行，得是"辱骂"；"打架"不行，得是"被打"；要是不改，她就不签字捺印。这份笔录前后打印了三遍，现在同事手里拿的是第四稿。

我问："这刘珍是怎么个意思？"

同事说，笔录过程中，刘珍反复问他今晚的事情够不够把王刚送进监狱，看来是铁了心要"法办老公"。家庭矛盾他处理过不少，这么坚决的还是头一回遇到："刘珍说要么王刚坐牢，要么派出所派人二十四小时保护她，不然她就去妇联告我们。"

我把王刚的笔录交给同事，他看完后一直摇头，说两人对事件的描述差异太大，没法结案。我问同事要不要把侯马也传唤过来做份材料，毕竟在王刚的笔录里，今晚的事情侯马也有份儿。同事不想节外生枝，没同意。

我说我进去跟刘珍聊几句吧,夫妻矛盾,看还有没有缓和的余地。同事说你试试吧,但我觉得可能性很小。

果然,起初我和刘珍的对话还算顺利,但当我问到那个引发二人冲突的核心问题时——"大半夜的,谁叫你出门?出门干啥?",刘珍立刻变了脸,反问我道:"我去干什么重要吗?我去干什么值得他砍死我?"而后,她立即把矛头指向了我:"警官你是不是和王刚认识啊?怎么总是替他说话?"

之后,她便不肯再跟我聊任何事。

如此僵持了一夜,直到第二天上午王刚的母亲和刘珍的小姨来到派出所,事情方才告一段落。在众人的反复劝导下,刘珍暂时放弃了"必须让王刚坐牢"的要求,前提是婆婆得拿出5000块钱来给她"看病"。

在我看来,这绝对是一个无理要求,但王刚的母亲最终还是答应了。之后王刚也做出书面承诺,保证之后无论是何原因,都不会再对妻子动手。

双方签完调解协议后,王刚的母亲说想跟我聊几句。老太太70多岁了,身体状况也不好,说几句话就得停下来歇会儿。她跟我讲了很多儿媳刘珍对婚姻不忠的事,最后问我,刘珍搞外遇,警察有没有什么办法制止?我说没有,警察只能处理违法犯罪行为,婚外情是道德问题,警察无能为力。老人默然不语,呆坐在办公室里。我有些不忍,说,既然王刚和刘珍都到了这种地步,干脆离了吧。

老太太抹起眼泪,她说自己早就有这想法,只是儿子的离婚成本太高了,她接受不了,"刘珍父母当年收了我们家十八万彩礼,才同意女儿嫁过来的……"

在她之后的叙述中我才知道,原来让我感觉"有些奇怪"的王刚,确实是有智力缺陷的——九年前,为了能让已经年过而立的儿子像正常人一样娶妻生子,王刚的母亲拿出家中所有积蓄,托人促成了和刘珍的这门亲事。

"他从小就这样,想事情会比平常人慢一拍,人又轴……"老太太说,王刚的父亲早年因公去世,单位赔了一笔钱,又给了一个"子女接班"的工作机会,所以儿子才有了现在这份工作,而那笔工伤赔偿,则成了他娶刘珍的"老婆本"。

我问老人,当年结婚时,刘珍一家是否知道你儿子的情况?她说,知道,刘家四个女儿,刘珍是老二,第一次见面,王刚就看上了刘珍,刘珍也不反对。订婚前,她嘱咐媒人一定要把王刚的个人情况讲清楚,对方能接受就结亲,接受不了就算了,千万别瞒,不然日后有麻烦。媒人按嘱咐照做了。

"当时本地彩礼也就五六万,况且王刚有正式工作,刘珍没有。如果王刚是正常人,两家结不了亲。最后她家要了十八万八千元,结果呢?结婚九年,不但没有一儿半女,现在她还是这副做派……"

老太太说,她也知道儿子结婚多年,即便离了婚,那笔彩礼也不可能退回。但一来那笔钱是自己老伴的"买命钱",老伴临终前交代她,一定要给儿子娶个媳妇;二来王刚才40岁,以后再想娶媳妇,家里哪还有钱?这两件事让她很委屈,所以想问问警察有没有办法"惩罚"一下儿媳刘珍。

我理解她的心情,但也只能告诉她,现在最好的方法就是及时止损,让儿子赶紧离婚。王刚的工资高,这几年外出"会战"也挣了不少钱,如果之后遇到更合适的,再婚也不迟。

王刚的母亲却长叹一声,说儿子从结婚到现在,不但没给过她一分钱,遇事还要找她拿钱周转。我说,他自己的钱呢?老人说都在刘珍那里。我说不打紧,离婚时要做财产分割,王刚可以拿回属于他的那部分。

老太太就说,自己回去想想,想好再去做儿子的工作。

4

2015年9月,我第三次接到关于王刚的警情。

报警人是城东某商场的保安,称王刚在商场"行凶"。保安说,当天下午王刚在商场二楼用灭火器袭击了一名男顾客。我到了现场,只见到了王刚,保安说男顾客去了医院,我跟保安要男顾客联系方式,保安两手一摊,说对方没留。

我很纳闷,调看了商场监控,发现受害者又是侯马。视频显示,下午两点多侯马在逛商场时,王刚先从背后向他丢出一支红色灭火器，把侯马砸了个趔趄，随后又扑上来和侯马打成一团。看上去王刚显然不是侯马的对手，很快就被对方压住骑在身上打了一顿，之后两人被周围顾客和商场保安拉开。

我打电话问侯马在哪家医院、伤势如何，侯马说"不要紧，皮外伤"。我让他去派出所采份笔录，侯马说他正忙，让我们"看着办"。我说你是受害人，不取材料我们没法处理，侯马却说"算了，懒得跟他一般见识"。我说那也得来给我们签一份放弃追究的书面材料，侯马这才同意，说晚上再来。

商场让王刚赔偿一支新灭火器和两块被砸坏的地板砖。王刚付了钱，我便把他带回了派出所。路上我问王刚，这次又是因为什么？王刚不说话，但满脸通红，不知是被打的，还是因为情绪尚未平静下来。

"我要杀了侯马……"在办公室连抽半盒烟后，王刚终于开口了。

他说刘珍一直跟侯马保持着不正当关系，还当着他的面亲热。上一次的事情处理完后，刘珍不但没有收敛，反而愈发过分，她之前还会找个理由出门和侯马约会，后来干脆明目张胆地住到了侯马家里。

我以为他还在为妻子的婚外情闹心，等他絮叨完，我说，这种事情上你别犯轴，与其喊打喊杀，不如赶紧离婚，一了百了。你工作不错，收入也高，刘珍没有工作，侯马是个地痞流氓，你跟他俩对耗，吃亏的是你。

王刚却说，他也同意离婚，但前提是得把被侯马骗走的钱要回来。

这事儿我是头一回听说，立刻问王刚怎么还被侯马骗了钱？被骗了多少？王刚说至少二十多万，是被刘珍与侯马合伙做局骗的。我很吃惊，让他细讲一下。

王刚说，自从结婚之后，家里的钱都在刘珍手里，虽然刘珍没有稳定工作，平时还喜欢打麻将，但好在自己工资高，每年还能有个两三万的结余。从2011年开始，他被单位派往外地，在每月五千多元工资的基础上，又多了两千多元的"出省费"，收入高了一截。王刚的单位有一项规定，为了防止职工在外"会战"期间过度消费，尤其是防止职工参赌参嫖引发家庭矛盾，单位会把"会战"人员的工资卡交给配偶，每月只发给职工一小部分钱作为生活费。王刚算过，自己外派这几年，除掉家庭正常开支，应该还有二十多万存款。

上次小夫妻打架后，在母亲的劝说下，王刚有了离婚的打算，刘珍也同意离婚，但双方商量财产分割时，刘珍矢口否认家里有这笔钱。后来在王刚母子的反复逼问下，刘珍才承认，那笔钱全被她"借"给侯马了。

几天前，王刚去侯马的茶馆要钱，侯马承认那笔钱的存在，但说钱是刘珍和他合伙做生意投入的"股金"，而非"借款"。王刚提出"退股"，侯马扔给他八千块钱，说刘珍入股后茶馆一直在赔钱，"股金"就还剩这些。

二十万变八千元，王刚不同意，两人在茶馆里拉扯起来，之后王刚还被侯马和他的朋友拽进包间揍了一顿。说完，王刚掀起上衣——他身上的确还留着几道明显的伤痕。

我以前处理过类似事件，流程并不复杂。我说："你只需证明这笔'入股'或'借款'自己并不知情即可。至于被打的事情，如果你愿意报案，我现在可以受理。"

王刚说，被打的事情算了，他只想要回那笔钱。

我又问："钱的事你问过刘珍没有，她怎么说？"

王刚说，问了，他叫刘珍一起去找侯马对质，刘珍却改口说，"入股"这事王刚知道，当时还签了字的。王刚不记得这件事，更不记得自己签过字，再问刘珍，刘珍就说王刚"胡搅蛮缠"，之后摔门离去，已经三天没回家了。

我一时也搞不清孰真孰假，只好跟王刚说，晚上侯马要来派出所，到时候我帮你问问是怎么回事。

"警官，你能不能替我给侯马传个话，他拐了我老婆，打了我，我都不跟他计较了，但他不把那笔钱还给我，我会杀了他的。"王刚突然冒出这么句话。

看他一本正经的样子，我有点吃惊，劝他说，你不要说这种话，遇事有警察有法院，你杀了侯马，你这辈子也完了，你母亲怎么办？

王刚没再说话。

5

当晚11点多,我都在备勤室睡下了,侯马才带着酒气来派出所找我签"放弃追究"的书面材料。我说你都喝成这样了,还过来做什么?侯马说自己喝得不多,脑子是清醒的。我想既然来了,便借机问一下他和王刚夫妇的事情。

侯马不否认自己与刘珍的关系,说他们两人是在麻将桌上认识的,老家又是同村的,一来二去便熟了。起初他们只是牌友,后来刘珍经常找他帮些生活中的小忙,两人就逐渐有了牌桌之外的交往,他也是那时候得知王刚常年外派不在家的。

"都是成年人,你情我愿的事儿,又不违法犯罪,咋了,警察还管这个?"侯马问我。

我说,你过分了,你俩都有家室,现在人家老公找上门了,你还敢这么明目张胆,他今天用了灭火器(砸你),说不好下次会动刀。

不知侯马是酒精上头还是平时就这副德行,他拍了拍自己壮硕的上臂,嬉皮笑脸地说了句:"借他个胆!那家伙'不行',要不他老婆怎么来找我呢?你懂的。"我很想说"我懂你妈了个×",但话到嘴边还是忍住了。

我又问他王刚那笔"借款"的事,侯马愣了一下,而后一口咬定就是"投资",不是"借款"。我说,即便是"投资",那钱也是刘珍和王刚的共同财产,得两个人都同意才行,你征求过王刚的意见吗?侯马似乎就在等我这句话,他说:"征求过啊,他同意,我合同上还有他的签名和手印呢,我明天拿来给你看?"

那晚我没有把王刚让我传递的那句话告诉侯马,一来我认为王刚只是在气头上"抖狠",二来我觉得凭侯马的德行,他要是听到那句威胁,反倒可能会去找王刚的麻烦。

次日,我去了侯马的茶馆,果真看到了那份有刘珍和王刚二人签名捺印的"入股协议书"。我拿着协议书瞅了半天,既不太相信,又看不出真假,便故意对侯马说:"这玩意造假可要坐牢啊。"

侯马皮笑肉不笑地说:"真的假的到时候验一下不就知道了?签名有假、手印有假,签名和手印在一起怎么会假?"

他如此说,我一时也没了办法,只好拍了一张"入股协议书"的照片发给王刚,让他自己回忆一下。

后面那几天我因为其他案子出差了一段时间,回到所里后,同事说王刚母子来找过我几次。我赶忙给王刚打了电话,第二天他便和母亲,还有单位一位姓潘的主任一起来到了派出所。

王刚说,自己绝对没签过什么"协议书",只是在去年过年时,刘珍让他签过一份文件,说是工作单位给"会战"职工的配偶换发工资卡的确认函,他当时没多想就签了。说完,潘主任拿出那份确认函,上面的确有王刚和刘珍两人的签字捺印。

我看着眼熟,从手机里找出"入股协议书"的照片——果然,上面的签字捺印几乎一模一样,关键是,两份文件上的签字日期竟是同一天。

"这件事我们外人不好多说,但不排除一种可能,就是刘珍把两份文件混在一起让王刚签字摁手印,王刚稀里糊涂就签了,才会签出同一个日期。他脑子本来就不'清白',如果是刘珍算计他,他没的防……"潘主任说。

"你问过刘珍和侯马这是怎么回事吗?"我问王刚。

他没说话,半晌,他母亲叹了口气,说问过了,侯马说"入股协议书"是刘珍给他的,有问题去问刘珍,他什么都不知道。而刘珍则一口咬定王刚当初是自愿签字摁手印,现在却反悔不认账了。双方言语不和,又发生了争吵,刘珍摔门而去,就此不再露面。王刚母子去了刘珍娘家,但也没找到刘珍。娘家人表示对刘珍的事情一无所知,既联系不上她,也帮不上王刚母子什么忙。

如此看来,王刚确实惹上了麻烦。王刚的母亲问我事到如今他们该怎么办。我暂时也没有办法,只能先打给公安局法制科同事咨询。

同事听完情况后告诉我,如果情况属实,刘珍的行为涉嫌婚内诈骗,侯马需要依法退赔王刚的财产。但他也直白地告诉我,类似案件的举证十分困难,仅凭现有证据,公安机关是很难给王刚立案的,建议他直接请律师去法院起诉离婚。过程中如果能拿到有关妻子刘珍婚内诈骗的线索或证据,警方可以依法介入。

最终,王刚母子悻悻而归。

6

那一年,市公安局对于涉及婚内财产纠纷的案件格外重视,起因是年初市里曾发生过一起恶性案件,犯罪嫌疑人离婚时因6万元的财产纠纷杀死了妻子,随后自杀。鉴于这起案子影响恶劣,市公安局遂要求民警工作中遇到此类情况都要及时上报。因此,当年9月"全警三员"情报汇报时,我就把王刚的事情作为"潜在风险"报了上去。

领导看到汇报后,指令我"重点关注",尽可能调解矛盾,必要时可以协调街道办、居委会或当事人的工作单位一同介入,谨防事态恶化。此后,按照领导要求,我也分别去找王刚、侯马和刘珍,希望能尽量多做些工作。

王刚这边,我只能尽量安抚他的情绪,帮他寻求一些司法援助。我相信在"入股协议书"签字一事上王刚不会撒谎,但这种信任也仅限于我和他之间。我帮他找了律师,但律师表示这件事情有些难办,他只能尽力而为。

有段时间,王刚的母亲几乎天天来派出所找我,但我作为警察属实做不了什么,只能开导她说看长远些,王刚的工作还在,实在不行就当那笔钱丢了，二十来万，几年就回来了。但这些话对老太太没什么作用，她每次都是唉声叹气地来，又唉声叹气地走。再后来，她不来找我了，我以为她想开了，也没在意。

又过了段时间，王刚单位的潘主任突然找到我，让我方便的话"关注"一下王刚的近况。我一时没明白他的意思，问他王刚怎么了。他这才告诉我，王刚的母亲住进了医院——她身体本就不好，儿子和儿媳的事情又消耗了她太多心力，便一病不起了。王刚一边上班一边在医院照顾母亲，上个月发工资时，单位给他换了一张新工资卡。听说因为这件事，刘珍专门去医院找王刚母子大闹了一场，之后老太太的病情加重，王刚便时常嘟囔着要杀人。

潘主任说他和王刚的父亲是几十年的同事兼朋友，算是看着王刚长大的："这孩子虽然看上去憨憨的，凡事慢别人一拍，但却轴得很，有些别人看来是气话，但他真能做得出来……"他很担心王刚一时想不开，做出些不可挽回的事情，于是先找王刚谈了话，但还是不放心，所以过来跟我提个醒。

我赶紧联系了王刚，然而王刚似乎并没有把刘珍大闹医院的事放在心上，只轻描淡写地搪塞了过去。我以为他真的没放在心上，便也没再多问，只是继续劝他："相信法律，相信律师，凡事想开点。"

侯马依旧坚持那笔钱就是刘珍夫妻二人的"投资"，说如今生意亏了，对方怎么可能把"本金"要回去："警官你也看到了，名字是他亲笔签的，我又没逼他，就算他自己脑子不'清白'，其他人的脑子也不'清白'吗？"

侯马有恃无恐，一再说让王刚"去打官司"，法院怎么判，他就怎么办。我实在听不下去了，说，你前脚和王刚老婆搞外遇，后脚就说王刚同意跟你合伙做生意，你觉得这事儿逻辑上通吗？侯马却还是说："什么逻辑不逻辑，让他跟法院说去。"

我提醒他不要逼人太甚，还把之前市里那起因离婚财产纠纷引发的凶案讲给了他，让他"得饶人处且饶人"。侯马却不屑地说："就王刚那怂样，杀人？他敢吗？"

几天后，不知是否为了要挟，之前已经声称"不追究责任"的侯马突然反悔，打来电话说自己去医院做了检查，医生说他的后背伤得蛮重，有后遗症，所以之前在商场被王刚袭击那件事不能不追究。我想起他并没有提供"放弃追究"的书面材料，于是说，好，你现在来派出所报案吧。

但我等了几天，侯马也没有来。

侯马这边的工作做不通，我只好再去找刘珍。但她仿佛人间蒸发一般，找不到人，也不接电话。无奈，我只好去了刘珍的娘家，刘珍家人的说辞各不相同，有的说她去广东打工了，有的说她去新疆投奔朋友了，反正就是联系不上。我上公安网查了刘珍的身份证，并没有她乘坐交通工具出行的相关信息，认定刘珍的家人是在搪塞我。

只有之前在派出所打过一次交道的刘珍小姨愿意跟我多说几句。她说这件事很复杂，当年刘珍的父亲欠了一大笔赌债，被债主逼得没办法，才同意以"卖女儿"的方式把刘珍嫁给"脑子有问题"的王刚，用彩礼解了燃眉之急。

刘珍的小姨很了解这个外甥女——刘珍是家里姐妹中最漂亮、读书最多的，心气也最高，嫁给王刚以后肯定会出事。她给自己的姐姐提过醒，但无奈当时王刚母子单就看中了刘珍，姐夫又急等用钱，所以也只能是她了。

"订婚前，我姐给刘珍跪了一夜，刘珍才勉强同意了这门亲事……现在看来，刘珍能在王家熬过九年才'出事'，已经是奇迹了。"最后，刘珍的小姨对我说。

之后我联系了那位介绍给王刚的律师朋友，他告诉我，想拿到王刚被骗在"入股协议书"上签字捺印的证据比较困难，他正在调查侯马茶馆的真实经营状况，看能否在承认"入股"的情况下尽量为王刚挽回一些损失。但这条路也不好走，他只能尽力试一试。

思前想后，我能做的，也只有这些了。

7

然而悲剧还是不可避免地发生了。

2016年3月，王刚携带尖刀和装有汽油的大号矿泉水瓶来到侯马的住处，骗开房门后趁侯马不备，连刺了他六刀，刀刀致命。侯马的儿子——辖区某中学的高一学生——见父亲遇袭，上前与王刚搏斗，试图抢夺尖刀，也被王刚刺伤后昏迷。

之后王刚将矿泉水瓶中的汽油泼洒到自己和侯马儿子身上，点燃后抱着孩子从居民楼五楼楼道的窗户跳出，侯马儿子当场死亡，王刚尚有一丝气息，被周围居民报警后送往医院抢救。

因系本辖区居民，案发后我被上级派往医院看守王刚。因高坠及大面积烧伤，王刚被送进了ICU病房，医生说他伤情过重，随时都有生命危险。值守期间，我又见到了潘主任。他说王刚的母亲已于上个月初病逝，王刚是料理完母亲的后事之后犯下了此案。

五天后，王刚因伤势过重抢救无效死亡，他杀害侯马父子俩的案子也因他的死亡而宣告结案。潘主任帮忙料理了王刚的后事，其间刘珍及其亲属自始至终都没有露面——尽管此时他们还是名义上的"一家人"。

2019年的某个晚上，我突然接到前同事的电话，问我当年处理王刚一案时，有没有注意过刘珍的去向。

我查询了当年的工作笔记，告诉同事说，我最后一次见到刘珍是2015年7月处理王刚和刘珍的家庭矛盾时；最后一次听到关于刘珍的消息是2015年10月，王刚单位的潘主任告诉我，她和王刚在医院吵了一架。

同事反复让我确认，2016年3月王刚杀侯马一案案发前，有没有见过刘珍或者了解到她的真实去向。我说没有，当年我很想找刘珍当面聊聊她和王刚的事情，但她不肯见我。我去了刘珍娘家，她家人也都说联系不上。

同事又问了我一些王刚、刘珍与侯马之间的事情，我努力搜索着记忆讲给了他。随着对话的进行，我逐渐猜到了一些事，遂试探着问同事："难道刘珍当年也被……？"

"是的，上个月重修白河大桥时，工人们发现了一具尸骸，是刘珍的……"同事说，经法医检验，死亡时间在三年左右。如此推算，那大概就是我寻找刘珍的时间。可回想起当时刘珍家人对我明显像是搪塞的回应，我又觉得有些匪夷所思。

"这也是一再向你核实当年情况的原因。"

同事说，刘珍的家人直到2018年才报警，称刘珍失踪了。当时在警方的追问下，他们才承认2015年年底时，刘珍跟他们说过自己离婚遇到些麻烦，要去外地"躲一阵"，让家人暂时不要联系自己，之后便音讯全无，连电话也不曾给家里打过一个。后面的两年多，刘家人一直没有主动联系过刘珍，直到2018年刘珍母亲病危时，他们才发现，无论如何都联系不上她了。

我还是感觉事有蹊跷——按照常理，刘珍即便外出"躲事"，也不可能跟家人完全失联两年有余。

"刘珍的小姨给我们讲了一件事：2016年春节前，侯马和刘家发生过一次不小的冲突,双方都有人挂彩。当时刘珍的小姨只听说是因为一笔钱,但具体细节,刘家人都三缄其口。直到现在,刘家人依旧对那场冲突避而不谈,不然我也不会问到你这里来。"同事说。

我说,这事儿恐怕只有一种可能,就是当年王刚的那笔"入股金",应该是被刘珍拿回了娘家,而她与侯马之间可能有一些约定。刘珍娘家人做这一切,是为了昧下那笔钱。

同事赞成我的看法,他说刘家人之所以到2018年才开始找刘珍,也是因为那年刘珍的母亲患病,家里又急需用钱了,不然她失踪这事儿恐怕依旧不会被人发现。

"你觉得杀害刘珍的凶手是谁?"我问同事。

"可能是王刚,"同事说,"但也不排除侯马……我们尽力查吧。"

一场缺乏关键证据的聚众斗殴

2016年6月15日深夜，我所在的辖区中桥路附近发生了一起聚众斗殴案件。

当晚参与打架的一共有八人，我们接警赶到现场时，打斗已经结束。涉案人员一方是37岁的建筑公司项目经理陈林，他的同事王力，以及无业人员欧勇和李辉，共四名男子；另一方则是两对情侣，大四女生张婷和同学余萍，以及她们的男朋友高晨和小邓。

从现场情况看，除张婷和余萍两个女生，参与斗殴的男性都带着不同程度的伤，其中陈林和欧勇的伤情比较严重——陈林满嘴是血，欧勇右手中指骨折。现场协商后，陈林和欧勇由民警陪同先行前往医院就诊，其余人则跟我们回派出所交代情况。

1

根据张婷的笔录，当晚她和同学余萍在酒吧消遣，起初陈林和王力多次邀请她俩"拼桌"喝酒，当时陈林已喝到半醉，且双方彼此并不认识，张婷和余萍便一直拒绝。之后陈林又过来向张婷索要联系方式，也被她赶走。23时许，张婷去酒吧洗手间路过陈林座位时，陈林突然伸手摸了她的隐私部位，两人因此吵了起来。被酒吧服务员劝开后，张婷和余萍决定离开酒吧，但还没走出门就又被陈林拦住。陈林向她俩做出抚摸自己下体的猥琐动作，于是双方再一次发生争吵。

当时余萍的男友小邓已经到了酒吧门外，听见争吵，就进入酒吧与陈林、王力发生了肢体冲突，推搡中陈林因为醉酒跌倒。双方被酒吧服务员拉开后，张婷和余萍、小邓结伴回家，但走到中桥路附近时，被陈林等人驾驶的车辆追上。从车里下来的陈林、王力和欧勇拦住张婷三人，陈林说自己在酒吧被小邓打伤，要求赔偿6000元医药费，张婷等人当然拒绝。欧勇见状，提出如果不愿赔钱，那就"请"张婷和余萍二人"陪陈总"，三个年轻人感觉受到侮辱，于是又跟对方发生了冲突。张婷的男友高晨此时也驾车赶到，看到陈林、王力和欧勇正在推搡小邓，于是立刻上前帮忙。此时，与陈林同车来的李辉也手持甩棍从车上下来，之后双方开始打斗。

余萍在笔录中称，在酒吧时，张婷因被陈林性骚扰而与之发生了冲突，虽然被酒吧工作人员劝开，但她俩都担心被醉酒后的陈林报复，决定马上回家。出于安全考虑，当时两人还分别电话通知了各自的男友来接。打完电话十五分钟后，自己的男友小邓已到酒吧外，她和张婷才起身离开，但在酒吧门口又遇到陈林朝她俩做猥亵动作。随后，小邓闻讯进入酒吧与陈林发生冲突，被酒吧工作人员拉开，之后三人结伴回家路上又被陈林等人驾车追上……此后叙述的内容基本与张婷的笔录一致。

张婷男友高晨说，得知女友在酒吧被人"欺负"后，因担心女友安全，他赶忙开车出发接张婷回家。行至中桥路附近，恰好遇上陈林他们正跟女友这边纠缠在一起，于是上前帮忙。他先将带头的陈林和拿着甩棍的李辉打倒，随后又撂倒了围攻过来的欧勇和王力，自己身上也多处受伤。他说，之所以下手较重，一是因为自己常年练拳，二是看到女友被人拉扯，情急之下没掌握好手上的分寸。

余萍男友小邓的笔录里，对打架原因和过程的叙述与张婷等人基本一致。但是他在笔录中提到一个细节——双方在中桥路附近对峙时，对方曾不断威胁让他和余萍离开，"不要管闲事"——他感觉，陈林一伙似乎是专门冲着张婷来的。

我回头又去找余萍和张婷核实这一细节，她俩各自回忆一番后，确认了这点。张婷说自己也想起来，纠缠中王力曾试图把她往车子方向拉扯，好像还喊了当时在车里的人帮忙。

2

陈林一方的笔录，则与张婷一方的截然不同。

陈林在打斗中被高晨击落了两颗门牙，头部受伤，右侧眼角膜出血，医院要求留院观察。在向领导汇报后，我带着笔录设备去了医院，在病房里给他做第一份笔录材料。

陈林并不认可张婷等人的说法。他说自己当晚确实邀请过张婷和余萍"拼桌"喝酒，也向张婷索要过联系方式，但没有恶意，只是之前在这家酒吧见过张婷几次，想跟她"交个朋友"。至于"性骚扰"，陈林解释是自己喝酒时无意间碰到了路过的张婷，并非故意，第一次冲突也是因为张婷辱骂他，被酒吧工作人员劝阻后，他就继续跟同事王力喝酒了。后来从酒吧卫生间出来时，又遇到准备离开的张婷和余萍，他正在整理腰带，却被张婷二人认为是在做"猥亵动作"，被再次辱骂，他是气不过才对骂的。

他声称，再之后，小邓就冲进酒吧打了他，导致他摔倒并撞伤鼻子后，三人趁乱跑了。于是王力叫来了在附近吃饭的李辉送他们回家，与李辉同来的还有欧勇。他本想这事儿就算了，但在途经中桥路附近时，又碰巧看到了张婷他们。之所以把他们拦下，是他和王力都气不过当晚的事情，想跟对方"再理论一下"，"6000块医药费"只是句气话，目的是让三人给自己道歉，没想到对方非但没有歉意，反而再次辱骂自己，结果双方又拉扯起来。高晨赶来加入厮打，导致自己第二次受伤。

欧勇则在笔录中称，当晚他与李辉在酒吧附近的排档消夜时接到王力电话，让他们开车"送陈总回家"。他们在酒吧接上陈林和王力后，王力就给他们讲了在酒吧发生的事情，陈林很生气，一直说"从没吃过这种亏"。车子开到中桥路附近，王力突然说，路边行走的一男两女就是刚才"让陈总吃亏的人"，于是叫李辉停车，他要下车给陈总"讨说法"。

此后欧勇和陈林、王力下车拦住张婷等人，但对方不但拒绝道歉和赔医药费，还骂陈林是"臭流氓""不要脸"。原本他们都没想动手，是高晨中途赶来后，二话不说就开始打人，双方才动了手。欧勇承认自己在现场说过让张婷和余萍"陪一下陈总"，但自己说的"陪"其实是"赔"——是要张婷赔偿医药费的意思。

从头到尾参与这次事件的王力在笔录中也承认，当晚在酒吧时，陈林去找过张婷"拼桌"和索要联系方式，看到陈林被拒绝后，他还笑话了陈林，但陈林也只是笑笑就过了。对于陈林"耍流氓"的事，王力解释说，陈林只是"无意中伸手碰到了张婷"，道过歉了，但是张婷不依不饶，骂人骂得很过分，这才激怒了陈林。至于两次打架的起因，王力说第一次在酒吧里是因为小邓冲上来推倒了陈林，第二次在中桥路附近是因为张婷非但不道歉，还指使男朋友高晨打人。打架细节方面，王力说自己当晚"喝太多，记不清了"，但言之凿凿是张婷这边先动的手。对于拉张婷上车的细节，他说没有这回事，只是厮打中的拉扯而已。

李辉也在笔录中说，他是看到高晨先动手打陈林后才从车上下来帮忙的。之所以手持甩棍，是因为看到高晨气势汹汹，打人的动作又很娴熟，担心吃亏。他并没有真的用甩棍打架，反而是高晨夺去甩棍后打伤了自己。

至此，双方的第一次笔录内容差距很大。

3

为了进一步核实当时的情况，我们先去调取了涉事酒吧的监控录像。酒吧的监控设备状况不是太好，有几处重要位置无法正常拍摄，好在有探头能拍到当晚陈林所在位置。

录像显示：当晚10时左右，当张婷路过陈林座位时，陈林确实有一个"伸手"动作，且正好碰到张婷，之后两人确实发生了激烈的争吵。我反复看了很多遍监控录像，但仅从视频确实难以判断陈林当时的动作是不是"故意"。

我们又采集了当晚几位酒吧工作人员的证人笔录材料，但他们能提供的信息很有限，大多也只是有关两人吵架过程的描述。酒吧卫生间和门口没有监控，看不到陈林是否有"抚摸下体"的动作以及小邓进入酒吧与陈林、王力发生打斗的过程，因此也没法判断陈林在酒吧的摔伤是否跟小邓有直接关系。

双方第二次发生殴斗的中桥路附近较为偏僻，案发地点没有监控设备。报警人是附近一名骑车路过的居民，她也没能提供什么对案件有用的信息。

总的来说，这起案子的绝大多数过程细节只能依靠当事双方的口头叙述。

案发后，张婷四人的父母亲属先后来到派出所了解情况。高晨的父母了解案情后，第一时间找到我，问能否"别立案，我们私下处理，赔多少钱都认"。

我明白他们的担忧——陈林两颗门齿脱落，已构成轻伤。按照现行法律规定，高晨涉嫌刑事犯罪，这无疑会成为这个小伙子人生档案中的重大污点。

我很犹豫，但也只能告诉高晨父母，眼下警方"不予立案"的可能性已然不大，因为轻伤及以上的伤害案件属公诉案件，警方必须立案，不能进行治安调解。眼下，他们只能先聘律师，看看能否跟对方达成和解，这样或许法院在量刑时会有所取舍，大概率可以判缓刑。

高晨父母非常失望，高父又提出，如果是对方先动手，高晨被迫还手，是否可以按照"正当防卫"处置？

这个问题是我们在处置类似案件中经常被问到的，但我同样只能告诉高晨父亲：一来如果按照"聚众斗殴"处置的话，即便搞清楚"谁先动手、谁被迫反击"，也无法改变双方互殴的事实，也就不存在"正当防卫"的可能性；二来"正当防卫"的认定十分复杂，在此案缺乏视频证据和旁证的前提下，我们仅根据双方的笔录,连"谁先动手,谁被迫反击"都无法判断,又怎么去判断谁是"正当防卫"呢?

其实,从情感上,我是偏向高晨的——女友在酒吧被骚扰,事后又被对方拦截,换作其他人,难说不会做出同样的选择。但在法律上,他的行为又确实触犯了刑法,警方也得依法办事。

同样,对于这起案子的处置,在民警内部也产生了一些分歧。

有同事建议,先对双方进行治安调解,如果双方都同意调解,皆大欢喜;如果不同意调解,再按照一般程序办理,该拘留的拘留,该罚款的罚款——这是我们平时处理类似打架案件的惯例,但这次有人受轻伤,明显不适用,此建议被带班领导马警官拒绝了。

那位同事不死心,又说,能不能先把案子撤下来,让当事双方自己谈一下?如果他们私下能谈拢,我们就当没接过这起警情。一般这类案子,双方"谈不拢"的部分基本都是钱,而高晨父母那边"赔多少都认",双方应该也不会谈不拢,我们也省了很多麻烦——我听说过这种处理方式,早年间"流行"过,虽然不符合流程,但对解决类似争端有"奇效"。

马警官笑着摆手,说肯定不行,"你以为是十年前呢?这案子是群众电话报警,110指挥中心有接警和派警记录,我们也走完了处警和受案的流程,平台都有备案信息,你现在假装不知道,让他们私了,万一哪一方反悔了,一封投诉信,上面就能给你定个'执法事故',你还想干不?"

另一位同事提出,按照"聚众斗殴"立案吧,毕竟参与打架的人数已经超过三人,按照"聚众斗殴"办理最保险。马警官有些犹豫,回了一句:"八个人都搞?"那位同事点头,马警官没直说自己不同意,只是念叨了一句:"好几个在校学生呢。"

还有同事建议,可以适当"变通一下",只给高晨定"故意伤害",毕竟他在现场"一打四",还搞出一个轻伤,"再是大学生",也跑不脱刑责。至于其他人,看愿不愿意调解,如果愿意,就给他们走治安程序。马警官沉默不语,还是没说同意或不同意,转而问我的看法。

4

我基本全程参与了所有当事人的询问笔录,对于案件的认识的确有跟前面几位同事不一样的地方。我说,我觉得这个案子没这么简单,无论定八个人"聚众斗殴"还是高晨"故意伤害"都有失偏颇。我认为陈林一伙明显涉嫌"寻衅滋事"。

理由大致有三点:

首先,高晨和小邓两人都在笔录中反映,在中桥路的斗殴现场,陈林一伙人有"往车子方向拉扯张婷"的举动。小邓还说,陈林一伙人曾威胁让他和余萍离开,不要"管闲事"。如果高晨和小邓反映的情况属实,那说明陈林一伙人的主要目标是张婷——这就很奇怪了，在酒吧打了陈林的人是小邓，他们却让小邓"滚"，可见当时他们的真实目的不一定是为了索要道歉和医药费。联系到陈林最初在酒吧也是想要跟张婷"交朋友"，后来又伸手"骚扰"张婷等细节，我有理由怀疑，陈林一伙人当晚所作所为，很可能有其他目的，甚至可能想对张婷图谋不轨。

其次，说双方在中桥路附近是"偶遇"，我感觉有些不合理。在酒吧调监控时，我看了陈林四人乘车离开的时间，距张婷三人离开的时间并没过去多久。从酒吧到中桥路只有不到两公里，张婷他们是步行，陈林等人是驾车，正常"偶遇"的话，应该很快就碰上了才对。所以，我想查一下这伙人离开酒吧后的行车路线。

讲到这里，马警官打断了我，问我查这个做什么。我说直白讲，我怀疑陈林他们可能不是"偶遇"张婷三人，而是蓄意找寻。如果他们是寻机报复的话，那案子的性质就变了。马警官点点头，示意我接着说。

最后让我在意的一点，是整理涉案人员身份信息时了解到的一个情况：根据警综平台记录，三个月前，陈林通过朋友介绍，跟一名刘姓女孩吃饭，过程中陈林不断劝酒，把女孩灌醉后又将其带往附近一家酒店"休息"，到酒店门口时，被闻讯赶来的女孩男友堵住并打伤。当时，兄弟单位是以"治安调解"处置的，女孩男友赔了陈林 300 多块钱医药费，陈林也没再追究——我觉得，不能排除他对张婷有同样目的。

有同事提出反对意见：我的这些观点都是基于假设，缺乏事实证据，而且，陈林的"目的"和"前科"也并不能改变此案中高晨故意伤害致人轻伤的犯罪事实。马警官也提出了他的担忧：在没有监控视频和旁证的情况下，认定陈林一伙"寻衅滋事"非常困难，况且，陈林一方的伤情较重，在外界看来就是"受害方"，要是认定受伤较重的一方"寻衅滋事"，又拿不出有力证据，矛盾便可能转移到公安机关身上。

"我初步问了一下，陈林的意思是，假如定'故意伤害'，高晨愿意赔钱的话，他也愿意出和解协议，这样高晨就有'不予起诉'或'判缓'的可能；但如果走'寻衅滋事'，万一搞不成，又激化了双方矛盾，再回头去走'故意伤害'，陈林就不一定还愿意和解了，即便搞成了，高晨也可能属于'防卫过当'……"马警官说。但他又说，陈林这家伙"心很黑"，两颗门牙，高晨父母已经开价到九万三了，他还是不松口，估计想讹一大笔钱。

我理解马警官的担忧，也感受到了他没有说出的一些话——比如他在情感上同样也是站在高晨这边的，既想妥善处理案子，又想最大限度保全高晨的身家清白。即便陈林一伙的真实动机很恶劣，但在已知的既成事实前，我们却又拿他们没什么办法，我们手里还缺少关键证据。

我说自己还是想试一下，看这案子能推到哪一步，即便办不成，也算积累一次经验吧。马警官斟酌了许久，还是同意了。

于是，我和另一位同事开始给双方做第二次笔录材料。

5

　　第二次笔录的重点在于双方在中桥路附近的殴斗原因和具体经过。首先要弄清楚，当晚双方在中桥路附近究竟是不是"偶遇"。

　　斗殴地点距酒吧不到两公里，距张婷家只有八百米。小邓在第二次笔录中说，他们离开酒吧后原想打出租车的，但问过多辆在路边待客的出租车后，司机均以"人太多，地方太近"为由拒载，还有个司机开出50元的"一口价"，被张婷拒绝了——本地夜间酒吧门口待客的出租车司机大多不打表，也不愿拉结伴的客人，这样路上就不能拣客拼车了。

　　但调看李辉所驾驶车辆在道路面监控中留下的记录时，我发现了问题：监控视频中，李辉驾驶小轿车带着陈林、王力和欧勇离开酒吧后，先是向西行驶了三公里左右，在道路尽头转盘处调头驶回酒吧，又沿另一条路向北行驶了两公里后，再次返回酒吧附近，其间车速很快。车子第二次回到酒吧门口后，王力下车与几名待客的出租车司机进行了短暂交谈，之后车子才驶去了中桥路。

　　同事连夜去找了视频里那几个和王力交谈过的出租车司机核实情况，其中一名司机说，当晚王力是向他打听"刚才那三个要打车的小×崽子想去哪里？"

　　果然，陈林一伙人半夜在酒吧附近的几条路上兜圈子，就是为了追寻张婷他们。

我利用同事去核查的这段时间，拿到了陈林等人的现住址，确认了四个人正常的回家路线都不需要途经中桥路。掌握了这些情况后，我去找陈林四人做第二次笔录，针对行车路线问题进行了逐一询问。

驾车的李辉先说，之所以开车兜来兜去，是因为四人对"先送谁回家"产生了分歧，后来又改口说是因为他们想"换个酒吧继续玩"。但陈林和王力、欧勇却给出了各不相同的答案——很显然，他们没想到我会问这个问题。

给王力做二次笔录的时候，我问他为什么去找出租车司机打听张婷一行人的去向。王力先矢口否认，待我把视频截图和出租车司机的证词给他看了，他又改口说："气不过，要找他们'讨说法'。"

"你先前不是一直说'偶遇'吗？这是'偶遇'？"

王力解释不了，开始缄口不言，搞"沉默对抗"。

相比于其他三个同伙，李辉涉案程度最浅，但由于斗殴中有"持械"情节，可能受到的惩罚会最重。调查发现，他还处于另一起判决的缓刑期内，如果这次违法犯罪行为坐实，他将失去缓刑机会，被监狱收监。

我决定将突破点放在李辉身上。经过一番劝导工作，他终于承认，当晚离开酒吧后，自己的确是在陈林和王力的指挥下驾车沿途寻找张婷三人。李辉交代，陈、王认为在酒吧吃了亏，要"收拾"一下这几个年轻人——至于如何"收拾"，欧勇提议"吓一下""出口气"，顺便让他们掏点"医药费"，而陈林的想法很恶劣，他说张婷长得蛮"称头（漂亮）"，小邓又只是另一个女孩的男朋友，应该不会为她出头，所以就想找机会把张婷"带走"。

我问李辉，"带走"是什么意思？李辉说就是"那个的意思"。我说你把话说明白，"那个"是什么意思？李辉犹豫了一下，说，陈林想"办她"。

我又问陈林打算如何"带走"张婷，李辉的原话是："酒吧里的小女孩，先吓唬一下，再给点'甜头'，基本就'搞定'了。"

李辉说陈林"很有钱"，而且"有背景""能量很大"，遇到事情能"摆平""罩得住"，所以他和欧勇以前常跟陈林厮混，甘当他的"马仔"。但因为自己缓刑在身，不太敢掺和这种事，但又不能走，所以在中桥路拦下张婷他们后，起初自己一直没下车，后来高晨来了，他觉得陈林这边可能会吃亏，才下车"助阵"。至于双方谁先动的手，李辉的说法与上一份笔录相同。

李辉又交代了另外两个重要线索：一是陈林曾吹嘘过自己靠"吓唬一下、再给点甜头"的办法，已经"搞定"过好几个女孩了，只要当晚能把张婷和那对情侣分开，他就有办法；二是王力在车上说，当天晚上陈林去酒吧时带了"药"，已经在搭讪时放进了张婷酒杯里，结果没起任何作用，王力还笑话陈林买到了"假药"。

至此，事态变得严重起来——如果李辉的交代属实，那么陈林便涉嫌"迷奸"犯罪。我向马警官汇报后，他立刻派人去核实这一情况，同时让我在笔录中收集陈林一伙除李辉外，其他人关于此事的口供。

我找到欧勇，听说李辉已经交代，他也没含糊，立刻承认了当晚陈林和王力指挥李辉驾车寻找张婷意欲不轨的行径，也承认自己在现场说的那句"陪陈总"的确是"陪睡"，而非"赔偿"。对于中桥路斗殴一事，欧勇说当时现场很乱，他也不知道怎么就打起来了，而自己在上一份笔录里撒了谎——高晨到来时，双方已经开始相互拉扯和推搡了。但对于陈林给张婷"下药"一事，欧勇说当时自己的注意力一直在车窗外，似乎隐约听王力说过几句，但记不清了。不过他又说，陈林这家伙特别喜欢"搞女人"，也"搞了很多女人"，给张婷"下药"，他也不是做不出来。

6

王力是这起案件中仅次于陈林的第二号"关键人物"，不但在斗殴事件中起主导作用，而且知道很多有关陈林的内情，也是最狡猾的一个。

在第二次笔录中，他坚持自己先前的说法，我一问到关键问题，他就借口说自己当时"喝多了，什么都不记得了"。他说自己从来没说过陈林给张婷"下药"的事，那两个人不是"听错了",就是"要害我和陈总"。但他又多次问我"能不能换个地方谈",或者让他"打个电话"。我说,有话你就在这里谈,电话你想打给谁,我替你打。他便不再说话。

王力的话提醒了我,离开讯问室后,我赶紧打给在医院看护陈林的同事,让他们收走陈林的手机。同事犹豫了一下说,陈林已经打过几个电话了,说是"交代第二天的工作"。我问他陈林在电话里说了什么,同事说不知道,电话是背着他打的。

我立刻赶到医院,给陈林采集第二份笔录材料。第二份笔录中,他跟王力一样,坚称自己是回家路上"偶遇"张婷,并非蓄意报复。我出示了相关证据证词后,他开始胡搅蛮缠,说:"其他人怎么说是其他人的事,跟我无关,我能说的只有这些,信不信由你。"

笔录过程中,陈林几次"无意中"向我透露自己和市里某领导关系很好,我顺势劝他:"领导既然对你这么好,你更不该给他添麻烦。"

可能看我"不上道",陈林恼了,在笔录结束时把话挑破,说自己和那位领导是亲戚,希望我"给双方都留个面子"。

他的话也惹恼了我,我索性把手机递给他,说你现在开免提打给你说的那位领导,这些话你让他亲自跟我说。

陈林看了我一眼,自然没接手机。

由于第二次笔录毫无突破,陈林自始至终也不承认自己在酒吧有过给张婷"下药"的行为,我只好先回派出所,再想别的办法。

但之后我便接到了几通电话。一位朋友寒暄了几句后,把话题引到了陈林身上,说自己跟陈林关系不错,听说陈林遇到点事,案子在我手上,拜托我"照顾一下"。我问他怎么知道的这事,朋友说:"咱这儿就这么大地方,稍一打听就知道了。"我拒绝了,让他别管这事儿。

很快,某单位领导也打来电话,提出了差不多的要求。因为平时与那家单位有业务往来,偶尔需要请对方配合工作,我不好直接拒绝,只得先推到自己领导身上,说这事儿是马警官主办,我只是奉命行事,对方说了句"好的"便挂了电话。我赶紧告诉马警官,马警官说他已经接到几个类似电话了,但让我继续按照自己的思路来,"别分心"。

很快,市局某部门的同事也打来电话,编制上他也是我领导,同事虽然没有直接让我"照顾"陈林,但先扯了一通陈林的"能量"和"关系",又让我"谨慎",嘱咐我"掌握好分寸"。

我说:"你直说吧,是不是想放了他?你能担责吗?你能担,我马上把案子转给你办。"

那位同事一连说了几遍"话不能这么说""我可没说这话"后也挂了电话。

我又给张婷他们四人采集第二份笔录,重点同样是在中桥路打架。我要求他们每个人把自己能回忆起来的细节全部说出来——虽然没有视频和目击证人，我还是希望通过笔录尽可能还原冲突的原貌。

笔录做完时已临近中午，其间马警官又亲自下场给李辉、欧勇做了第三份和第四份笔录材料。他派出去核实陈林给张婷"下药"的民警也回来了，很可惜，没能找到必要的证据。那位民警的调查很全面：他先是去了医院，搜查了陈林的随身物品，没有收获；又去了酒吧，但当晚张婷用过的酒具早已被酒吧清洗更换；他也调取了陈林的通讯记录和社交平台记录，发现他确实有过相关内容的网络查询记录，但没找到交易记录。

张婷听说陈林当晚可能在她酒里"掺东西"后很震惊，但也没感觉有什么不适。同事建议她去医院做一次全面体检，张婷嫌麻烦，没有去做。最终，李辉提供的这个线索被我们放弃了。

7

我虽然基本可以确定当晚高晨有"正当防卫"的动机，但单薄的证据或许也无力挽回他"致人轻伤"这一结果。组完卷宗后，我交给了马警官——他是所领导，也是所里的法制审查员，卷宗报裁法制科前，需要经过他的审核。马警官审完卷宗后，先说没什么问题，但也告诉我，"寻衅滋事"只能试一试，公安局法制科那边有很大可能不给过。

我一直有心理准备——在没有监控视频的前提下，某一方甚至双方的口供都难以成为"铁证"，也就很难以"寻衅滋事"立案。这同样是很多公安机关办理此类案件时多以"聚众斗殴"或者"故意伤害"定性立案的原因之一，这样至少避免了此后因"证据不足"导致的检察院"退查"或涉案当事人投诉等一系列问题。

"要不你再考虑一下？如果按照'聚众斗殴'或'故意伤害'立案的话，这案子很简单。如果办'寻衅滋事'，后面你可能会面临很多麻烦，甚至到最后案子还得回到起点。"马警官又给了我一次选择的机会。

我说，麻烦就麻烦吧，没有这个麻烦也有下个麻烦。马警官点了点头。

果然，我的卷宗在法制科被驳回，马警官在法制科办公室跟科长谈到半夜，也没能改变结果。

但我们没想到，这起案件最终是以一种意外却也很好理解的方式解决的。

作为案件中唯一受轻伤的人，陈林不知是在我们的调查中意识到了什么，还是得到了谁的"指点"，先是拒绝进行伤情鉴定——此前，法医还从没遇到过"受害人"拒绝接受鉴定的情况，问我该怎么处理？我说公诉案件强制鉴定。但陈林在之后的鉴定中却改口说，那晚只被高晨打断了一颗门牙，另一颗是自己喝醉后不小心"摔断"的。

至此,"轻伤"的概念一下就不复存在了,这对高晨一家来说无疑是场意外之喜。

后面的办案流程我没有再参与,听同事们说,案子最后可能在涉事双方的强烈要求下,按照治安案件调解了。陈林接受的高晨家的补偿只有万把块,"意思一下而已",远没有当初高晨父母开得那么高。

结案后,我找了两名特情员,让他们抽空多留意陈林,再有类似行径马上告诉我。但不知陈林是不是意识到了什么,之后没多久便调离了我市。

同事们也反复讨论过陈林的这起案子。

有人说,陈林一伙人当天晚上追踪张婷,肯定是没安好心,如果那晚陈林买到的不是假药,或者张婷不是跟同学结伴回家,又或者高晨没有在关键时间赶到现场,真不知道之后会发生什么。

也有人推测,陈林最初想通过"轻伤"一事拿捏高晨一家,妄图从高家讹一大笔钱出来,但后来发现警察不跟他玩什么"聚众斗殴""故意伤害",直接奔着他们一伙"寻衅滋事",甚至更严重的"绑架""强制猥亵妇女"这个方向去了,就意识到自己可能会"偷鸡不成蚀把米",有点怕了,所以才反过头来赶紧"大事化小"。

还有人说，如果那晚张婷在酒吧遭到陈林骚扰的第一时间选择报警求助，或许就不会有后面的事情发生。

这些都是后话了。

只能说，在此类案件中，相比于目击证人、证词和警察的合理性推论，监控视频无疑是最直接、最有力的证据——2018年8月，江苏昆山开发区发生的刘海龙被"反杀"案中，十字路口的监控视频在认定受害人于海明为"正当防卫"的过程中起到了至关重要的作用；同样，在2022年6月的唐山打人事件中，如果烧烤店内的视频没有记录下陈某志一伙人打人的整个过程，很难想象在双方皆有伤情的情况下，警方该如何把握整个案件的性质。

陈林的案子后不久，在公安局的强烈要求下，中桥路的偏僻路段终于安装了监控设备。

声明

为保护文中当事人和当事单位的隐私,本书中所有人物及单位均为化名,请勿对号入座。